फिर कब आओगे कृष्णा

सुनील चन्द्र पुनेठा

INDIA • SINGAPORE • MALAYSIA

ISBN 979-8-89186-785-7

पुस्तक का नाम	फिर कब आओगे कृष्णा।
लेखक	सुनील चन्द्र पुनेठा

Email Id	sunilpunetha89@gmail.com
Contact No	8958297273
ADDRESS	SIMALGAIR BAZAR
DISTRICT	PITHORAGARH
STATE	UTTRAKHAND

अनुक्रमणिका

अध्याय 1

पथिक धीरे धीरे पहाड़ी ढ़लान में बने मार्ग से नीचे की ओर उतर रहा था। अभी अभी वो इस पहाड़ की काफी थका देने वाली चढ़ाई चढ़कर यहां पहुंचा था। अब पहाड़ के दूसरी ओर की ढ़लान शुरू हो गयी थी। और पथिक उसी ढलान में बनी पगडंडी से नीचे की ओर उतर रहा था।

मार्ग बहुत चौड़ा न था पर इतना था कि दो लोग साथ साथ चल सके। देवदार के ऊंचें ऊंचे वृक्ष चारो ओर फैली हरियाली, और मार्ग में थोड़ी थोड़ी दूर में मिलने वाले पहाड़ों के झरनों ने पथिक का मन मोह लिया था। कुछ आगे चलने पर देवदार के वृक्षों के जंगल अब समाप्त हो गये थे। पर उनकी जगह छोटे पेड़ों और झाड़ियों ने ले ली थी। मार्ग के एक मोड़ पर एक सपाट लेकिन छोटी चट्टान पथिक को दिखी। थोड़ा सुस्ताने के उद्देश्य से पथिक उस स्थान पर बैठ गया। वहां से उसने देखा सामने एक विशाल घाटी जो तीनो ओर पहाड़ों से घिरी हुई थी। पथिक ने अनुमान लगाया होगी कोई दस कोस चौड़ी और बीस से बाइस कोस लम्बी घाटी जो अन्त में दाहिने ओर को मुड़ गयी थी। पहाड़ियों की तलहटी पर कुछ कुछ दूरी पर बसे गांव दिखाई दिख रहे थे। घाटी के बीचों बीच एक नदी दिखाई पड़ रही थी। जो आगे जाकर पहाड़ियों के साथ साथ दाहिने हाथ को मुड़ गयी थीं देखने से लगता था कि इस नदी का उद्गम किसी बडे पहाड़ी झरनों के पानी के मिलने से हुआ है।

नदी के दोनों ओर पहाड़ों की तहलटी तक विशाल मैदान में खेत दिखाई दे रहे थे। घाटी के मध्य में नदी से लगती हुयी एक छोटी सी पहाड़ी दिख रही थी। और पहाड़ी के दाहिनी ओर नदी के पार काफी

विस्तृत क्षेत्र में मकान दिख रहे थे जो शायद कोई नगर बसा हुआ था। उसके चारों ओर बहुत सुंदर दृश्य था। चारों ओर हरियाली, पेड़ो से भरे हुये पहाड़ खेती के लायक उपजाऊ भूमि बीचों बीच बहती नदी जगह जगह से बहते पहाड़ी झरने, प्रकृति ने खुले मन से इस जगह को अपने उपहारो से भर दिया था।

पथिक ने चट्टान पर बैठे बैठे अपने कन्धे पर टगें कपड़े के एक झोले को उतारा उसके अन्दर से एक कपड़े की पोटली निकाली। इस पोटली में भुने चने बंधे हुये थे। उसने पोटली खोली और चने खाने लगा। चने खाते खाते उसे याद आया ये चने उस सुहृदय वृद्ध ने दिए थे। जिसके घर मे उसने पिछली रात को आश्रय लिया था। पथिक घूमते घूमते पिछली शाम को उस वृद्ध के गांव के पास पहुंचा था। उसने देखा एक वृद्ध और एक युवक बैलगाड़ी को धक्का लगा रहे हैं।

बैलगाड़ी का एक पहिया कीचड़ में गहरे गड्डे मे धंस गया था। जिसके कारण बैलगाड़ी के पिछली ओर का एक हिस्सा टेड़ा होकर जमीन को छू रहा था। आगे दोनो बैल भी पूरी ताकत से बैलगाड़ी को आगे खीचने की कोशिश कर रहे थे। युवक और वृद्ध धंसे हुए पहिये को ऊपर की ओर उठाने की कोशिश कर रहे थे। पर काफी प्रयासों के बाद भी वे सफल नही हो पा रहे थे। पथिक कुछ देर उनके प्रयासो को देखता रहा। फिर पास आकर बोला मैं कुछ मद्द करूं।

आवाज सुनकर वृद्ध और युवा दोनों ने पलटकर देखा अपने पीछे उन्होंने एक युवक को खड़ा पाया, जो उन्हें देखकर मुस्कुरा रहा था। एक बार फिर से पथिक ने कहा, मैं कुछ मद्द करू। बूढ़े ने सहमति से सिर हिलाया, अब तीनों मिलकर जोर लगाने लगे, थोड़ी ही कोशिश के बाद बैलगाड़ी का पहिया कीचड़ से ऊपर को उठ गया। और बैलो ने गाड़ी को आगे की ओर घसीट लिया।

वृद्ध ने पथिक का आभार जताया और उससे पूछा था

भाई कौन हो तुम इस क्षेत्र में नये लगते हो। हां पथिक ने उत्तर दिया बिल्कुल नया हूं देशाटन के लिए निकला हूं। भ्रमण करते करते आज इस गांव में पहंचा हूं। तीनो बैलगाड़ी के साथ साथ पैदल ही चलने लगे थे। कुछ ही देर चलने के बाद गांव आ गया था। दोनों बैल एक घर के आगे जाकर रूक गये थे। पथिक को याद आ रहा था वृद्ध ने उससे कहा था, सूर्यास्त होने वाला है, अब आगे कहां जाओगे

आज रात तो इसी गांव में रूकूंगा। देखता हूं आज रात के लिए कोई आश्रय दे दे। पथिक ने कहा।

वृद्ध कुछ देर सोचता रहा, फिर बोला तुमने हमारी मद्द करी है। आज रात हमारे घर में ही विश्राम करो। तुम थक भी गये होगे वृद्ध के घर के आगे बहुत बड़ा आंगन था, जहां वृद्व के पुत्र ने एक किनारे पर बने छप्पर के नीचे दोनों बैलो को खूंटे से बांध दिया। गाड़ी खोलकर एक किनारे पर खड़ी कर दी गयी थी। आंगन में एक कुंआ भी था। वृद्ध के पुत्र ने कुएं में से एक बाल्टी में पानी निकाला और पथिक से मुंह हाथ धोने के लिए कहा।

पथिक ने हाथ पैर मुंह पानी से धोकर साफ किए गले से गमछा उतारा और उससे मुंह हाथ पोछे।

घर का दरवाजा खुला था, बूढ़े ने पथिक को आवाज देकर अन्दर आने को कहा। पथिक वृद्ध के साथ घर के अंदर चला गया। मकान पक्की ईटो का बना हुआ था। दरवाजों और खिड़की के पल्लो पर सुन्दर नक्काशी उकेरी गयी थी।

दो मंजिला मकान था। पथिक ने गौर किया कि अन्दर से कक्ष चूने की सफेदी से पुता हुआ था। पहला कक्ष शायद उनकी बैठक थी। जहां पर एक किनारे पर एक लम्बा चौड़ा लकड़ी का तख्त था, जिस पर एक मोटे गद्दे पर साफ सफेद सूती चादर बिछी हुयी थी। और उसके सामने की दीवार के किनारे से दरी बिछी हुयी थी। जिसके ऊपर ऊनी कम्बल बिछा हुआ था।

वृद्ध ने पथिक को बैठने के लिए कहा, पथिक जमीन पर बिछे ऊनी कम्बल के ऊपर बैठ गया। सूर्यास्त हो चुका था, अन्धेरा गहराने लगा था बूढे ने आले पर रखा दीपक जला दिया था। कमरे में उजाला हो गया। इसी समय अन्दर कमरे से माटी के एक पात्र में गरम दूध लेकर वृद्ध का पुत्र आया और उसने पात्र पथिक की ओर बढाया लो दूध पियो, कुछ अच्छा महसूस करोगे।

पथिक ने पात्र अपने हाथ में लिया और धीरे धीरे गरम दूध पीने लगा। वृद्ध का पुत्र पथिक के बगल में आकर बैठ गया। और वृद्ध भी सामने रखे तख्त पर बैठ गया।

कुछ देर बाद वृद्ध ने पथिक से पूछा क्या नाम है तुम्हारा

कृष्णा पथिक ने बताया

कृष्णा बहुत सुन्दर नाम है। वृद्ध ने पूछा कहं के रहने वाले हो?

वृन्दावन का रहने वाला हूं पथिक ने फिर उत्तर दिया

अरे वृन्दावन के रहने वाले हो, मैं कभी वहां गया नही पर सुना है तीर्थ स्थान है, बहुत लोग तीर्थ करने वहां जाते है। वृद्ध ने कहा

हां कृष्णा ने कहा सारे भारत वर्ष से लोग पूरे वर्ष भर वहां आते है।

वृन्दावन में किस स्थान के रहने वाले हो। कृष्णा ने कुछ सोचा फिर बोला वृन्दावन में द्वारिकाधीश नाम का मंदिर है, उसी में रहता हूं।

अच्छा मंदिर में ही रहते हो।

हां मंदिर में ही रहता हूं। कृष्णा ने उत्तर दिया।

अच्छा मंदिर में क्या कार्य करते हो?पुजारी हो क्या? वृद्ध ने पूछा

नही कुछ नही करता हूं।

बस मंदिर के भीतर ही रहता हूं। वृद्ध को उत्सुकता हुयी, कोई कार्य नही करते हो और मंदिर के भीतर ही रहते हो, कुछ कार्य तो अवश्य करते होगे भाई।

नहीं मैं कुछ नही करता, सुबह से शाम तक भक्त लोग आते है उन्हें देखता हूं। वहां वो लोग अपनी प्रार्थनाऐं भगवान श्री कृष्ण के विग्रह के आगे करते हैं उन्हें सुनता हूं।

अच्छा तो तुम किसी पुजारी के पुत्र होगे वृद्ध ने कहा

नही, कृष्णा ने कहा

वृद्ध के समझ में कुछ नही आया, पर वार्तालाप को आगे बढ़ाने के उद्देश्य से उसने कृष्णा से पूछा

यहं तक कैसे आये, यहां आने का क्या उद्देश्य है तुम्हारा?

कुछ विशेष नही, कृष्णा ने कहा। मन में भ्रमण की इच्छा थी, सो देशाटन करने निकल पड़ा। करीब तीन माह होने को आये है, जगह जगह घूमते घूमते नई नई जगहो को देखते, हुए लोगो से मिलते हुए, आज इस गांव में पहुंचा हूं।

अब आगे कहां जाओगे वृद्ध ने पूछा।

मुझे तो कोई विशेष जानकारी नही है, आप ही बतायेगं की कल किस ओर जाना उचित रहेगा। पथिक ने कहा मेरा तो उद्देश्य, नयी जगह देखना, रीती रिवाजों को समझना, लोगो से मिलना, जुलना और उन्हें समझना ही है।

वृन्दावन को कब लौटोगे वृद्ध ने पूछा

जब मन भर जायेगा, तब लौट जाऊंगा कृष्णा ने कहा वृद्ध का पुत्र चुपचाप बैठा, उनके वार्तालाप को सुन रहा था।

उसने कृष्णा से कहा जब तुम यहां तक आ ही गये हो तो इस गांव की उत्तर दिशा की ओर जो पर्वत श्रृंखला है, कल उस पर कुछ ऊंचाई

पर चढ़कर तुम्हें उत्तर की ओर विशाल हिम से लदे हिमालय पर्वत की श्रृंखला के दर्शन हो जायेगे, कल तुम सुबह उन्हें देखने के लिए चले जाना, मार्ग मैं बता दंगा, सूर्यास्त से पहले ही तुम वापस भी आ जाओगे।

कृष्णा कुछ देर सोचता रहा, फिर पूछा क्या इस गांव से आगे भी कुछ गांव बसे है। इस पर वृद्ध ने कहा दो तीन गांव पूर्व दिशा की ओर बसे है बस उसके बाद इस राज्य की सीमा समाप्त हो जाती है। पूर्व की ओर जो पर्वत है उसकी चोटी के दूसरी ओर जो राज्य है उसे इस समय इस्लामानगर के नाम से जाना जाता है। पहले उस राज्य को नाम अवंतिका था।

ऐसा क्यों? कृष्णा ने पूछा।

वृद्ध कुछ समय तक मौन रहा फिर उसने बोलना शुरू किया। आज से सौ वर्ष पूर्व करीब की बात है, उत्तर पश्चिम की ओर से हिमालय पर्वत श्रृंखला के दर्रो को पार करके अरब से आये मुगल लुटेरों के एक दल ने अवंतिका राज्य पर भीषण आक्रमण किया था, और अवंतिका पर कब्जा कर उस राज्य को अपना दास बना लिया था।

नसरूद्दीन मुहम्मद उन लुटेरों का नेतृत्व कर रहा था। वो बहुत क्रूर आततायी और अत्याचारी था। उसने सैकड़ो नागरिको की हत्याऐं करी, भीषण नर संहार किया। उसके साथी भी उसके समान ही क्रूर और आततायी थे। पूरे राज्य को लूटा गया। स्त्रियों से बलात्कार हुये। गर्भवती स्त्रियों के पेट चीर दिये गये। बच्चा, युवा, बुढ़ा, जो सामने उनके आया उनकी हत्या कर दी गयी।

लोग राज्य छोड़ कर सुदूर जंगलो की शरण में चले गये। उसने इतना आंतक फैलाया था कि अधिकांश लोग दूसरे राज्यों को भाग गये थे।

वहां के राजा ने विरोध नही किया क्या? कृष्णा ने पूछा।

किया था वृद्ध ने उत्तर दिया, मेरे दादा जी उस समय युवा ही थे, जिन्होंने ये सब होता हुआ स्वयं देखा था। उन्होंने ही मुझे उस समय की घटना के बारे में बताया था। करीब आठ सौ की संख्या में लुटेरो कर दल था, और अवंतिका के राजा के पास दो हजार के आसपास की सशस्त्र सेना थी।

अवंतिका का राजा सूर्यसेन, न्यायप्रिय, वीर और काफी सूझबूज रखने वाला, बुद्धिमान राजा था। उसकी कई पीढ़ियों से उसके परिवार का वहां शासन था। पर संख्या बल मं अधिक होते हुये भी वहां का राजा हार गया।

क्या कारण रहा उसकी हार का कृष्णा ने पूछा

अनेक कारण रहे उसकी हार के, हार का जो सबसे बड़ा कारण था वो था जाति प्रथा का होना, छूआछूत का होना।

जो लोग आपस में साथ बैठ नही सकते थे एक दूसरे का छुआ खा नही सकते थे एक दूसरे का छुआ पानी पी नही सकते थे आपस में शादी विवाह कर नही सकते थे। वो लोग आपस में साथ मिलकर लड़ कैसे सकते थे। राजा की सेना में हिन्दू समुदाय के सभी वर्णो के सिपाही थे। पर उनके चूल्हे अलग अलग जलते थे, पानी उनका अलग था। जातियो में बटे लोग देशभक्ति से ज्यादा उनमें जाति भक्ति थी।

तुम समझ सकते हो ऐसे में क्या हुआ होगा वृद्ध ने कहा

हां ये सब तो मैं देखता आ रहा हूं। कृष्णा ने कहा अपने देशाटन का सबसे कड़ुवा अनुभव मुझे यही रहा है। मनुष्य का मनुष्य के प्रति घृणा, वो भी अकारण, केवल इसलिए कि उसने नीची समझी जाने वाली शूद्र जाति में जन्म लिया है।

और ब्राहमण और क्षत्रिय कुल में जन्म लेने वाला मूर्ख ही क्यो ना हो पर वो अन्य सभी नीच कही जातियो के लिए पूज्य है।

कृष्णा ने बोलना जारी रखा भारत वर्ष संगठित न होकर सैकड़ो राज्यों में बटा है। कई राज्य इतने छोटे है उनको एक ही दिन में पैदल पार किया जा सकता है। मैंने अपने इन तीन माह के देशाटन में अनेक राज्यों की सीमा पार की है। पर सभी जगह इस वर्ण व्यवस्था को अनिवार्य रूप से पालन होता पाया है।

प्रायः सभी जगहो पर मैंने शूद्र और निम्न कही जाने वाले मनुष्यो को तपती दोपहरी में कुएं के पास खड़े पाया है वो लोग कुएं से पानी भी नही निकाल सकते थे। कोई सुहृद्य उच्च वर्ण का स्त्री पुरूष वहां पानी लेने आता तो वो दया कर कुऐ से जल निकाल कर उनके पात्रो में डाल देता।

नही तो उन्हें अपने गांव से दो तीन कोस दूर जाकर किसी पोखर से अपने लिए जल लाना पड़ता था।

मैंने कई तरह के भेदभाव और भी देखे है, निम्न कहीं जातियो को शिक्षा से वंचित किया गया है, भूमि से, स्वास्थय से, वंचित किया गया। ये लोग व्यापार नही कर कर सकते है, इन्हें मनुष्य के मूलभूत अधिकारो से वंचित किया गया है।

क्या आप सोचते है, कि ये व्यवस्था ईश्वर ने बनायी है कृष्णा ने पूछा

बिल्कुल भी नही वृद्ध ने कहा।

क्या आप समझते है, ईश्वर इस व्यवस्था का अनुमोदन करता होगा।

बिल्कुल भी नही वृद्ध ने उत्तर दिया।

कृष्णा का हृदय इन बातो से दुखी हो गया था। फिर उसने वार्तालाप की दिशा मोड़ते हुये पूछा।

उस राज्य के बारे में और कुछ बताइये जैसे कृषि, राज्य व्यवस्था, व्यापार आदि के बारे में।

वृद्ध ने बताया, कृषि उपज तो वहां इतनी भरपूर मात्रा में होती है कि उस राज्य के लोगो के लिए पर्याप्त होकर वे लोग हमारे राज्य में भी अपनी उपज की बिक्री करते है। वहां सेब की बागवानी करते है। उम्दा किस्म का सेब वहां पैदा किया जाता है। केसर के लिए बहुत उपजाऊ भूमि वहां की है। अधिकांश लोग जो पहाड़ों पर रहते है। भेड़ो को पालते है जिससे उम्दा किस्म की ऊन उन्हे प्राप्त होती है।

वहां के जंगलो में कई तरह की जड़ी बूटियां पायी जाती है। बहुत से लोग जड़ी बूटियों का भी व्यवसाय करते है।

उस राज्य से, अनाज, सेब, अखरोट, शहद, जड़ीबूटी आदि निर्यात किया जाता है। वहां देवदार के पेड़ बहुतायत से पाये जाते है, जिनकी मजबूत लकड़ी को बड़े बड़े टुकड़ो में काटकर नदी में बहाकर दूसरे राज्यों में पहुंचाया जाता है। वहा घरो में भेड़ की ऊन से बने कम्बल, कालीन, ऊनी चादरें, महिलाऐ बनाती है, जिन्हें पुरूष दूर दूर तक दूसरे राज्यो में पहुंचा कर उनका व्यापार करते है।

प्रकृति ने उस राज्य को क्या नही दिया है हरे भरे जंगल प्रचुर घास के मैदान, उपजाऊ कृषि भूमि, जगह जगह से फूटते झरने। जड़ी बूटियों से भरे पहाड़। वृद्ध कुछ देर शान्त रहकर फिर बोला बस एक चीज नही दी वो है स्वतंत्रता।

वृद्ध कुछ देर रूका फिर उसने कहना शुरू किया।

वो राज्य दास है, परतन्त्र है। उनके पास राज्य के कोई अधिकार नही। ये स्वतंत्रता भी उन लोगो ने खुद ही खोई है। आपसी वैमनस्य, आपसी भेदभाव के कारण। अगर उनमे आपसी एकता का कोई एक सूत्र भी होता तो वो आज परतंत्र न होकर स्वतंत्र होते।

देशभक्त से पहले वो जाति भक्त हैं, और पूरा भारत वर्ष ऐसे ही बटा हुआ है। तभी भीतर से छोटा बालक निकल कर आया और कृष्णा के पास बैठे युवक से उसने कहा भोजन तैयार हो गया है। माता जी आपको बुला रही है।

युवक उठा और बालक के साथ भीतर कमरे में चला गया। वृद्ध ने बताया कि उसके एक पुत्र दो पुत्रियां है। सबका विवाह हो चुका है। दोनों पुत्रिया अपने ससुराल में है। पुत्र का नाम सूरज है। और ये छोटा बालक इसी का है। मेरी पत्नी और बहू रसोई में है और खाना बना रही है।

कुछ देर में सूरज अपने दोनों हाथो में भोजन के थाल लेकर आ गया। और उसने दोनो थाल, जमीन पर रख दिए। और अपने पिता से बोला आप भी भोजन कर लीजिये। वृद्ध भी तख्त से उतर कर कृष्णा के पास आकर बैठ गया। और दोनो भोजन करने लगे। युवक बीच बीच में उन्हें जिस वस्तु की आवश्यता होती, भीतर रसोई लाता रहता।

वृद्ध के परिवार ने मेहमान की बहुत अच्छे से आवाभगत करी। बहुत तरह की सब्जियां, घी से बने पकवान शुद्ध दूध से बनी खीर, दही आदि से कृष्णा की आवाभगत हुयी। भोजन के बाद वृद्ध ने कृष्णा से कहा, थक गये होगे, अब सामने तख्त पर विश्राम करो। सूरज ने बाहरी द्वार को भीतर से बन्द कर कुन्डी लगा दी, और दोनो पिता पुत्र भी भीतर के द्वार से घर के अन्दर चले गये विश्राम करने।

कृष्णा ने दीपक बुझा दिया और तख्त पर जाकर लेट गया। दिन भर का थका तो था ही कुछ ही पलो में गहरी नींद में सो गया। सुबह उठा तो पाया घर के लोग उससे पहले जाग गये थे। बाहर हल्का उजाला होने लगा था।

घर का मुख्य द्वार खुला था। कृष्णा बाहर आया तो उसे सूरज बाहर की ओर जाता मिला। उसने सूरज को रोककर अभिवादन किया। और स्नान आदि का स्थान पूछा, सूरज ने बताया कि थोड़ा सा आगे जाकर

एक जमीन से फूटे पानी का स्त्रोत है जहां गांव के अधिकांश लोग स्नान करते है। तुम भी वहां जाकर स्नान आदि से निवृत हो जाओ।

मैं खेतों में जा रहा हूं, परिवार के बाकि सदस्य भी खेतो की ओर गये हैं।

कृष्णा सूरज के बताये मार्ग की ओर चल दिया। दैनिक क्रिया और स्नान से निवृत होकर कृष्णा जब घर पहुंचा तो देखा सूरज ने दाना पानी खिलाकर बैलो को गाड़ी से बांध दिया था। बैलगाड़ी के पास कई टोकरियो मे अभी अभी तोड़ी ताजी सब्जियां भरी थी। जिन्हे उठाकर सूरज गाड़ी में रख रहा था। इतने में वृद्ध भी एक टोकरी उठाये हुऐ आता दिखा साथ में दो स्त्रियां भी थी कृष्णा समझ गया, उनमे एक सूरज की माता जी थीं, और दूसरी सूरज की पत्नी होगी। पास आने पर कृष्णा ने उनका अभिवादन किया। तीनों ने सब्जियों से भरी टोकरियों बैलगाड़ी के पास रख दी जिन्हें सूरज उठा कर बैलगाड़ी में रखने लगा।

पास आकर वृद्ध ने स्नेह से कृष्णा से पूछा रात्री में नींद तो अच्छी तरह से आयी। कोई असुविधा तो नही हुयी।

नही, कृष्णा ने कहा बहुत आराम की नींद आयी है।

वृद्ध ने अपनी पत्नी व बहू का परिचय कृष्णा से कराया। और बताया कि यहां से तीन कोस दूरी पर एक नगर है। जहां हम सब्जियां ले जाकर बेचते है।

लोगो की आवश्यकता की पूर्ती के लिए बहुत तड़के ही सब्जियां नगर में पहुंचानी होती है। देर हो गयी तो फिर देर शाम तक ही सब्जियां बिक पाती है। इसलिए तड़के ही हम अपने खेतो से सब्जियां तोड़ लाते है। कभी कभार देर भी हो जाती है तो हम देर शाम तक ही घर वापस आ पाते है।

वृद्ध ने बताया हम दोनो पिता पुत्र नगर में सब्जियां ले जाते है।

गाड़ी में सभी टोकरियां रख दी गयी थी। वृद्ध और सूरज दोनो बैलगाड़ी पर चढ़ने को तैयार थे। इतने में सूरज ने कहा आओ कृष्णा मैं तुम्हे वहां का मार्ग बता देता हूं जहां से तुम्हं सम्पूर्ण हिमालय के दर्शन होंगे।

कृष्णा ने कहा पर मैं वहां जाना नही चाहता हूं,।

अब वृद्ध बोला फिर कहां जाओगे।

इस्लामनगर कृष्णा ने कहा

वृद्ध और उसका पुत्र सूरज दोनो आश्चर्य से कृष्णा का मुंह देखने लगे।

वहां जाने की तुम्हैं क्या आवश्यकता आ पड़ी है वृद्ध ने कहा

वहां का शासक नसरूद्दीन जितना अत्याचारी था जिसने अपने को वहां का बादशाह घोषित किया था। उसकी तीसरी पीढ़ी का बादशाह जो आजकल शासन कर रहा है, आजम खान उतना ही अत्याचारी है जितना उसके पिता और दादा थे। तुम उस राज्य मे मत जाओ। तुम्हारे साथ कुछ भी हो सकता है। वृद्ध ने समझाया। तुम्हारी वहा न कोई जान पहचान है, न कोई मित्र ऐसे में यदि तुम्हें गुप्तचर समझ कर पकड़ लिया जाय तो इसमे कोई आश्चर्य नही होना चाहिए।

तुम्हें पकड़ कर बहुत बुरा सलूक वहां के सिपाही कर सकते है। तुम नितान्त अकेले हो। तुम्हे दास भी बनाया जा सकता है। मुगल सिपाही इसी ताक में रहते है, कि इस तरह लोग उनके हाथ लग जाये, जिन्हैं वे दास बना कर अफगानों के राज्य में ले जाकर बेच सके। वहां दासों की मंडियां लगती है। इतने क्रूर अत्याचारियों के राज्य में तुम जाना चाहते हो।

हाँ, मैं वही जाना चाहता हूं, कृष्णा ने उत्तर दिया।

वृद्ध ने फिर से समझाने के भाव से कहा, तुम युवा हो, अभी तुम्हारे सामने पूरा जीवन पड़ा है। जानबूझ कर अपने पैरो में कुल्हाड़ी मत मारो।

नहीं मैं वहां अब तो जरूर जाऊंगा कृपा कर आप मुझे वहां जाने का मार्ग बता दे। कृष्णा ने कहा

पिता पुत्र कुछ देर एक दूसरे का मुंह देखते रहे। फिर वृद्ध बोला यदि तुम्हारा यही हठ है तो आओ मैं तुम्हें वहां जाने का मार्ग समझा देता हूं। देखो ये मार्ग जहां हम खड़े है सीधा आगे पूर्व दिशा की ओर जो पर्वत श्रृंखला दिख रही है। उसकी तलहटी तक जाता है इस राज्य का आखिरी गांव वही पर बसा है। उससे पहले भी इसी मार्ग से लगे दो तीन छोटे छोटे गांव तुम्हें मिलेगें।

कहीं तुम मार्ग भट्को तो तुम वहां के निवासियो से पूछ सकते हो। अंतिम गांव का नाम रघुवीर पुर है, जहां तुम्हें आगे जाने के लिए पहाड़ी पैदल मार्ग मिलेगा। उस घुमावदार मार्ग से चढ़ते हुये तुम पहाड़ी की चोटी पर पहं चोगे, वहां पर देवदार के वृक्षो का घना जंगल है। वही तक इस राज्य की सीमा है। और वहां से पर्वत की दूसरी ओर की ढलान से ईस्लामानगर की सीमा शुरू हो जाती है। वैसे पहाड़ी मार्ग कुछ बुरा नही है।

दो व्यक्ति साथ साथ आराम से चल सके, इतनी चौड़ाई तो उस मार्ग की है। दोनां राज्यो के बीच आवागमन इसी मार्ग से होता है। घोड़ों खच्चरों से व्यापारी अपना सामान इसी मार्ग से एक दूसरे के राज्य में ले जाते है। हमारे राज्य के राजा और इस्लामनगर के शासक आजम खान के बीच संधी है। जिससे एक राज्य के नागरिको को दूसरे राज्य जाने में, व्यापार करने में कोई रोक टोक नही है।

पर तुम नितान्त अकेले हो और अजनबी भी हो, तुम्हारे साथ कोई अनहोनी न हो जाय मुझे इसका भय है। पर तुम जाना ही चाहते हो तो ईश्वर से तुम्हारी रक्षा के लिए प्रार्थना करता हूं।

इतना कहकर वृद्ध घर के अन्दर गया, कुछ देर बाद वृद्ध एक कपड़े की छोटी सी पोटली लेकर आया और कृष्णा के हाथों में देकर बोला इसमें थोड़े भुने हुये चने है। मार्ग में भूख लगेगी तो ये खा लेना। कृष्णा ने पोटली लेकर अपने कंधे पर टंगे कपड़े के झोले में रख ली। कृष्णा ने वृद्ध को बहुत धन्यवाद दिया और पूरे परिवार का आभार जताया। एक अनजान को उन्होंने आश्रय दिया था। भोजन आदि से सत्कार किया था।

कृष्णा ने वृद्ध को प्रणाम किया और आगे जाने की आज्ञा मांगी।

ईश्वर तुम्हारी रक्षा करे। वृद्ध ने कहा

कृष्णा पलटा और तेजी से उस मार्ग में बढ़ चला जो वृद्ध ने बताया था।

अध्याय 2

कृष्णा ने पोटली में बंधे चने खत्म किये। चने खाते खाते वो वृद्ध और उसके परिवार की बातों को याद कर रहा था। उसने मन ही मन वृद्ध को धन्यवाद दिया। वृद्ध के कारण उसे पिछली रात गुजारने के लिए अच्छा आश्रय मिला था। साथ ही उत्तम भोजन भी।

चट्टान पर बैठे उसने दूर तक फैली घाटी को देखा। ये इस्लामनगर राज्य था। दिन भर की पहाड़ों की चढ़ाई ने कृष्णा को काफी थका दिया था। अब काफी देर चट्टान पर बैठ कर सुस्ताने के बाद उसकी थकान भी दूर हो गयी थी।

सूर्यास्त होने में अभी काफी समय था। सूर्य भगवान अभी पश्चिम दिशा की ओर अग्रसर थे। कृष्णा ने अनुमान लगाया यहां से पहाड़ की तलहटी दो कोस और होगी। सूर्यास्त तक आराम से पहुंचा जा सकता है।

कृष्णा चट्टान से उठा बगल में रखा कपड़े का झोला उसने कंधे डाला और धीरे धीरे ढलान वाले पहाड़ी पैदल मार्ग में चलने लगा। कुछ देर बाद कृष्णा पहाड़ से नीचे उतर कर मैदानी भूमि में पहुंच गया।

सूर्यास्त हो चुका था, संधिकाल था इसलिए मार्ग उसे साफ दिख रहा था। अभी अन्धेरा नही हुआ था। मार्ग में एक स्थान पर उसने बहते पानी को पार किया, जो शायद किसी झरने से बहकर आ रहा था। कुछ आगे चल कर मार्ग के किनारे एक स्थान पर उसे एक गांव दिखने लगा था। कृष्णा का गन्तव्य भी यही गांव था। जहां वो कोई आश्रय रात्री विश्राम के लिए ढूढ़ना चाहता था।

गांव के अन्दर बाहर प्रवेश करने पर उसने पाया कि सभी घर थोड़ी थोड़ी दूरी पर बने थे। घर सभी घास फूस और लकड़ियो के सहारे बनाये गये। सभी घरो की छत फूस की बनी थी। और घर के बाहर ही प्रवेश द्वार पर ही रसोई बनी हुयी थी। शायद सुरक्षा की दृष्टि और ध् ये के कारण ऐसा किया गया था।

अधिकतर महिलाये रात्री का भोजन बना रही थी। और पुरूष बाहर बैठे बातचीत में लगे हुये थे, घर घास फूस और लकड़ी से बनाए जरूर गये थे, पर थे बहुत बड़े थे लगता था अन्दर तीन से चार कमरो की व्यवस्था जरूर होगी। जिसमें पूरा परिवार रहता होगा वातावरण बहुत खुला था। घर थोड़ी थोड़ी दूरी पर होने के कारण घरों के आगे पीछे और दोनो तरफ जगह खाली थी। जहां छप्पर के नीचे उनके मवेशी बंधे थे।

कृष्णा अभी अधेड़बुन में ही था कि किस से बात करे तभी एक घर के आगे बैठे अधेड़ ने आवाज दी,

कौन हो भाई, किसे ढूढ़ रहे है।

कृष्णा उस अधेड़ के पास गया, अधेड़ की उम्र साठ वर्ष के आसपास लग रही थी। पथिक हूं कौशलपुर राज्य से अभी अभी यहॉ पहुचा हूं।

कृष्णा ने उत्तर दिया।

यहां किसे ढूंढ़ रहे हो अधेड़ ने पूछा।

रात्री विश्राम के लिए आश्रय ढूंढ़ रहा हूं। कृष्णा ने उत्तर दिया।

अधेड़ कृष्णा के और नजदीक आ गया उसने अपने सामने कोई पच्चीस छब्बीस वर्षीय युवक को खड़ा पाया। सामान्य से ऊंचे कद का, युवक बहुत बलिष्ठ लग रहा था। पूरे शरीर की मांस पेशियॉ उभरी हुयी थी। सांवले रंग के युवक ने कमर से नीचे पीली धोती सलीके से बॅधी हुयी थी, कमर में पीले कपड़े का एक कमरबन्ध बॉधा हुआ था। और सिर पर एक पीले कपड़े का साफा बॅधा था। अधेड़ ने उसे गौर से देखा। युवक के गले में तुलसी की एक माला थी। और कन्धे में एक जनेऊ

भी कमर तक लटका हुआ था। बड़े बड़े काले घं घुराले बाल जो कन्धे से नीचे तक लहलहा रहे थे। बड़ी बड़ी सुन्दर काली आंखो वाला युवक मन्द मन्द मुस्कुरा रहा था।

बहुत मनमोहक व्यक्तित्व का युवक, उसके सामने खड़ा था।

अधेड़ ने फिर पूछा कहां के रहने वाले हो, क्या काम करते हो।

कृष्णा वही सब बता दिया, जो उसने अपने पिछले आश्रय दाता वृद्ध को बताया था।

अपने और वृद्ध के बीच हुये वार्तालाप को भी उसने अधेड़ को बताया।

उसके मना करने के बाद भी तुम यहां आ गये। उनकी शंका तुम्हारे प्रति निर्मूल नही थी। तुम्हारे साथ यहां कुछ भी हो सकता है। अधेड़ ने कहा रात्री होने वाली है। अगर तुम्हें आश्रय नही मिला तो तुम कहॉ रहोगे।

किसी वृक्ष के नीचे रात्री गुजार लूंगा।

कृष्णा ने सहज भाव से कहा। इतने में अधेड़ की पत्नी बोल पड़ी जो वही पर दालान में भोजन पका रही थी। और इनका वार्तालाप सुन रही थी, रात्री होने वाली है, पथिक है, कहां जायेगा बेचारा, घर में बाहर वाला कमरा खाली है, वही सो जायेगा। भोजन बना ही रही हूं, दो रोटी और डाल देती हूं। कुछ भोजन कर लेगा। अधेड़ ने कुछ देर सोचा, फिर कृष्णा से कहा, आओ अंदर चले।

दालान पार कर अधेड़ और कृष्णा दरवाजे से अंदर गये। घर के अंदर तीन कमरे थे। उनमे एक कमरा खाली पड़ा था। अधेड़ ने कमरे के किनारे पर पत्थर के ऊपर रखा दिया जला दिया। अधेड़ ने कृष्णा को दरी के ऊपर बैठने को कहा, और खुद दिवार का सहारा लेकर जमीन में बैठ गया।

कुछ देर चुप्पी के बाद अधेड़ ने कहा मेरा नाम नन्दलाल है। पेशे से मैं लोहार हूं,। और जाति से शूद्र हूं। तुमने जनेऊ धारण कर रखा है, हमारे यहॉ रहने और हमारे हाथ का बना भोजन खाने में तुम्हें कोई आपत्ती तो नही है। इतनी रात में और कोई विकल्प भी नही है। ये पूरा गांव हमारी शूद्र बिरादरी का है। यदि तुम्हें यहॉ रहने और भोजन से आपत्ति है तो आगे एक कोस पर ब्राह्मणों का गांव है। तुम सहर्ष वहां जा सकते हो। पर रात हो गयी है, उचित तो यही है कि तुम यही पर रहो।

नन्दलाल ने देखा कृष्णा मुस्कुरा रहा है। और फिर कृष्णा बोला मैं स्वयं अपनी जाति नही जानता हूं। ये जनेऊ तो विद्या आरंम्भ करने से पूर्व मेरा उपनयन संस्कार हुआ था। तब मुझे मेरे गुरू ने पवित्र गायत्री मंत्र की दीक्षा मुझे दी थी। साथ ही ये पवित्र जनेऊ धारण करवाया था, जिसमे जनेऊ धारण करवाते समय बताया था कि ये तीन धागो को मिलाकर बनाया जनेऊ ये बताता है, कि अब तुम पवित्र गायत्री मंत्र से दीक्षित हो और आर्य संस्कृति के सभी संस्कारों को करने के अधिकारी हो गये हो। बाकि मेरी क्या जाति है वो मैं भी नही जानता हूं।

अच्छा तो तुम्हे हमारे बनाये भोजन आदि से कोई आपत्ति नही होगी। तब ठीक है नन्दलाल ने कहा।

घर मे आप दोनों ही हो या अन्य सदस्य भी हैं कृष्णा ने पूछा

मेरे एक पुत्र और एक कन्या है, दोनों विवाहित है। मेरा पुत्र सुदुर मणिपुर राज्य में आजीविका कमाने गया है। उसके साथ उसकी पत्नी व दो बालक भी गये है। मेरा पुत्र अर्जुन तुम्हारी ही उम्र का युवक है।

आजीविका के लिए घर से आठ नौ माह मणिपुर राज्य में ही रहता है। वो भी लोहार का काम करता है, जिसमें उसकी पत्नी भी काम में हाथ बटाती है। उसके दोनो बालक क्रमशःसात व आठ वर्ष के है। वर्ष के शेष तीन माह वो यहां घर पर ही रहकर विश्राम करता है।

उसे गये करीब नौ माह हो गये है सावन की पूर्णिमा को रक्षाबंधन के दिन तक उसके आने की उम्मीद है, हमें यही कहकर गया था। नन्दलाल ने कृष्णा को बताया।

तभी नन्दलाल की पत्नी ने भोजन के लिए आवाज लगायी। दोनो उठकर बाहर आ गये। नंदलाल ने लोटे में जल लेकर कृष्णा को दिया। जिससे कृष्णा ने अपने हाथ पैर धोये और लोटा वापस नंदलाल को दिया।

बाहर दालान में रसोई थी, नंदलाल की पत्नी ने दो पीतल की थालियों में भोजन परोस दिया था। दोनो चूल्हे के सामने रखी चौकी पर बैठ गये। और भोजन करने लगे। भोजन के उपरान्त कृष्णा अन्दर कमरे में जाकर बिछी दरी में जाकर लेट गया।

कृष्णा सुबह तड़के ही उठ गया था वह घर से बाहर आया तो हल्का उजाला होने लगा था। स्नान आदि से निवृत होने के लिए कृष्णा उस झरने की दिशा को चल दिया।

जिसके बहते जल को उसने कल शाम गांव में प्रवेश करने से पहले पार किया था। कुछ देर बाद ही मार्ग में बह रहे पानी के पास वो खड़ा था। वही पास से एक पगदंडी ऊपर पहाड़ी की ओर जा रही थी। कृष्णा इस पगदंन्डी पर चलने लगा, कुछ आगे जाकर उसे ऊचांई से गिरता झरना दिख गया।

स्नान आदि से निवृत होकर कृष्णा वापस मार्ग में उसी जगह खड़ा था जहां मार्ग के ऊपर से होता हुआ झरने का जल वह रहा था।

कृष्णा को ऐसे स्थान की तलाश थी जहां पर बैठकर अपने अंतस की यात्रा यानी ध्यान में बैठ सके। मार्ग में गांव की ओर चलने पर कुछ हटकर उसे एक रमणीक स्थान दिखाई दिया।

पेड़ो के झुरमुट के बीच एक पेड़ के नीचे एक सपाट छोटी पत्थर की शिला उसे दिखाई दी, चारो ओर हरियाली और अपूर्व शांन्ति छाई हुई

थी। कृष्णा शिला पर चढ़ गया और ध्यान की मुद्रा में बैठ गया। और कुछ क्षणों के बाद कृष्णा गहरे ध्यान में डूब गया।

काफी देर ध्यान लगाने के बाद कुछ आहटो से कृष्णा का ध्यान भंग हुआ, तो देखा सामने गांव की तीन चार स्त्रियां और उसका आश्रय दाता गृहस्वामी नंदलाल बैठे हैं। स्त्रियों के बगल में पानी से भरे घड़े रखे थे। स्त्रियां पानी भरने झरने पर आयी थी। लौटने पर उन्होंने कृष्णा को ध्यानमग्न पत्थर की शिला पर बैठे पाया था।

चारों महिलायें और नंदलाल बहुत भाव से हाथ जोड़े कृष्णा के सामने बैठे थे। उन्हे ऐसा लग रहा था, जैसे किसी तपस्या में रत किसी तपस्वी को उन्होंने देख लिया हो उन्हें आभास हो रहा था। कि एक आभामंडल कृष्णा के चारों ओर बिखरा हुआ है, जिसके प्रभाव से उनके हृदय के सभी ताप पिघल गये हो कृष्णा के मुख मंडल में अपूर्व शान्ति छायी हुयी थी।

कृष्णा नंदलाल को देख मुस्कुरा पड़ा ऐसी मधुर मुस्कान उन सब ने कभी नही देखी थी। कृष्णा शिला से उतरा और नन्दलाल से पूछा तुम यहॉ कैसे आये, तुम्हे किसने बताया कि मैं यहॉ हूं।

नंदलाल ने एक स्त्री की ओर संकेत कर बताया कि सबसे पहले इसने तुम्हें इस अवस्था में बैठे देखा था। और इसने मुझे मेरे घर आकर बताया कि तुम्हारे घर में आया मेहमान कोई तपस्वी साधू है और झरने के पास तपस्या में बैठा हैं। इसकी बात सुनकर मैं दौड़ता हुआ तुम्हे देखने चला आया।

बाकि तीनों स्त्रियां भी जल भरने झरने पर आयी थी। तुम्हैं इस अवस्था में देख कर यहॉ पर बैठ गयी।

कृष्णा ने सभी का अभिवादन किया और नन्दलाल के साथ उसके घर की ओर चल पड़ा। घर पर पहुंच कर कृष्णा और नंदलाल दोनो भीतर के कमरे में चले गये और दरी पर बैठ गये।

कुछ देर शान्त रहने के बाद नंदलाल ने कृष्णा से पूछा अब आगे के लिए क्या सोचा है, कहाॅ जाओगें।

अभी तो कुछ नही सोचा है कृष्णा ने कहा।

कुछ भी विचार नहीं किया है, नंदलाल ने पूछा।

कृष्णा ने उत्तर दिया। नही पर इतना तो पक्का है, कि मैं अब काफी समय तक इसी राज्य में रहूंगा।

पर तुमने तो कहा था, तुम देशाटन के लिए निकले हो, और देशाटन करते करते अपने घर लौट जाओगे। नंदलाल ने कहा।

पर मैं अब इसी राज्य मे रूकना चाहता हूं।

पर क्यों नंदलाल ने पूछा

ऐसे ही कृष्णा ने कहा

लेकिन तुम्हारा यहां कोई भी ना रिश्तेदार है, ना कोई ईष्टमित्र है, कहाॅ रूकोगे, नंदलाल ने पूछा।

ईश्वर बहुत महान है, वो मेरी कोई ना कोई व्यवस्था अवश्य करेगा। जिसने मुझे इस राज्य में पहुचाया है, आगे का मार्ग भी वही बतायेगा। इतना कहकर कृष्णा चुप हो गया।

कृष्णा का उत्तर सुन कर नंदलाल कुछ झुंझला सा गया। फिर बोला रहने के लिए एक ठिकाना चाहिए, खाने के लिए दो रोटी का बन्दोबस्त चाहिए, पहनने के लिए कुछ कपड़े चाहिए। और पास मे आवश्यकता के समय के लिए कुछ धन चाहिए। और तुमने बताया था तुम द्वारिकाधीश के मंदिर में ही रहते थे, विग्रह के पास जाकर भक्त लोग जो प्रार्थनाऐं करते थे।

वो सुनते थे और संभव है जो प्रसाद वो चढ़ाते होगे उन्हें खाकर अपना जीवन यापन करते होगें, पर यहाॅ ऐसा तुम्हं किस मंदिर में मिलेगा। नंदलाल ने कहा।

कृष्णा ने कोई उत्तर नहीं दिया पर नंदलाल की ओर देखकर कृष्णा हल्के से मुस्कुरा दिया। मैंने तुम्हे पहले भी कहा था, ईश्वर बहुत महान है। वो ही मुझे कोई मार्ग सुझायेगा।

कृष्णा से बातें करने में नंदलाल को गहरी आत्मीयता का बोध होता था। कि जैसे अपूर्व शान्ति उसके हृदय में बस गयी हो।

चलो इतना तो बताओ की मंदिर में रहने से पूर्व तुम क्या कार्य करते थे। कुछ काम करते थे या नही नन्दलाल ने कहा।

अरे हां कृष्णा ने कहा, याद आया मथुरा के पास गोकुल में मेरे बाबा, नन्दबाबा के पास बहुत सारी गायं थी, जिन्हं चराने का कार्य किया करता था, ये कार्य खूब अच्छी तरह से कर लेता हूं।

कृष्णा ने मुस्कुरा कर उत्तर दिया।

चलो अच्छा है कुछ कार्य तो कर लेते हो, नन्दलाल ने कहा। बाहर दालान में बैठी नंदलाल की पत्नी इन दोनो के वार्तालाप को सुन रही थी। उसने बैठे बैठे कहा, मधेपुरा गांव के पंडित रमाकांत की गायों को उनका सेवक कभी कभार घर के सामने से, आगे झरने के पास चराने के लिए ले जाता है। वो काफी वृद्ध हो चला है, चलते समय लड़खड़ाता भी है, मैंने स्वयं देखा है, आप पंडित रमांकात के पास जाकर कोशिश करिये।

शायद वो कृष्णा को गायें चराने का काम दे दें।

नन्दलाल को ये सलाह अच्छी लगी उसके चेहरे पर मुस्कुराहट आ गयी।

नंदलाल ने कृष्णा की ओर देखते हुये कहा, यदि पंड़ित जी के यहां गाये चराने का काम मिल जाये, तो तुम्हारी इस राज्य में रहने की इच्छा पूरी हो सकती है, मैं उन्हें भलि भॉति जानता हूं।

मधेपुरा में एक प्राचीन मंदिर है, जिसके वे पुजारी है।

मधेपुरा यहां से कितनी दूरी पर है, कृष्णा ने पूछा।

ज्यादा नही एक कोस पर आगे है, नंदलाल ने कहा मैं आज ही उनके पास जाकर बात करता हूं। मैंने मधेपुरा आज जाना भी है, वहां के एक व्यक्ति ने मुझसे दो हंसिये बनवाये थे। उन्हें उस व्यक्ति को देना है कुछ धन मिलेगा जिससे घर का खर्च भी चलेगा।

फिर दोनो हल्की फुल्की वार्तालाप कर समय बिताने लगे, इसी बीच गांव के ही दो तीन लोग कृष्णा से मिलने भी आये, उन स्त्रियों ने पूरे गांव में ये बात फैला दी थी कि उन्होंने एक तपस्वी को देखा है, जो सुबह झरने के पास शिला में बैठा तपस्या कर रहा था। और नंदलाल के घर पर ठहरा है। उनसे परिचय और वार्तालाप कर, कृष्णा का समय अच्छा गुजर रहा था।

कुछ देर में नंदलाल की पत्नी ने रोटी और साग बना दिया था। और उन्हें खाने के लिए आवाज दी, कृष्णा और नंदलाल दोनो बाहर दालान मं चले आये, और चौकी पर बैठे कर रोटी और साग खाने लगे। खाना खाते खाते नंदलाल ने कृष्णा से कहा, भोजन के बाद मैं मधेपुरा गांव को जांऊगा, तुम क्या करोगे?

मैं यही गांव में घूमूंगा, गांव को देखूगा, और यहां के निवासियो से बात करूगा। तब ठीक है नन्दलाल ने कहा तुम्हारा समय लोगो से मिलने में अच्छा गुजर जायेगा। भोजन के उपरान्त दोनो दालान से बाहर आ गये। नन्दलाल ने दोनो हॅसिये अपने कन्धे पर टंगे झोले में रख लिए थे।

अच्छा मैं अब मधेपुरा को चलता हूं, तुम गांव मे घूमों। ये कहकर नंदलाल मार्ग में आगे बढ़ गया।

कृष्णा भी टहलते हुऐ आगे बढ़ गया। गांव काफी बड़े क्षेत्र में फैला था, घर सभी घास फूस और लम्बे लम्बे बांसो को बांधकर बनाये गये थे। सभी घरो की रसोई बाहर दालान में थी, यदि घर में प्रवेश करना हो तो पहले रसोई से होकर जाना पड़ता था। घर थोड़ी थोड़ी दूरी पर थे। इसलिए खाली जगहो पर लोगो ने अपने मवेशी बांधे हुये थे।

कृष्णा ने देखा गांव में कई लोग लोहार का काम करते थे। कुछ मिट्टी से मट्के, घड़े, दिये, आदि बनाने का कुम्हार का काम, दो एक लोग मरे जानवर की खाल से चमड़े से जूते बनाने का काम भी करते थे।

कुल मिलाकर कामगारो का गांव था। सुबह ही स्त्रियों ने पूरे गांव में कृष्णा के बावत हल्ला कर दिया था। इसलिए गांव के सभी लोग स्वतःही कृष्णा को पहचानने लग गये थे। कई लोगो ने कृष्णा को बैठाया, और दूध फल आदि से कृष्णा का स्वागत किया। कृष्णा भी खुले मन से सब से मिला, जान पहचान बढ़ाई और सभी के प्रश्नों का उत्तर बहुत आत्मीयता से कृष्णा ने दिया। इस तरह मिलते जुलते शाम होने को आयी तो कृष्णा नंदलाल के घर पर पहुचा। नंदलाल पहले ही घर पर पहुंच चुका था।

कृष्णा को देखते ही नंदलाल के चेहरे पर प्रसन्नता की रेखाऐ खिंच गयी।

आओ बैठो, तुम्हे एक शुभ सूचना देनी है, नंदलाल ने कहा मेरी पत्नी ने ठीक ही बताया था। पंडित रमांकात का सेवक अब काफी बूढ़ा हो चला है। उसके लिए गायो को गोचर ले जाना, उन्हें वापस लाना काफी कठिन कार्य है पंडित जी काफी समय से किसी सेवक की खोज भी थे। तुम्हारे विषय में मैंने उन्हें सब कुछ बता दिया है। जो तुमने मुझे बताया था वो तुम्हें अपने घर पर रखने को राजी हैं वे कल ही तुमसे मिलना चाहते हैं इसीलिए कल हम दोनों साथ ही उनके गांव चलेंगे।

कृष्णा ने प्रसन्न होकर नंदलाल का धन्यवाद दिया और कहा आपने मेरे लिए इतना कष्ट किया है, मैं आपका आभारी हूं।

दूसरे दिन दोनों पंडित रमाकांत के घर जाने के लिए तैयार हो गए, नंदलाल की पत्नी ने दिन का भोजन बना दिया था, दोनों दलान में चूल्हे के सामने बैठकर भोजन करने लगे।

नंदलाल ने अपनी पत्नी के सामने ही कृष्णा से कहा, कृष्णा चार दिन बाद ही रक्षाबंधन का त्यौहार है उम्मीद है मेरा पुत्र अपने परिवार के साथ उस दिन तक यहां पहुंच जाएगा। तुम उससे मिलने यहां जरूर आना इस पर उसकी पत्नी बोली तुम यहां बीच-बीच में हमसे मिलने जरूर आते रहना हमें बहुत खुशी होगी। कृष्णा ने स्वीकृति में अपना सिर हिलाया।

फिर भीतर से अपने कपड़े का झोला उठाकर कंधे में टांगा और नंदलाल के साथ मधेपुरा गांव की ओर चल दिया।

कुछ देर बाद दोनों पंडित रमाकांत के घर की चार दिवारी के दरवाजे के सामने खड़े थे।

नंदलाल ने पंडित जी को आवाज दी, कुछ देर बाद एक बूढे सेवक ने दरवाजा खोला और वे दोनों अंदर आ गए। घर का बहुत बड़ा आंगन था, एक किनारे में एक नीम का बड़ा वृक्ष लगा था, और आंगन के दूसरे किनारे में कुआं भी था।

नीम के पेड़ के नीचे एक पत्थरों का बना चबूतरा था जिस पर पंडित जी बैठे आराम कर रहे थे

और ठंडी हवा का आनंद ले रहे थे। नंदलाल ने दूर से पंडित जी को प्रणाम किया और कहा महाराज मैं कृष्णा को साथ लेकर आया हूं।

यही कृष्णा है।

पंडित जी ने कृष्णा को देखा सामान्य से ऊंचा कद श्याम वर्ण छरहरा पर उभरी हुई मांसपेशियों वाला शरीर, कंधे से नीचे तक लहराते घुंघराले काले बाल, हल्के पीले रंग की धोती जो सलीके से बंधी थी, गले में तुलसी की माला, कमर तक लटकता जनेऊ, सर में बंधा हल्के पीले रंग का कपड़े का साफा, जो उसके बालों को हवा में बिखरने से रोकता था, कमर में सूती कपड़े का पीला कमरबंद, बड़ी-बड़ी काली आंखें और चेहरे पर मनमोहक मुस्कान उम्र कोई पच्चीस छब्बीस वर्ष।

पंडित जी कृष्णा को देखकर विश्वास नहीं कर पा रहे थे कि इतना सुदर्शन युवक इतना मनमोहक व्यक्तित्व और इतनी मधुर मुस्कान का स्वामी यह युवक गायों को चरायेगां। यह तो कोई राजा का पुत्र प्रतीत होता है तभी उन्हें याद आया कि नंदलाल ने बताया था कि यह देशाटन पर निकला है और कुछ समय इसी राज्य में बिताना चाहता है। इसीलिए रहने और खाने का ठिकाना ढूंढ रहा है पंडित रमाकांत कुछ देर कृष्णा को देखते रहे, फिर बोले तुम्हारा नाम कृष्णा ही है ना।

जी कृष्णा ने कहा।

ठीक है कृष्णा, घर के पिछवाड़े में गौशाला है जहां हमारी दुधारू अच्छी नस्ल की छः गायें हैं और दो बछड़े भी है।

यहां से सामने पहाड़ की तलहटी देख रहे हो, पंडित जी इशारे से जगह दिखाई। वहां गोचर का मैदान है। आसपास के लोग अपनी गायों को उसी मैदान में चराते हैं। वहां पर पहाड़ों से बहते झरनों के पानी ने एक छोटी नदी का आकार ले लिया है, जो वहां से शुरू होकर बीचो-बीच बहती हुई इस पूरी घाटी के अंत तक जाती है।

गोचर का मैदान बहुत बड़ा है और उस पर घास भी पर्याप्त मात्रा में पैदा होती है, और गोवंश के पीने के पानी की भी कमी नहीं है। पंडित जी कुछ देर रुके फिर कहा घर के पिछवाड़े में गौशाला के बगल में एक कोठारी है, जिसमें तुम रह सकते हो। फिर पंडित जी ने बूढ़े सेवक बुलाकर कहा कृष्णा को गौशाला और कोठरी दिखा दो।

कृष्णा सेवक के साथ घर के पिछवाड़े की ओर चला गया। कृष्णा ने गौशाला में जाकर देखा बहुत अच्छी नस्ल की स्वस्थ गायें बंधी थी। पास जाकर कृष्णा ने सभी को सहलाया गायो ने भी स्नेह से कृष्णा का हाथ अपनी जीभ से चाट कर अपना स्नेह जताया।

कृष्णा सेवक के साथ गौशाला से बाहर आया, उसी से थोड़ा आगे एक पक्की ईटों की कोठरी बनी हुई थी। सेवक ने कोठरी का द्वार

खोला और भीतर जाकर खिड़की खोल दी। कोठरी एक व्यक्ति के रहने के लिए पर्याप्त थी।

दोनों लोग कोठरी से बाहर आ गये, फिर सेवक ने कृष्णा से कहा, मैं तुम्हारे लिए बिस्तर का इंतजाम करता हूं। साथ ही पानी के लिए एक छोटा मटका भी लाता हूं। तब तक तुम पंडित जी के पास जाकर उनसे मिलो,।

ठीक है कहकर, कृष्णा वापस आंगन में पंडित जी के पास चला गया। चबूतरे के पास जाकर कृष्णा ने देखा चबूतरे पर पंडित जी अकेले नहीं थे। उनके साथ उनकी पत्नी, उनका पुत्र और दो बालक भी थे,। पंडित रमाकांत ने कृष्णा से उनका परिचय कराया यह मेरी पत्नी है, और मेरा पुत्र शशिकांत है, और इसके दोनों बालक अमरमणि और विमलमणि है, और इन दोनों बालकों की मां सरोज घर के भीतर रसोई में है। कृष्णा ने झुक कर पंडित जी की पत्नी को प्रणाम किया पंडित जी के पुत्र शशिकांत का मुस्कुराकर अभिवादन किया।

पंडित जी करीब पैसठ वर्ष की आयु के आसपास होंगे, उनकी पत्नी साठ वर्ष के आसपास की लगती थी। शशिकांत चौतीस पैतीस वर्ष का युवक प्रतीत होता था। बालक अभी छोटे ही थे सात आठ वर्ष की आयु के प्रतीत होते थे। नंदलाल ने पंडित जी से वापस जाने की आज्ञा मांगी, फिर कृष्णा को अपने पास बुलाकर कहा कृष्णा अब तुम्हारे रहने खाने का ठिकाना हो गया है, पर हमारे पास आते रहना।

कृष्णा ने मुस्कुरा कर कहा अवश्य, मैं आप लोगों से मिलने अवश्य आऊंगा। मुझे आपके पुत्र अर्जुन से भी तो मिलना है। इतना कहकर कृष्णा ने दोनों हाथों को जोड़कर नंदलाल को प्रणाम किया।

नंदलाल वापस अपने गांव की ओर चला गया,। पंडित रमाकांत कृष्णा को गौर से देख रहे थे, और सोच रहे थे देखने पर युवक किसी उच्च जाति का प्रतीत होता है पर इसने नंदलाल को प्रणाम क्यों किया,

नंदलाल तो शूद्र है, उन्होंने कृष्णा को देखते हुए पूछा, कृष्णा तुम किस जाति से हो।

मैं अपनी जाति नहीं जानता हूं, कृष्णा ने उत्तर दिया।

आश्चर्य है रमाकांत बोले तुम अपनी जाति जानते ही नहीं हो।

नहीं मैंने कभी जानने की कोशिश भी नहीं करी है कृष्णा ने कहा

तुम अपने माता-पिता की जाति तो अवश्य जानते होंगे।

ना, वह भी नहीं, मैंने कभी पूछा ही नहीं।

कृष्णा के उत्तर से पंडित रमाकांत को बहुत आश्चर्य हुआ, पता नहीं यह युवक अपनी जाति क्यों नहीं बताना चाहता है। फिर उन्हें नंदलाल की बातें याद आई, उसने बताया था कृष्णा के घर पर काफी सारी गायें है, अपने बचपन में कृष्णा गायें चराता था।

बाद में वृंदावन में किसी द्वारिकाधीश नाम के मंदिर में रहने लगा था। इससे प्रतीत होता है, कृष्णा या तो ब्राह्मण का पुत्र है, या किसी क्षत्रिय का पुत्र है, खैर लगता तो उच्च जाति का है।

देखो कृष्णा यहां तुम्हें दोनों वक्त का भोजन मिल जाएगा समय-समय पर तीज त्योहारों मे तुम्हें नए वस्त्र भी हम लोग देंगे। और तुम्हारे लिए आवश्यकता पड़ने पर कुछ धन की भी व्यवस्था हम करेंगे।

ठीक है, पंडित जी ने कृष्णा से पूछा।

आप मेरे लिए जो भी व्यवस्था करेंगे मुझे स्वीकार है कृष्णा ने कहा।

ठीक है, आज आराम करो, कल सुबह से गायों को गोचर की ओर ले जाना है। और हां भोजन तैयार होने की सूचना यह बूढ़ा सेवक तुम्हें दे देगा। यही बाहर दलान में बैठकर भोजन कर लिया करना।

कभी कोई काम पड़े तो घर के भीतर मत चले आना बाहर दालान से ही आवाज देना और कुएं से पानी स्वयं मत निकलना सेवक से कहना

वो तुम्हे पानी निकाल कर देगा। पंड़ित जी के ह्रदय में कृष्णा की जाति को लेक़र अब भी थोड़ा संशय था।

ठीक है मैं ऐसा ही करूगा कृष्णा ने कहा, आज तो कोई कार्य नही है, मैं थोड़ा गांव घूमना चाहता हूं।

पंडित जी ने सिर को हिलाकर अनुमति दे दी।

कृष्णा गांव घूमने के लिए निकल पड़ा, गांव पहाड़ की तहलटी पर बसा हुआ था।

गांव में अधिकांश घर बाहमणों और क्षत्रियों के थे। सभी घर पक्की ईटों के बने थे। कोई एक मंजिल कोई दो मंजिले थे। जिनमें लकड़ी की नक्काशी दार खिड़कियां और दरवाजे लगे हुऐ थे। जिन पर सुंदर वास्तु कलाकारी कारीगरों द्वारा उकेरी गई थी। सभी घरों के आगे काफी बड़ा आंगन था, जो कमर तक की पत्थर की दीवारों से घिरा हुआ था। सभी घर चूने आदि से पुते हुए थे, और घरो के सभी बरामदें द्वार और खिड़कियों को रंगों से रंगा गया था। घरों के पीछे काफी जमीन छोड़ी गई थी, जिन में पशुओं के लिए छप्पर बने थे। अधिकतर घरों के आंगन में केले के पेड़ और फलदार वृक्ष लगे थे। और प्रायः सभी घरों के आगन में, किनारे पर फूलों के पौधों की क्यारियां बनी थी जिनके पौधों में विभिन्न तरह के फूल खिले हुए थे। घूमते घूमते कृष्णा गांव के प्राचीन शिव मंदिर के पास पहुंच गया। जिसके पुजारी पंडित रमाकांत थे मंदिर काफी प्राचीन लग रहा था जो बड़े-बड़े पत्थरों को तराश कर बनाया गया था।

बाहर से पत्थरों की मजबूत चार दिवारी से मंदिर घिरा हुआ था। जिसके मुख्य द्वार पर एक बहुत बड़ा सा घंटा लटक रहा था। मंदिर का परिसर बहुत बड़ा था जिसके बीचो-बीच मंदिर की ओर मुंह करके नंदी की पत्थरों से बनी मूर्ति थी, इससे लगता था मंदिर भगवान शिव को समर्पित था। आंगन के एक किनारे पर आम का एक पुराना और बड़ा वृक्ष भी था। जिस पर ढेरों कच्चे आम लटके दिखाई दे रहे थे।

मंदिर गांव के मुख्य मार्ग के किनारे पर बना हुआ था। ये मुख्य मार्ग एक ओर सीधे नंदलाल के गांव की ओर जाता था, तो दूसरी ओर आगे पंडित रमाकांत के घर से लगता हुआ इस राज्य के नगर की ओर जाता था। जिसके किनारे बहुत सारे गांव बसे हुए थे, मार्ग कच्चा था पर चौड़ा था। जिस पर बैलगाड़ियों के पहियों के निशान कहीं-कहीं पर दिख जाते थे। इस मार्ग से लगता एक कच्चा मार्ग गोचर की दिशा की ओर जाता था यह मार्ग भी कच्चा पर बैलगाड़ी के चलने लायक चौड़ा था, कृष्णा ने इसी मार्ग से कुछ आगे तक जाने का सोचा। कुछ आगे चलने पर एक जलधारा मिल गई जो शायद उसी झरने के पानी की थी, जो नंदलाल के गांव के पास बहता था।

उसे पार कर कृष्णा आगे चलने लगा मार्ग के दोनों और विशाल मैदान में खेती की जमीनें थी। जिन पर जगह-जगह छप्पर या छोटी घास फूस की झोपड़ी दिख जाती थी। कहीं-कहीं पर कृषक अपने खेतों में काम करते दिख जाते थे। मार्ग में चलते हुए कृष्णा को चार-पांच गांव भी दिखे, ये सब पहाड़ों की तलहटी पर ही बसे हुए थे।

बीच में दो-तीन जलधाराएं भी बहती हुई मिली जो पहाड़ों से निकलकर इस मैदानी क्षेत्र में बह रही थी।

करीब एक कोस चलने के बाद कृष्णा के सामने एक विशाल मैदान आ गया, जो सामने वाली पहाड़ियों की तलहटी तक फैला हुआ था।

और उसके बाद तलहटी पर कुछ गांव दिख रहे थे, लगता था यह मैदान जानबूझकर आपसी सहमति से गांव के निवासियों ने पशुओ के चारागाह के लिए इस मैदान को छोड़ रखा था।

जहां बहुत सारी गाय बकरी घास चर रही थी, और कहीं कहीं लोग भी दिख रहे थे जो शायद उन पशुओं के ग्वाले और चरवाहे थे। इस मैदान में भी पर्वतों से निकली एक जलधारा बह रही थी जो पशुओं के लिए पीने के पानी की आवश्यकता की पूर्ति करती थी।

यह सभी गांव और गोचर इस घाटी के पश्चिमी किनारे पर स्थिति थे या यूं कहे घाटी की शुरुआत यहीं से हुयी थी। तीनो ओर विशाल पर्वतों से घिरी घाटी यहीं से शुरू होती थी। और आगे बीस कोस तक फैली लंबी घाटी के बीचो-बीच जगह-जगह पर्वतों से बहती जलधाराओ ने मिलकर एक बड़ी नदी बनाई थी, जो यहां के बसे गांवों की और नगर की पानी की आवश्यकताओं की पूर्ति करती थी।

कृष्णा को यह दृश्य बहुत मनोरम लगा, विशाल पर्वत हरे भरे वृक्षों से भरे हुए थे। घाटी के बीच का विशाल मैदानी क्षेत्र जिस पर कृषि होती थी।

जगह-जगह गांव में लगे फलदार वृक्ष पूरे क्षेत्र को आर्थिक रूप से संपन्न बनाते थे। जगह-जगह पर विशाल झरनों से बहते पानी ने इस क्षेत्र की सिंचाई व्यवस्था को मजबूत बना दिया था। सारा दिन कृष्णा इधर-उधर घूमता रहा सूर्यास्त होने को आया, तब कृष्णा वापरा पंडित रमाकांत के घर की ओर लौट चला।

घर पहुंच कर कृष्णा घर के पीछे बनी कोठरी में गया जहां बूढ़े सेवक ने जमीन पर गद्दा बिछा दिया था। जिस पर एक स्वच्छ चादर बिछी थी कोठरी के किनारे पर पानी से भरा छोटा मटका भी रखा था। साथ में पीतल से बना एक पात्र जो पानी पीने के लिए रखा था।

कोठी की एक तरफ दीवार पर बनी एक खिड़की थी जिसके पल्ले खुले हुए थे, जहां से स्वच्छ हवा आ रही थी। कृष्णा बिस्तर पर लेट गया कुछ ही क्षणों में उसे गहरी नींद आ गयी।

कृष्णा कृष्णा की आवाज से उसकी नींद खुली तो देखा बूढ़ा सेवक उसे आवाज दे रहा है। कोठरी में एक किनारे पर एक माटी का दीपक जल रहा था, जो शायद सेवक ने जलाया था। बूढ़ा सेवक बोला कृष्णा भोजन तैयार है दलान में आकर भोजन कर लो। कृष्णा उठा और सेवक के साथ कुएं के पास पहुंचा, बूढ़े ने कुएं से पानी निकाल कर कृष्णा के हाथ पैर धुलवाए।

फिर कृष्णा दलान में किनारे पर बैठ गया, बूढ़ा सेवक भीतर गया और कुछ देर बाद एक थाली में कुछ रोटियां और सब्जी लाकर लौटा। उसने थाली कृष्णा को दे दी, कृष्णा थाली लेकर भोजन करने लगा सेवक ने कहा भोजन के उपरांत थाली धोकर यही दलान के एक किनारे पर रख देना। आज से इसी थाली में तुम्हें भोजन मिलेगा।

कृष्णा ने सहमति से सिर हिलाया, भोजन के उपरांत कृष्णा ने अपनी कोठरी में पहुंचकर कृष्णा गहरी नींद सो गया।

यह रोज का ही नियम था कृष्ण रात्रि के अंतिम प्रहर में उठ जाता था। रात्रि का अंतिम प्रहार समाप्त होने जा रहा था और हल्का उजाला दिखने लगा था, कृष्णा उठा और गांव के समीप ही बह रही जलधारा की ओर चल दिया जहां स्नान आदि से निवृत होकर उसे ऐसे स्वच्छ स्थान की आवश्यकता थी, जहां पर वह ध्यान में बैठकर अपने अंतस की यात्रा में जा सके।

उसे याद आया पंडित रमाकांत के घर में नीम के वृक्ष के नीचे चबूतरा बना है, उसे ध्यान करने के लिए वह स्थान बहुत उचित लगा। इसीलिए वह घर की ओर चल दिया, आंगन में प्रवेश कर वह चबूतरे की ओर गया और उस पर ध्यान की मुद्रा में बैठ गया।

कुछ ही क्षणों में कृष्णा ध्यान की गहराइयों में खो गया। भोर का उजाला बाहर फैल चुका था। सूर्य देव उदय होने को थे। पंडित रमाकांत के घर में भी जाग हो गई थी, पंडित जी घर का मुख्य द्वार खोलकर बाहर आए बाहर उन्होंने अद्भुत दृश्य देखा।

कृष्णा पूर्व दिशा की ओर मुंह करके गहरे ध्यान में बैठा था। पंडित रमाकांन्त कृष्णा के सामने आकर कुछ दूरी पर खड़े हो गए, उनके हाथ स्वतः जुड़ गए, ऐसी अद्भुत दिव्य मूर्ति यह कृष्णा कोई सामान्य ग्वाला नहीं वरन कोई महान तपस्वी कोई महान योगी है।

कितना तेज चेहरे पर दिख रहा है ऐसा लग रहा है, कोई अदृश्य आभामंडल कृष्णा को चारों ओर से घेरे हुए हैं। उन्होंने कृष्णा को आवाज देनी चाहिए पर साहस नही हुआ, दबे पांव घर की ओर चलते हुए उन्होंने मुख्य द्वार से गृह में प्रवेश किया और कुछ ही क्षणों में वे अपनी पत्नी अपने पुत्र शशिकांत और उसकी पत्नी सरोज के साथ वह सब कृष्णा के सामने कुछ दूरी पर खड़े हो गए।

और कृष्णा को देखने लगे, पंडित रमाकांत के हाथ स्वतःनमस्कार की मुद्रा में जुड़ गए उन्हें ऐसा करते देख उनकी पत्नी ने पुत्र ने और पुत्र वधू ने भी ध्यान मग्न कृष्णा को नमस्कार किया।

फिर दबे पांव सभी वापस मकान के दलान में खड़े हो गए और कृष्णा को देखने लगे, सूर्योदय हो चुका था और उसका ताप बढ़ने लगा था कृष्णा को भी ध्यान में बैठे काफी देर हो चुकी थी।

धीरे-धीरे कृष्णा ध्यान से बाहर आया कुछ क्षण बाद कृष्णा चबूतरे से नीचे उतरा और अपनी कोठरी की ओर जाने लगा तो उसने दलान में पंडित रमाकांत और उनके परिवार को खड़े देखा जो उस की ओर देख रहे थे नजदीक जाकर कृष्णा ने सबका अभिवादन किया।

कैसे हो कृष्णा पंडित रमाकांत ने पूछा।

ठीक हूं कृष्णा ने उत्तर दिया।

रात नींद तो अच्छी आई होगी। कोई असुविधा तो नहीं हुई।

नहीं बिल्कुल नहीं कृष्णा ने मुस्कुरा कर कहा।

मैं भी सुबह जल्दी स्नान आदि से निवृत होकर मंदिर चला जाता हूं। वहां भगवान को भी स्नान आदि करना होता है शृंगार करना होता है, भक्त लोग सुबह से आने लगते हैं। पर आज कुछ देर हो गई तुम्हें ध्यान में लीन देख मैं कुएं के पास नहीं गया स्नान के लिए। रमाकांत ने कहा।

ऐसी कोई बात नहीं है कृष्णा ने कहा मुझे वह स्थान बहुत उत्तम लगा तो वहीं पर ध्यान के लिए बैठ गया। तभी रमाकांत की धर्म पत्नी बोली कृष्णा मैं कुछ देर में तुम्हारे लिए जलपान तैयार कर देती हूं,। और कुछ रोटियां दोपहर के लिए बना देती हूं, तुम और शशिकांत चाहो तो आपस में वार्तालाप कर समय बिताओ, शशिकांत और कृष्णा ने एक दूसरे को देखा, और मुस्कुरा दिए दोनों नीम के पेड़ के नीचे बने चबूतरा में बैठ गए।

और आपस में बातचीत करने लगे, शशिकांत ने बताया उसकी दो छोटी बहने है, जिनका विवाह हो चुका है, बातचीत को आगे बढ़ाते हुए शशिकांत ने बताया कि उसने काशी में पन्द्रह वर्ष गुरुकुल में रहकर अध्ययन किया है, जहां से उसने संस्कृत, व्याकरण, गणित, ज्योतिषी आदि विषयों के साथ वैदिक कर्मकाण्ड की शिक्षा प्राप्त की है।

और वह मंदिर के पीछे परिसर में एक छोटा सा विद्यालय चलाता है जहां बालकों को सामान्य शिक्षा प्रदान करता है, जिसमें छात्र संस्कृत देवनागरी लिपि से परिचित होते हैं गणित और व्याकरण को सीखते हैं, साथ ही मेरे साथ एक सहायक अध्यापक भी है जो भूगोल शारीरिक स्वास्थ्य, स्वच्छता आदि की शिक्षा देता है। कुछ वर्ष मेरे विद्यालय में शिक्षा ग्रहण करने के बाद कुछ छात्रों के अभिवावक उन्हें शिक्षा के लिए काशी में स्थित गुरुकुल में भेजते है।

कृष्णा ध्यान से शशिकांत की बातें सुन रहा था। फिर शशिकांत ने कहा तुम्हारे विषय में पिताजी ने मुझे कई बातें बताई थी जो उन्हें नंदलाल ने बताई थी, पर इस राज्य में रुकने का तुम्हारा क्या उद्देश्य है, तुमने यह नहीं बताया।

कृष्णा पहले अपनी चिर परिचित मुस्कान के साथ मुस्कुराया फिर कुछ गंभीर होकर उसने कहा उद्देश्य तो है, बिना कारण मैंने इस राज्य में रहने का निर्णय नहीं लिया है। समय पर स्वतः ही मेरा उद्देश्य आप सबको पता चल जाएगा। अभी इस विषय में कुछ नहीं बोलूंगा। कुछ देर

बाद इधर-उधर का वार्तालाप दोनों के बीच होता रहा। इतने में पंडित जी भी तैयार होकर आ गए, मंदिर जाने के लिए, और कृष्णा से बोले तुम्हारे लिए जलपान तैयार है जाकर खा लो फिर गोचर चले जाना। जलपान करने के बाद पंडित रमांकात की पत्नी ने एक कपड़े की पोटली कृष्णा को दी इसमें कृष्णा के लिए दिन का भोजन रखा था। कृष्णा ने पोटली पकड़ ली और गौशाला से गायों को खूंटे से खोलकर गोचर की तरफ चल दिया।

अध्याय 3

आज रक्षाबंधन का दिन था। कृष्णा ने घर पर सुबह ही बता दिया था कि वह जल्दी दोपहर के बाद गायों को लेकर गोचर से वापस आ जाएगा। नंदलाल का पुत्र अर्जुन परदेस से वापस आ गया होगा, उससे मिलने वह नंदलाल के घर जाएगा, और रात्रि से पहले ही वापस आ जाएगा।

कृष्णा दोपहर में गायों को घर ले आया था, उसके बाद वह नंदलाल के घर की ओर चल दिया नंदलाल के गांव पहुंचकर कृष्णा सीधे नंदलाल के घर पर गया घर के दलान में एक अठाईस उनतीस वर्षीय युवक बैठा गांव के ही तीन युवकों से बातचीत कर रहा थां। उसने कृष्णा को देखते ही कहा आओ कृष्णा यहां आकर बैठो, कृष्णा भी समझ गया यही अर्जुन है, नंदलाल का पुत्र। कृष्णा ने अर्जुन के बगल में बैठते हुए पूछा, अर्जुन घर कब पहुंचे।

कल सूर्यास्त से पहले ही पहुंच गया था अर्जुन ने उत्तर दिया। कृष्णा ने देखा अर्जुन अच्छी कद काठी का बहुत बलिष्ठ युवक है, उसकी चौड़ी छाती और उभरी हुई मांसपेशियां मजबूत हाथ बता रहे थे, उसमें कितना शारीरिक बल है, चेहरे की दृढ़ता उसके आत्मिक बल को दर्शा रही थी, रंग गोरा तो ना था पर गेहुआ रंग जरूर था, उसपर उसके सिर पर घुंघराले काले बाल उसे उसकी उम्र के युवकों से अलग उसे पहचान दिला रहे थे।

उधर अर्जुन सोच रहा था यह कृष्णा कितना आकर्षक है ऊपर से सम्मोहिनी मुस्कान का स्वामी है।

सच में किसी को भी सम्मोहित कर दे, जब अपनी बड़ी बड़ी आंखों से देखता है तो लगता है अंदर का सारा रहस्य जान लेगा। दोनों वार्तालाप करने लगे इतने में अर्जुन के दोनों बालक अपने दादा नंदलाल के संग भीतर कमरे से बाहर आए और कृष्णा को देखते ही नंदलाल के मुंह में प्रसन्नता झलकने लगी।

मैं जानता था तुम आज अवश्य आओगे नंदलाल ने कहा।

फिर उसने अपनी पत्नी को आवाज दी भीतर से उसकी पत्नी निकाल कर बाहर आई कृष्णा को देखकर उसे भी सुखद आश्चर्य हुआ। कृष्णा ने दोनों को प्रणाम किया उन लोगों से मिलकर कृष्णा को भी प्रसन्नता हुई।

नंदलाल ने दोनो बालकों को कृष्णा के पांव छूकर प्रणाम करने को कहा। दोनो बालकों ने कृष्णा के पैर छुऐ। कृष्णा ने दोनों को आशीर्वाद दिया, कृष्णा तुग मिलने आए मुझे इससे बहुत प्रसन्नता हुई मैं तुम्हारी राह ही देख रही थी। मुझे भी पूरा विश्वास था तुम मिलने अवश्य आओगे ऐसा कहकर नंदलाल की पत्नी भीतर चली गई कुछ देर बाद एक स्त्री के संग बाहर आई, नंदलाल की पत्नी ने कृष्णा से उसका परिचय करवाया ये अर्जुन की पत्नी इंदुमती है।

कृष्णा ने उसका अभिवादन किया फिर सब दलान में ही बैठकर वार्तालाप करने लगे। आपस में मिलकर सब प्रसन्न थे, बच्चे अपने दादा-दादी से बहुत समय बाद मिले थे, इसीलिए दादा-दादी की प्रसन्नता का कोई ठिकाना नहीं था।

आज त्योहार का दिन था अर्जुन की पत्नी और मां ने मिलकर कई तरह के पकवान बनाए थे। उन्होंने एक थाली में कृष्णा को भोजन परोस दिया कृष्णा चाव से भोजन करने लगा एक थाली में अर्जुन के लिए भी भोजन लगा दिया गया था। दोनों ने साथ ही भोजन खत्म किया सूर्यास्त होने वाला था।

कृष्णा ने अर्जुन से कहा अर्जुन तुम से मिलकर मुझे बहुत प्रसन्नता हो रही है।

मुझे भी तुमसे मिलकर बहुत प्रसन्नता हुई है अर्जुन ने कहा। अर्जुन को कृष्णा से मिलकर बहुत आत्मीयता का बोध हो रहा था उसका मन कर रहा था कि कृष्णा कुछ देर और यहां पर बैठे और वह दोनों वार्तालाप करते रहे।

कृष्णा तुम रोज-रोज तो यहां आ नहीं सकते हो मैं अब तीन महिने घर पर ही हूं। तुमसे मिलकर बातें कर मुझे बहुत अच्छा लगा है। हम अगर रोज ही आपस में मिलते तो कितना अच्छा होता, इस पर नंदलाल बोला कृष्णा तो रोज गाय चराने गोचर जाता है, तुम भी वहीं चले जाना।

हां यह सब ठीक रहेगा अर्जुन ने कहा।

ठीक है कृष्णा मैं तुम्हें कल गोचर में ही मिलूगां।

कृष्णा ने प्रसन्नता से हामी भरी, और कृष्णा ने वापस घर को जाने की लिए सभी से आज्ञा ली, और वापस मधेपुरा गांव की ओर लौट चला। घर पहुंच कर उसने बूढ़े सेवक को बता दिया कि वह भोजन नंदलाल के घर पर करके आया है, इसलिए रात्रि का भोजन अब वह नहीं करेगा।

यह बताकर कृष्णा अपनी कोठरी में चला गया और अपने बिस्तर पर लेट गया कृष्णा अर्जुन के ही विषय में सोच रहा था, अर्जुन की बातो से कृष्णा ने महसूस किया था कि कम पढ़ा लिखा होने के बाद भी अर्जुन के स्वभाव में बुद्धिमता की झलक प्रकट होती है।

उसके विचारों में मननशीलता झलकती है, कम बोलता है पर जितना बोलता है सारगर्भित बोलता है। भाव प्रकट करने में दृढ़ता का बोध होता है। बहुत देर विचार करने के बाद कृष्णा को कब नींद आ गई पता ही नहीं चला।

प्रातः उठने के बाद स्नान आदि ध्यान आदि से निवृत होने के बाद कृष्णा गौशाला में भी हाथ बटांने लगा था।

गौशाला की सफाई में बूढ़े सेवक का हाथ बटाता दूध दुहने में रमाकांत की पत्नी और उनकी बहू का हाथ बटांता। घर में दूध दही की कमी न थी जो दूध निकलता उसे अपनी आवश्यकता के हिसाब से घर में रख लिया जाता शेष दूध एक गाड़ीवान को दे दिया जाता था। जो सभी जगह से दूध एकत्र कर नगर में ले जाकर विक्रय करता था।

जिस घर से उसे जितना दूध मिलता उसका मूल्य वह तुरंत ही उसी समय दे देता था। जिससे गाय पालने वालों को अतिरिक्त आय भी होती थी। रमाकांत की पत्नी को माताजी कहकर और शशिकांत की पत्नी को भाभी जी कहकर कृष्णा उन्हें संबोधित करने लगा था।

कृष्णा रोज ही गायों को गोचर में बहती जलधारा में नहलाकर लाता था। साफ सुथरी गाय को देख कर घर के सभी सदस्य कृष्णा से बहुत प्रसन्न थे। माताजी कई बार कह चुकी थी कि वह बाहर दलान में भोजन न करके यही भीतर रसोई में ही बैठकर भोजन किया करें, और प्रातः कुएं से स्वयं जल निकाल कर स्नान कर लिया करे।

पर कृष्णा इन सबके लिए मना कर देता था, और मधुर हास्य से उत्तर देता था जो चल रहा है वही ठीक है।

परिवार के सदस्य हमेशा इस उलझन में रहते थे की पता नही कृष्णा क्यों इस राज्य में रुक गया है। पर उन्हें यह समझ में जरूर आता था कि इसकी सभी आदते अच्छी है, मनमौजी है जब तक यहां है तब तक है, पता नहीं कब मन उखड़ जाएगा उसी दिन अपने गांव लौट जाएगा।

रमाकांत की पत्नी तो कुछ ही दिनों में कृष्णा से पुत्रवत स्नेह करने लगी थी, रमाकांत की पत्नी ने अपनी दोनों पुत्रियां से कृष्णा को मिलवाया जो कल रक्षाबंधन के त्योहार पर घर आई थी, और आज वापस अपनी ससुराल जा रही थी। शशिकांत उनको उनकी ससुराल छोड़ने जा रहा था जो छः कोस आगे अलग-अलग गांव में थी।

कृष्णा ने उनका अभिवादन किया और गौशाला में जाकर गायों को खूंटे से खोला और उन्हें हांकते हुए गोचर की ओर ले गया। गोचर में पहुंचकर कृष्णा ने गायों को हरी घास चरने के लिए छोड़ दिया और स्वयं पेड़ों के झुरमुट के नीचे जाकर बैठ गया।

पेड़ो का झुरमुट गोचर के किनारे एक मिट्टी के टीले पर था जिसमे बहुत से वृक्ष लगे थे। अधिकतर ग्वाले वहीं पर बैठकर विश्राम करते थे, यह पेड़ों का झुरमुट उन्हें तेज धूप और वर्षा से बचता था। पेड़ों की छांव में बैठकर ग्वाले गपशप करते थे, जमीन में पत्थर से रेखाएं खींच कर बाघ बकरी नाम के खेल को खेला करते थे। कभी कपड़े की गेंद बनाकर आपस में दो दल बनाकर गोचर के मैदान में गेंद से खेलते थे।

सभी ग्वाले कृष्णा के मित्र बन गए थे, जो गोचर में कृष्ण के साथ नाना प्रकार के मनोरंजन में भाग लेते थे। कृष्णा हमेशा अपने साथ अपनी बांसुरी लेकर आया करता था। जब भी कृष्णा बांसुरी बजाता सभी ग्वाले उसके चारों ओर आकर बैठ जाते थे और बांसुरी की मनमोहक धुन में सब कुछ भूल कर मंत्र मुग्ध से हो जाते थे।

यह सभी ग्वाले आसपास के गांव के निवासी थे। कृष्णा को अभी कुछ ही देर हुई थी पेड़ों के नीचे बैठे, तभी अर्जुन आता दिखा। कृष्णा ने हाथ से इशारा कर उसे बताया कि वह पेड़ों के नीचे बैठा है। अर्जुन पास आया और कृष्णा के बगल में बैठ गया दोनों ने एक दूसरे को देखा और मुस्कुरा पड़े।

चलो अर्जुन गायां को नहलाते हैं कृष्णा ने कहा।

हां चलों, अर्जुन ने भी हामी भरी फिर दोनों टीले से उतर कर नीचें आ गये। कृष्णा ने अपनी गायों को आवाज़ लगाई कृष्णा की आवाज से गायं कृष्णा की ओर देखने लगी जो पास में ही चर रही थी। और धीरे-धीरे चलकर कृष्णा के पास आ गई थी, कृष्णा ने उन्हें सहलाया गायों ने भी कृष्णा का हाथ अपनी जीभ से चाट कर अपना दुलार जताया।

फिर धीरे-धीरे कृष्णा के साथ जाकर पास में बह रही जलधारा के पास पहुंच गई।

जलधारा बहुत गहरी ना थी घुटनों तक पानी था अर्जुन और कृष्णा ने गायों को पानी में खड़ा कर हाथों से मलमल कर स्नान कराया। फिर पानी से बाहर निकालकर उन्हें चरने के लिए छोड़ दिया और दोनों पेड़ों के झुरमुट के नीचे आकर बैठ गए फिर आपस में समय गुजारने के उद्देश्य से वार्तालाप करने लगे।

अचानक अर्जुन ने कहा,

कृष्णा तुम जानते हो इस राज्य का नाम क्या है।

हां मुझे पता है पहले यह अवंतिका के नाम से जाना जाता था पर अब इस्लामनगर के नाम से जाना जाता है। कृष्णा ने कहा,

ठीक है यहां के बादशाह का नाम जानते हो, अर्जुन ने फिर पूछा,

सुना है आजम खान नाम है उसका।

ठीक सुना है अर्जुन ने कहा, और क्या जानते हो इस राज्य के बारे में अर्जुन ने पूछा,

बहुत कुछ सुना है पर अभी इस राज्य में नया हूं धीरे-धीरे ही यहां का अनुभव होगा कृष्णा ने कहा।

तुम जानते हो यहां का मुगल बादशाह हमें किस नाम से संबोधित करता है अर्जुन ने पूछा,

ना नहीं जानता हूं कृष्णा ने उत्तर दिया।

काफिर अर्जुन ने कहा।

हिन्दू क्यों नही कृष्णा ने पूछा,

काफिर इसलिए कहते हैं जो गैर इस्लामी हो जिसका धर्म इस्लाम ना हो, अर्जुन ने बताया।

यह शब्द तो मैंने पहली बार ही सुना है, कृष्णा ने कहा।

हां इसीलिए कि भारतवर्ष छोटे-छोटे राज्यों में जरूर विभक्त है पर किसी बाहरी आक्रमणकारियों का गुलाम नहीं हुआ है। यह पहला राज्य है जो मुगलो का गुलाम हुआ है। गुलाम शब्द भी इन्हीं की भाषा का है। अर्जुन ने बताया कि इस राज्य की भाषा देवनागरी और उर्दू मिली जुली भाषा है।

जो इन सौ वर्षों में आम जनमानस की भाषा बन चुकी है। यह अवंतिका भारतवर्ष का पहला गुलाम राज्य है।

जिसमें इतनी क्रूरता से मुगलों ने यहां की निवासियों पर शासन किया है जिसकी कोई मिसाल पूर्व में नहीं मिलती है। इस राज्य का पहला मुगल शासक नसरुद्दीन अहमद बना था। करीब सौ वर्ष पूर्व वह अपने साथ आठ सौ सहयोगियों के संग हिमालय के उत्तर पश्चिम में स्थित दर्रों को पार कर यहां पहुंचा था। और उसने इस छोटे से राज्य की संपन्नता के बारे में सुना था। यहां के व्यापारी केसर लेकर बहुत दूर-दूर व्यापार करने जाते थे, वहां से उसके बदले स्वर्ण आदि धातु लेकर वापस आते थे।

संपन्न राज्य था सुख समृद्धि थी। एक दिन नसरुद्दीन की नजर इस राज्य को लग गई थी उसने इस छोटे से राज्य पर आक्रमण कर दिया। अपने साथियों सहित उसने इस राज्य को जी भर कर लूटा सैकड़ो हत्याएं की गई, सैकड़ो स्त्रियों से बलात्कार हुए।

यहां के राजा सूर्य सेन ने उससे नगर के पास ही युद्ध किया। सूर्य सेन की सेना नसरुद्दीन की सेना से संख्या में कहीं ज्यादा थी, और जनता का सहयोग भी राजा के साथ था। पर फिर भी राजा हार गया। राजा अपने परिवार सहित सैकड़ो सैनिकों के साथ मारा गया। जो सैनिक बचे वह राज्य से ही अपने परिवार को लेकर भाग गए, नसरुद्दीन अहमद के डर से बहुत सारे लोग नगर छोड़कर, गांव छोड़कर भाग निकले।

कुछ लोगों ने जंगलो में आश्रय लिया तो कुछ परिवार सहित राज्य छोड़कर दूसरे राज्यों को भाग गए। इन्हीं भागते लोगों में से नसरुद्दीन के सिपाहियों ने उनकी सैकड़ो बहन बेटियों का अपहरण कर बंधक बना लिया। इतने पर भी नसरुद्दीन रुका नहीं उसने हिंदुओं के आस्था के केंद्र बहुत से मंदिरों को पूरी तरह से ध्वस्त कर दिया, भोजपत्र पर लिखे जितने भी धार्मिक ग्रंथ उसे मिले उन सबको उसने जलवा दिया।

यह सब सुनकर कृष्णा का मन खराब हो गया पर वह उत्सुक था सारा इतिहास जानने को, फिर कृष्णा ने पूछा उन स्त्रियों का क्या हुआ।

अर्जुन ने बताया आतताई अपने संग स्त्रियां लेकर थोड़े ही आए थे। वह स्त्रियां उन्होंने आपस में बांट ली थी।

जो गांव लोगों के पलायन से खाली हो गए थे नसरुद्दीन ने अपने साथियों को उसमें बसा दिया और खुद को बादशाह घोषित कर दिया।

पहले राजा सूर्य सेन जिस किले में रहते थे उस किले का नाम नसरुद्दीन ने उनके पूर्वजों द्वारा रखें नाम सिंहगढ़ को बदलकर अहमदगढ़ और नगर का नाम अहमदनगर रख दिया।

अहमदगढ़ किले को अपना खुद का निवास बना लिया। धीरे-धीरे समय के साथ राज्य से भागे कुछ परिवार वापस लौट आये और बहुत से परिवार पहाड़ों में ही बस गएं। और उन्होंने अपनी व्यवस्था बहुत परिश्रम के बाद फिर से व्यवस्थित कर ली, पर वे सब परतंत्र थे गुलाम राज्य के दूसरे दर्जे के नागरिक।

धीरे-धीरे व्यवस्था ढ़र्रे पर आ गई, पर अब यहां के नागरिक बहुत सहम गए थे, जो कुछ भी उन्होंने भोगा था उसका डर उनके मन में गहरा बैठ चुका था। कृष्णा को इस राज्य का इतिहास जानने की उत्सुकता बढ़ती जा रही थी,

फिर आगे क्या हुआ कृष्णा ने अर्जुन से पूछा।

कुछ सालो बाद नसरुद्दीन अहमद की मृत्यु हो गई उसकी विरासत उसके सबसे बड़े पुत्र को मिली जिसका नाम फरीद खान था। उसको विरासत में राज्य के साथ उसके पिता द्वारा नागरिकों से और राजा सूर्यसेन के खजाने को लूटा गया स्वर्ण का भंडार मिला था। उसने अपनी सेना को नए सिरे से संगठित किया। और अपने पूर्वजों के मूल स्थान अरब से लोगों को बुलाकर अपनी सेना में भर्ती किया। साथ ही अपने धर्म के एक धर्मगुरु मौलाना को भी यहां बुलाया और राज्य में एक महत्वपूर्ण धार्मिक पद मौलाना को भी दे दिया।

मौलाना समय समय पर बादशाह को अपने धर्म की धार्मिक राय देता था। उसके कहने पर बादशाह फरीद खान ने अपने पूर्वजों के मुल्क से कुछ मौलवी बुलवाएं उन्होंने यहां दो-तीन स्थानों में मदरसे स्थापित किये। जहां मुगल बालक पढ़ाई लिखाई के साथ धर्म की शिक्षा भी पाने लगे। अब तक की मुगलो की आबादी भी बढ़ गई थी, राज्य में तीन चार गांव पूर्णता मुगल आबादी के हो गए थे और सेना में भी मुगल। की संख्या भी बढ़ गई थी।

अर्जुन ने कृष्णा की उत्सुकता को देखते हुए कहना जारी रखा। फरीद खान बहुत कंजूस व्यक्ति था उसने किले की चारो ओर बहुत ऊंची और मोटी पत्थरो की दीवार बनवाई, जिसके लिए राज्य के दूर-दूर क्षेत्र से जबरदस्ती लोगों को पड़कर उसके सिपाहियों द्वारा लाया जाता था।

और उनसे इन पहाड़ियों में मिलने वाली पत्थरो की खदानों से पत्थरों को निकलवाया जाता था।

और बाकी लोग उन्हें बहुत परिश्रम से ढ़ोकर किले तक पहुंचाते थे। जहां राज मिस्त्री उसे तराश कर दीवारों में चुनते थे। मेरे पिता ने बताया था कि हमारे गांव में भी फरीद खान के सिपाही आए थे और उन सभी लोगों को जबरदस्ती ले गए थे जो राजमिस्त्री का काम जानते थे।

राज्य के सभी निवासी और राजमिस्त्री जिन्हें पकड़कर लाया गया था, सिपाहियों के कड़े पहरे में काम करते थे। कोई भागने की कोशिश

करता या भाग जाता था तो सिपाही उसे ढूंढ कर ले आते थे, और सबके सामने कोड़ों से इतनी पिटाई करते थे, कि कभी-कभी वह व्यक्ति वहीं पर दम तोड़ देता था। सात आठ वर्षों में जब दीवार पूरी बन गई तब उन लोगों को उस नर्क से मुक्ति मिली थी।

उनमें से बहुत से बीमार होकर वही मर गए थे। और कुछ को सिपाहियों ने पीटकर मार डाला था।

अच्छा यह बताओ इतने कठिन कार्य के बदले उन्हें क्या मजदूरी मिलती थी, कृष्णा ने उत्सुकता से पूछा।

दो समय का भोजन अर्जुन ने कहा, हां सिर्फ दो वक्त का भोजन ही उन लोगों को मिलता था।

जिससे वे लोग जिंदा रह सके।

एक कार्य फरीदखान के पिता नसरूद्दीन अहमद ने अपने धर्म के अनुसार बहुत महान किया था, जिसे उनके धर्म में सही माना जाता है।

उसने हिंदुओं के बहुत सारे मंदिरों को तोड़ा जिसमें नगर में ही स्थित हिंदुओं के भगवान भोले शंकर महादेव का मंदिर भी है, जिसका परिसर बीस एकड़ जमीन में फैला हुआ था। जिसके मध्य में विशाल भगवान शिव का मंदिर था। मंदिर के साथ ही मंदिर से लगे बहुत से कक्ष बने थे, जहां गुरुकुल भी स्थापित था। वहां धार्मिक शिक्षा के साथ-साथ अन्य विषयों की भी शिक्षा दी जाती थी, विद्यार्थी वहीं रहकर अध्ययन करते थे।

फरीद खान के पिता नसरुद्दीन अहमद ने उस मंदिर को भी ध्वस्त कर दिया था। पर महादेव की लीला कहे, मंदिर का गर्भगृह और उसके आगे का भाग चमत्कारी रूप से टूटने से बच गया, था।

पता नहीं क्यों उसने मंदिर के गर्भगृह और उससे लगता, मंदिर के आगे का भाग को नही तोड़ा या किसी कारणवश नही तोड़ पाया। पर

उसके पीछे जितना भी निर्माण था वह सब तोड़ दिया था, फिर आगे क्या हुआ कृष्णा ने उत्सुकता से पूछा।

कृष्णा की उत्सुकता को देखकर अर्जुन आगे बताने लगा मौलाना और मौलवी ने फरीद खान के कान भरे कि नगर के मध्य में जो शिव मंदिर का जो शेष भाग बचा है उसे भी तोड़ दिया जाए, और वहां पर इबादत के लिए एक मस्जिद का निर्माण कराया जाए।

फरीद खान को मौलाना मौलवियों का यह प्रस्ताव बहुत अच्छा लगा वह स्वयं भी एक कट्टर मुसलमान था। मूर्तियों को तोड़ने या खंडित करने की आज्ञा उसके धर्मगुरु देते थे।

और यह एक पुण्य का कार्य माना जाता था, फरीद खान ने अपनी सिपाहियों के एक दल को भगवान शिव का मंदिर तोड़ने भेजा। फिर क्या हुआ उत्सुकता से कृष्णा ने पूछा।

वही बता रहा हूं अर्जुन ने कहा आग की भांति यह बात पूरे नगर में और उसके आसपास के गांवों में फैल गई।

देखते ही देखते मंदिर परिसर में हजारो की संख्या में लोग इकट्ठा हो गए और मंदिर तोड़ने का विरोध करने लगे उन्हें देखकर लगता था कि अब भी उनके अंदर साहस बचा हुआ है। वह लोग अभी मुर्दा नहीं हुए हैं।

मुसलमान सिपाहियों ने उन्हें हटाने के लिए बल प्रयोग करना शुरू किया दस बारह लोग मारे गए जिनमें दो तीन सिपाही भी इस संघर्ष में मारे गए। जब फरीद खान को इस घटना के बारे में पता चला तो उसने स्वयं आकर इस संघर्ष को रुकवाया।

फिर आगे क्या हुआ कृष्णा ने पूछा।

अर्जुन मुस्कुराया उसे अच्छा लग रहा था कि कृष्णा कितना उत्सुक है इतिहास जानने के लिए।

अर्जुन ने फिर कहना शुरू किया कि फरीद खान अब लुटेरा नहीं था, वरन् वह इस राज्य का शासक था उसने हिंदुओं से एक समझौता किया कि शेष मंदिर जो बचा है उसमें और उसके आगे का परिसर है उसमें हिंदू लोग अपनी पूजा अर्चना करेंगे और मंदिर का जो भाग तोड़ा जा चुका है और उससे लगती परिसर की जमीन है वह मुगलों की होगी। इस समझौते के आधार पर मंदिर से लगती हुई एक दीवार बनाई गई और हिंदुओं के लिए दीवार के इस और मंदिर का शेष भाग व परिसर हो गया। और दीवार की दूसरी ओर मस्जिद का निर्माण शुरू हो गया।

पर मंदिर और उसके परिसर की जमीन तो हिंदुओं की थी कृष्णा ने कहा।

जो समझौता हुआ वो बहुत अपमानजनक समझौता हुआ, हिंदुओं को इसे मानने के अलावा और कोई रास्ता नहीं था अर्जुन ने कहा।

फरीद खान की मौत के बाद हमारा आज का बादशाह फिरोजखान राजगद्दी पर बैठा। यह एक नंबर का अय्याश है, इसका हरम हिंदू युवतियों से भरा हुआ है। इसके सिपाही इस राज्य और दूसरे राज्यों से भी गरीब मां-बाप की बेटियों को लालच देकर खरीद लाते हैं। कभी अपहरण करके भी लाते हैं। और बादशाह के हरम में पहुंचा देते है। साथ ही किसी अकेले युवक जिसका यहां कोई संबंधी ना हो उसको जबरदस्ती उठाकर दास बना लेते है, अन्य राज्यों से भी अपहरण कर के युवकों को आते है और उन्हें दास बना लिया जाता है।

जो महल की सेवा करते हैं, जब वे संख्या में ज्यादा हो जाते है तो उन युवतियों और युवकों को सुदूर अरब में ले जाकर मड़ियों में बेच दिया जाता है। इतने अत्याचारी कुकर्मी लोग हमारे राज्य में हमारे ऊपर ही राज कर रहे हैं और हम परतंत्र होकर उन्हें बादशाह मानने को वाध्य है। इतना कहकर अर्जुन चुप हो गया एक गहरी पीड़ा का भाव उसके चेहरे पर छा गया मानो किसी ने उसका हृदय भाले की नोक से विदीर्ण कर दिया हो।

बहुत देर तक दोनों चुप रहे फिर कृष्णा ने पूछा क्या तुम सोचते हो कि ये मुगल हमसे अधिक शक्तिशाली, थे। संख्या बल में हमसे अधिक थे युद्ध कला में हमसे ज्यादा प्रवीण, और हमसे अधिक उत्तम शस्त्रों से सज्जित थे जिसके कारण हम उनके सामने टिक नहीं पाए।

कुछ देर चुप रहने के बाद अर्जुन ने उत्तर दिया, नहीं इनमें से एक भी बात उनके पक्ष में नहीं है, पर एक बात उनके पक्ष में जाती है कि वह लोग बहुत बर्बर आंतकी लुटेरे थे, और आंतक के बल पर लूटपाट के अभ्यस्थ थे।

तो क्या मैं यह मानू कि हमारे अंदर साहस की कमी थी, उनकी बर्बरता को देखकर हमने भय से हार स्वीकार कर ली कृष्णा ने कहा।

नहीं यह भी सच नहीं है। अजुर्न ने कहा

तो फिर सच क्या है कृष्णा ने पूछा।

कुछ देर सोचने के बाद अर्जुन ने कहा योग्यता को सम्मान न देना, योग्य व्यक्ति को उसका स्थान दे देना।

जहां तक अनुभव में मैंने पाया है हमारे हिंदू जाति पहले जाति भक्त है फिर बाद में देशभक्त है। चार जातियों में बंटे लोग उनमें भी अनेक जातियों में बटे लोग, बात करने से पहले जाति पूछते है।

तुम सही कह रहे हो अर्जुन, कृष्णा ने कहा। इन तीन माह के देशाटन में मैं जहां भी गया प्रत्येक स्थान पर मैंने इसे अनिवार्य रूप से व्यवहार में पाया है। योग्यता का कोई स्थान नहीं है, जाति का स्थान सर्वोपरि है। अपने से निम्न जाति का कोई व्यक्ति योग्य हो तो उससे ऊपर की जाति के लोगों को वह व्यक्ति स्वीकार नहीं होता है।

इस राज्य का राजा हारा भी इसी कारण जो लोग आपस में साथ बैठ नहीं सकते, साथ भोजन नहीं कर सकते, एक दूसरे का छुआ पानी पी नहीं सकते, जिनकी युद्ध काल में भी रसोई अलग-अलग होती है,

और पानी भी अलग-अलग बर्तनों में रखा जाता हो ऐसे में वह युद्ध कैसे आपस में मिलकर लड़ सकते थे।

अगर कोई शूद्र है परन्तु युद्ध कला में प्रवीण है, चतुर है और नेतृत्व की क्षमताओं से पूर्ण है इस पर भी वह सवर्णो की सेना का अधिकारी कभी नहीं बन सकता है। क्योंकि वह शूद्र है, उसने शूद्र कुल में जन्म लिया है। इसीलिए उसकी प्रतिभा का कोई मूल्य नहीं है कोई सम्मान नही है।

तुम सत्य कह रहे हो कृष्णा अर्जुन ने कहा मैं समझ सकता हूं हमेशा यही देखा गया है कि क्षत्रिय ही राजा बनता है ये उसका जन्म से अधिकार है। सेना के उच्च पदों में क्षत्रिय ही आसीन होते है और राज्य के मंत्री पद हमेशा ब्राह्मण को ही दिया जाता है।

क्या कोई अन्य योग्य व्यक्ति पैदा ही नहीं होता है जो इन पदों में आसीन हो सके क्या योग्यता जाति के आधार पर जन्म लेती है या योग्यता किसी भी व्यक्ति में उसका आंतरिक स्वभाव है। मैं उस युद्ध के समय पैदा तो नहीं हुआ था पर जैसी सामाजिक स्थिति आज है उससे अनुमान लगा सकता हूं क्या हुआ होगा।

आरोग्य सेनानायक जो जाति के आधार पर सेनानायक कहलाए होंगे उन्होंने कैसा नेतृत्व किया होगा। आरोग्यमंत्री जिसको सलाह पर ब्राह्मण क्षत्रिय वैश्य और शूद्रों के अलग-अलग चूल्हे जलवाये गये होंगे, उनका पानी अपनी अलग पात्रों में रखा गया होगा। जो शूद्र और अछूत जातियों के वीर, राजा की ओर से लड़ने आए होंगे उनकी अलग टुकड़ी बनाई गई होगी और उनसे कहा गया होगा।

युद्धकाल में हमारे कंधे से कंधा मिलाकर मत लड़ना, दूर रहकर युद्ध करना तुम्हारे छू जाने से हमारी जाति भ्रष्ट हो जाएगी। हम अपवित्र हो जाएंगे। हमारे भोजन स्थल और पानी की ओर आना भी नहीं तुम्हारे छू जाने से हमारा भोजन हमारा पानी अपवित्र हो जाएगा।

इतना कहकर अर्जुन ने कृष्णा की ओर देखा और दोनों खिल खिलाकर जोरों से हंस पड़े। तुम्हारा अनुमान बहुत हद तक सही है। टुकड़ों में बंटे लोग अपनी जन्मभूमि की क्या ही रक्षा कर पाते। कृष्णा ने कहा।

अर्जुन ने फिर कहना शुरू किया आज भी कभी-कभी यहां कानों में सुनाई पड़ जाता है, कि मुगलों को भगाना है तो हिंदूआं एक हो जाओ और जाति छोड़ो एक बनो पर कहने वालों ने कभी सोचा है कि उनके आंडम्बर वाले वचनों से एकता संभव ही नहीं है।

जब तक ही वे स्वयं पहल नहीं करेंगे और शूद्र के साथ मिलकर भोजन, नहीं करेंगे एक लोटे से जल नहीं पियेंगे, विवाह संबंध नहीं बनाएंगे तब तक हिंदू जाति छोड़ो एक बनो का नारा आडंबर ही रहेगा। स्वयं कहने वालों को पहल करनी होगी। तभी मुगलों के विरुद्ध पूरा राज्य एक हो पाएगा।

अर्जुन ने कृष्णा को संबोधित कर फिर से कहना शुरू किया। कृष्णा मैं यहां से दो राज्यों को पार करके मणिपुर राज्य में अपना काम धंधा करता हूं। जहां मैं कृषी यंत्रों के साथ घरेलू बर्तन और उम्दा किस्म की तलवारें भी बनाता हूं। वहां मेरे साथ लोहार के काम में दो-तीन कारीगर भी काम करते हैं।

मेरी बनाई तलवारों की प्रशंसा वहां के राजा के दरबार में भी होती है, परन्तु मेरी इस योग्यता के बदले मुझे क्या मिलता है।

मैं और मेरा परिवार किसी मंदिर में प्रवेश नहीं कर सकते है। मेरे दोनों बालकों की शिक्षा के लिए कोई विद्यालय प्रवेश नहीं देता है। मेरी पत्नी कहीं पर कथा हो भजन हो वहां जा नही सकती है। मेरे दोनों बालक आसपास के सवर्ण बालकों के साथ खेल नहीं सकते है। मैंने कुछ धन भी इकट्ठा किया है पर मैं वहां नगर में अपने लिए भवन बनाने के लिए सवर्णो के बीच भूमि नहीं खरीद कर सकता हूं। केवल हमारा एक

ही दोष है कि हमने हिंदुओं की वर्ण व्यवस्था में शूद्र जाति में जन्म लिया है।

यह वर्ण व्यवस्था का घुन कैसे हमारे हिंदू समाज को खा रहा है, कभी हिंदू धर्माचार्यों ने सोचा है, प्रवचन में तो यही धर्माचार्य कहते है। जाति छोड़ो एक बनो। पर कभी स्वयं इन्होंने शूद्र के साथ भोजन किया है। कभी एक जलपात्र में जल पिया है।

वार्तालाप करते हुए काफी समय हो चला था कृष्णा ने अर्जुन की ओर देखा फिर कहना शुरू किया इन विधर्मियों को दोष देना, इन्हें बुरा भला कहना मैं तो उचित नहीं समझता हूं। यह यहां आए हैं इन्होंने इस राज्य पर कब्जा किया।

यह पूरे भारतवर्ष की हिंदू जाति को चेतावनी है कि समय रहते अभी भी संभल जाओ, अपनी सामाजिक ताने-बाने में सुधार करो, नही तो पूरे भारतवर्ष के राज्य इन विधर्मियों के गुलाम होंगें यह चेतावनी विधर्मियों के माध्यम से ईश्वर ने हिन्दू संस्कृति को मानने वालों को दी है, पर लगता है इतना देखकर भी इनकी आंखें नहीं खुली है।

यह वर्ण व्यवस्था फिर हिंदुओं में कहां से आई है। अर्जुन ने पूछा फिर स्वयं ही उत्तर दिया, सुना है किसी राजा के मंत्री या ब्राह्मण ने इस सामाजिक संविधान की रचना की थी और उस राजा ने इस संविधान को व्यवहार में लागू किया था।

अर्जुन ने पूछा कृष्णा इसे संविधान में योग्यता का कोई स्थान है या नही।

कृष्णा ने उत्तर दिया इस संविधान में एक ही बात उभर कर आती है, योग्यता का तिरस्कार और अयोग्य को पुरस्कार। जिस भी ब्राह्मण ने हिंदू जनमानस के लिए इस संविधान की रचना करी और जिस राजा ने इस संविधान को लागू कराया है। वे दोनों ही अदूरदर्शी थे, उन्होंने अपने ही परिवार को तोड़कर रख दिया। पांचो उंगलियां मिलकर एक

मुट्ठी बनती है, उन्होंने पांचो उंगलियों के मुट्ठी बनने के सारे रास्ते बंद कर दिए।

तुम ठीक कहते हो कृष्णा अर्जुन ने कहा,

कुछ देर शांत रहने के बाद कृष्णा ने अर्जुन से कहा बहुत गंभीर बात कर ली चलो अब थोड़ा मनोरंजन करते है, सामने मैदान में ग्वाले गेंद खेल रहे है, हम भी चलकर खेलते है। दोनों उठे और ग्वालों के बीच खेल में शामिल हो गए, सूर्य भगवान पश्चिम दिशा की ओर अग्रसर थे।

कृष्णा ने कहा अर्जुन अब समय हो गया है गायों को घर की ओर ले चलने का, दोनों ने गायो को इकट्ठा किया और घर की ओर ले चले। पंडित रमाकांत के घर से अर्जुन अपने घर को चला गया।

यहां से एक कोस की दूरी पर ही अर्जुन का गांव था।

अध्याय 4

कुछ ही दिनों में कृष्णा और अर्जुन में प्रगाढ़ मित्रता हो गयी थी। दोनो एक दूसरे से मिले बिना नही रह पाते थे। अर्जुन रोज ही गौचर, कृष्णा से मिलने आने लगा था। दोनो गायो को नहलाते, ग्वालो के साथ खेलते। आपस में गपशप करते। कभी पेड़ों के झुरमुट के नीचे बैठ, चर्चा करते करते राज्य की स्थिति की चर्चा करने लगते। उन चर्चाओ में अब ग्वाले भी सम्मिलित होने लगे थे।

विषय कभी बहुत गंम्भीर भी हो जाता था। कृष्णा को प्रतीत होता था कि सभी के ह्रदय में राज्य की सत्ता के प्रति विद्रोह की चिंगारी दबी हुयी थी। कृष्णा को उन सब की बातों से ऐसा प्रतीत होता था कि यदि योग्य नेतृत्व मिले तो ये संख्या में मुट्ठी भर ग्वाले विधर्मी अत्याचारी की सत्ता को चुनौति देने में पीछे नही हटेगे।

इसी तरह कृष्णा और अर्जुन का दिन गुजर जाता था। पर एक दिन जब दोनों सूर्यास्त से पहले गायों को लेकर पंड़ित रमाकांत के घर के बाहर पहं चे तो उन्हें कोलाहल सुनाई पडा जो मंदिर की ओर से आ रहा था। कृष्णा ने शीघ्रता से गायों को ले जाकर गौशाला में बांध दिया। और तेजी से बाहर आया, कृष्णा और अर्जुन तेजी से मंदिर की ओर बढ़े। मंदिर के समीप पहु च कर कृष्णा और अर्जुन ने देखा मंदिर परिसर में ग्राम वासियो की भीड़ जमा है। मंदिर के भीतर से किसी युवती की रोने की आवाज आ रही थी। और कोई पुरूष जोर जोर से चिल्ला कर कुछ कह रहा था।

कृष्णा ने अपने बगल में खड़े व्यक्ति से पूछा क्या हो गया है, इतने लोग कैसे जमा है। उस व्यक्ति में बताया कि पंडित रमाकांत के छोटे भाई श्री प्रकाश की पोती जो करीब चौदह पंद्रह वर्ष की थी, यहां परिसर में खेल रही थी खेल-खेल में उसने परिसर में लगे आम के पेड़ पर जिसमें कच्चे आम लटके हुए थे, आम तोड़ने के लिए पत्थर का एक ढ़ेला फेंका जो आम पर न लगकर बाहर मार्ग से गुजर रहे एक व्यक्ति के सिर में जा लगा जो की सल्तनत का एक मुगल कर अधिकारी है।

और अपने मुगल सिपाहियों के साथ सीमा पर से व्यापारियों से कर वसूली कर नगर की ओर सरकारी खजाने में धन जमा करने के लिए जा रहा था। अब उसने और उसके साथ के सिपाहियों ने बवाल काट दिया है।

कृष्णा और अर्जुन ने दोनों हाथो से लोगों को किनारे किया और वह दोनों मंदिर के गर्भगृह के पास पहुंच गए, जहां उन्होंने देखा कि एक व्यक्ति के सिर पर चोट लगी है, जिससे रक्त बह कर उसके मुंह से होता हुआ उसके कपड़ों पर भी गिरा हुआ है,। रक्त बहना तो रूक चुका था पर चोट अवश्य लगी थी।

उस व्यक्ति ने एक युवती का हाथ पकड़ा हुआ है और भद्दी भद्दी गालियां देता हुआ उसे खींच रहा है। युवती जमीन पर गिरी पड़ी थी और उसने अपने दूसरे हाथ से गर्भगृह में गड़े भगवान शिव के बड़े से त्रिशूल को पकड़ रखा था।

गर्भगृह के भीतर पंडित रमाकांत उनका भाई श्री प्रकाश उसका पुत्र राम प्रकाश हाथ जोड़कर उस मुगल कर अधिकारी से विनती कर रहे थे। पंडित रमाकांत कह रहे थे क्षमा कर दो कन्या ने जानबूझकर पत्थर नहीं मारा है आम तोड़ते वक्त भूल से पत्थर आपको लग गया हैं।

क्षमा कर दो, क्षमा करने की विनती बार-बार दोनों भाई उस मुगल कर अधिकारी से कर रहे थे। गुस्से से पागल होकर वह कर अधिकारी एक ही जिद पर अड़ा था तुम लोगों ने जानबूझकर इससे पत्थर मेरे ऊपर फिंकवाया है, मैं तुम लोगों को छोड़ूंगा नही।

मैं सप्ताह भर की कर वसूली कर उसे सरकारी खजाने में जमा करने जा रहा था तुमने मुझे चोट पहुंचाने के उद्देश्य से पत्थर मारा है, मैं इसे नगर कोतवाल के पास ले जाकर रहूंगा।

दोनों भाई रमाकांत और श्री प्रकाश घुटनों के बल बैठकर उससे विनती कर रहे थे, आप हमसे कुछ धन ले लीजिए पर इस कन्या को छोड़ दीजिए। पर वह टस से मस नहीं हो रहा था, वह कन्या को भद्दी भद्दी गाली देकर खींचने की कोशिश करने लगा। और कन्या रोते हुए बिलखते हुए मजबूती से भगवान शंकर के त्रिशूल को पकड़े हुऐ थी। कृष्णा और अर्जुन ने यह सब देखा और सुना। कर अधिकारी के सिर में चोट तो थी पर मामूली थी पर कर अधिकारी के सिर पर हवस का भूत सवार हो गया है इन दोनों को और वहां खड़े सभी को समझ में आ गया था।

कृष्णा ने अर्जुन को एक गहरी दृष्टि से देखा अर्जुन समझ गया अब क्या होने वाला है, कृष्णा तेजी से आगे बढ़ा और उसने झटके से उस अधिकारी से युवकी का हाथ छुड़ा लिया और एक बहुत दमदार मुक्का उस अधिकारी के नाक पर मार दिया उसकी नाक से खून का फव्वारा फूट पड़ा और अपनी नाक दोनों हाथों से दबाकर वह जमीन पर गिर पड़ा और दर्द से कराहने लगा।

यह सारा दृश्य वहीं पर गर्भगृह के बाहर खड़े चारों सिपाहियो ने देखा वे चारों कृष्णा पर टूट पड़े। कृष्णा ने एक ही मुक्के में एक सिपाही की नाक तोड़ दी वह अपनी नाक दोनो हाथ से दबा कर जमीन पर गिर पड़ा।

उधर अर्जुन के एक-एक मुक्के में बाकी तीनों सिपाहियों को धराशायी कर दिया। सभी की नाक और मुंह से रक्त बहने लगा। सभी ने अपने दोनों हाथों से अपने मुंह और नाक को दबा रखा था। गर्भगृह में चारों ओर रक्त फैल गया था। अब कृष्णा और अर्जुन ने उन पांचो को घसीट कर गर्भगृह से बाहर परिसर में ला पटका, फिर कृष्णा ने अपनी चिर

परिचित मुस्कान के साथ उसे युवती से कहा, घबराओ नहीं जो डरी सहमी सी एक किनारे पर खड़ी थी।

डरो नहीं देखो तुम्हें तंग करने वालों का हमने क्या हाल करा है, अब मत डरो घर जाओ, वहां पर उपस्थित सभी लोगो को जैसे सांप सूंघ गया था। स्तब्ध से सब खड़े थे।

पंडित रमाकांत और उनका भाई और उनके भाई का पुत्र चुपचाप खड़े थे। अचानक से यह सब क्या हो गया। तभी उन चारों सिपाहियों और अधिकारी के शरीर में हलचल होनी शुरू हुई, अपनी नाक और मुंह दबाए वह जमीन से उठे उन्होंने सिक्कों से भारी थैलियां उठाई जो उनके हाथो से गिर गई थी।

और धीरे-धीरे परिसर से बाहर जाने लगे। तभी उनमें से उनका कर अधिकारी पलटा और उसने कृष्णा और अर्जुन की ओर देखकर कहा, मैं तुम्हारा क्या हाल करूंगा तुम्हैं कल पता चलेगा।

ऐसा कहकर वह अपने साथियों के संग मंदिर परिसर से बाहर चला गया। भावी आशंका के डर से कुछ देर शांति के बाद पंडित रमाकांत ने चीखते हुए कृष्णा और अर्जुन से कहा, तुम्हें यहां किसने बुलाया था। किसने तुमसे मारपीट करने को कहा था। तुम दोनों यहां क्यों आए।

हम कुछ दे दिलाकर मामला शांत कर लेते पर अब तुम्हारी मूर्खता को हम सब भुगतेंगे।

उनका क्रोध बढ़ता ही जा रहा था, चेहरा क्रोध से विकृत हो गया था, अनायास उनके अंदर का धर्म जाग उठा वह चीखते हुए अर्जुन से बोले नीच शूद्र तूने मंदिर में प्रवेश क्यों किया, नीच तू इस गर्भगृह के अंदर क्यों आया तूने मेरा धर्म भ्रष्ट कर दिया है।

भगवान को भी अपवित्र कर दिया है। इतना कहकर गुस्से में हाथ उठाकर अर्जुन को मारने दौड़े अचानक उपस्थित भीड़ को चीरता हुआ

एक युवक आगे आया और उसने पंडित रमाकांत का उठा हुआ हाथ मजबूती से पकड़ लिया।

यह शशिकांत था पंडित रमाकांत का पुत्र जो भीड़ में खड़ा सब देख रहा था, उसने पंडित जी का उठा हाथ जोरो से नीचे पटका और डांटने के स्वर में कहा।

आपको शर्म नहीं आती पिताजी, जो कृष्णा और अर्जुन को भला बुरा कह रहे हैं। आपको चुल्लू भर पानी में डूब मरना चाहिए। अभी तक आप तीनों उस मुगल अधिकारी के पैरों में पड़कर दया की भीख मांग रहे थे, सोचा आपने यदि वह हमारी बहन को ले जाने में सफल हो जाते तो तब क्या होता। न जाने किस हाल में हमको हमारी बहन मिलती और शायद नहीं भी मिलती, इन दोनों ने हमारा सम्मान अपने प्राणो पर खेल कर बचाया है और इन्हें ही आप गालियां दे रहे है, चुल्लू भर पानी में डूब मरिये।

शशिकांत ने अपने पिता को लताड़ा, फिर शशिकांत ने कहा यह पत्थर से बना मंदिर क्या हमारी बहन और हमारी इज्जत से ज्यादा पवित्र है। आपको तो कृष्णा और अर्जुन को गले लगाना चाहिए जिनके साहस से हमारे परिवार के सम्मान की रक्षा हुई है। पंडित रमाकांत स्तब्ध से खड़े अपने पुत्र की बात सुन रहे थे, और फिर दोनों हाथों से सिर पकड़कर धम्म् से जमीन में बैठ गए।

कुछ देर दोनों हाथों से सिर पकड़ कर बैठने के बाद पंडित रमाकांत उठे। सभी ने देखा उनकी आंखों से आंसू बह रहे थे, पंडित रमाकांत आगे बढ़े और उन्होंने कृष्णा और अर्जुन को गले लगा लिया। और बोले कृष्णा मुझे क्षमा कर दो, अर्जुन मुझे क्षमा कर दो, फिर उपस्थित समुदाय की ओर पलट कर उन्होंने कहा मैं ईश्वर की शपथ लेता हूं मेरी मृत्यु के पश्चात ही मुगल सिपाही कृष्णा और अर्जुन को छू पाएंगे।

हां हम भी शपथ लेते हैं कुछ स्वर वातावरण में उभरे यह स्वर पंडित रमाकांत के भाई और उसके पुत्र राम प्रकाश और शशिकांत के साथ भीड़

में उपस्थित चार-पांच युवकों के थे। चलिए अब घर को चले शशिकांत ने अपने पिता और चाचा श्री प्रकाश से कहा फिर सभी पंडित रमाकांत के साथ उनके घर की ओर बढ़ चले।

घर के आंगन में नीम के तले बने चबूतरे पर पंडित रमाकांत बैठ गए उन्होंने कृष्णा और अर्जुन से कहा कृष्णा तुम और अर्जुन मेरी बगल में बैठो। दोनों पंडित रमाकांत के बगल में जाकर बैठ गए, उपस्थित सभी ग्राम वासी उनके सामने जमीन पर ही बैठ गए वातावरण बहुत गंभीर हो चला था सब शांत बैठे थे।

सभी के मन में एक प्रश्न उठ रहा था कि कल क्या होगा, एक ओर कृष्णा और अर्जुन का साहस था तो दूसरी ओर राज्य का भय। इतने में पंडित रमाकांत ने वातावरण में छाई गंभीरता को तोड़ा और बोले हम लोग इतने भीरू हो चुके हैं कि हमें अपने सम्मान की रक्षा के लिए भी इन कुर्कमियों से भी याचना करनी पड़ रही है, यह बहुत लज्जा की बात है हमारे लिए।

कल निश्चित है वह कर अधिकारी अपने साथ नगर कोतवाल को लेकर आएगा साथ ही उनके साथ सिपाहियों का दल भी होगा। तब हमें क्या करना चाहिए क्या इन दोनों को जंगल में छुपा दे क्या ये उचित रहेगा। इस पर कृष्णा बोला हम कहीं नहीं जाएंगे यही पर रहेंगे और उन अत्याचारियों का सामना करेंगे हमने जो किया है उसका परिणाम भी हम दोनों को ही भोगने दीजिए।

हम नहीं चाहते है कि हमारे जंगल में छुप जाने के कारण आप सभी पर विपत्ति आए हमारा बदला वह लोग आपको तंग करके ले क्यों अर्जुन ठीक कहा। कृष्णा ने कहा।

मेरा भी यही विचार है मैं कब से इस घड़ी का इंतजार कर रहा हूं जब इन विधर्मी अत्याचारियों से दो दो हाथ कर सकूं अर्जुन ने उत्तर दिया।

तब ठीक है तुम दोनों का यही निर्णय है तो तुम दोनों हमारे साथ ही रहोगे, देखता हूं कौन तुम्हें छूता है। मेरे प्राण लेने के बाद ही वह

तुमको हाथ लगा पाएंगे पंडित रमाकांत बोले, साठ वर्षों से अधिक आयु के हो गए थे पंड़ित रमाकांत परंतु उनका उत्साह देखते ही बनता था।

हम भी तुम्हारे साथ है कृष्णा अर्जुन और वहां उपस्थित दस बारह युवको के और स्वर उभरे, मैं भी तुम्हारे साथ हूं एक जोरदार स्वर सुनाई पड़ा सभी लोग उस ओर देखने लगे जिधर से यह अकेली आवाज आई थी, उन्होंने देखा एक किनारे से अर्जुन का पिता नन्दलाल बैठे हुए लोगों के बीच से मार्ग बनाते हुए नीम के पेड़ के नीचे चबूतरे पर बैठे पंडित रमाकांत कृष्णा और अर्जुन की और आ रहा था उसने आते ही अर्जुन को अपनी भुजाओं में भर लिया फिर कृष्णा को भी अपनी भुजाओं में भर लिया। फिर जोरों से बोला कोई तो निकला माई का लाल, कोई तो निकला शेर की औलाद तुम दोनों को देखकर मेरा सीना चौड़ा हो गया है। कल जो होगा वह देखा जाएगा।

इतने में पंडित रमाकांत आगे बढ़कर आए और उन्होंने नंदलाल को गले से लगा लिया और बहुत प्रेम के साथ चबूतरे में अपनी बगल में बैठा लिया, पंडित रमाकांत की आंखें छलछला आयी थी, यह आंसू उस व्यक्ति को देखकर स्वयं ही बरस पड़े थे जिसके पुत्र ने साहस दिखाकर उनके परिवार के सम्मान को बचा लिया था।

इन आंसूओ के साथ पंडित रमाकांत का सारा जातीय अभिमान जाता रहा। उन्हें आज एहसास हो रहा था कि उन्होंने और उनके पूर्वजों ने इस छुआछूत की न मिटने वाली रेखा खींचकर कितना बड़ा अपराध किया था। जो रेखा एक ही परिवार के भाइयों के बीच खींच दी गई थी। उन्हें आज इस बात का एहसास हो रहा था की श्रेष्ठ तो व्यक्ति अपनी योग्यता से होता है। ना कि किसी श्रेष्ठ के घर जन्म लेने से।

एक वह थे जो श्रेष्ठ कुल का अभिमान रखते थे और मुगल कर अधिकारी के पैरों में झुककर अकारण क्षमा मांग रहे थे। और एक यह युवक है जो अन्याय सह ना सका और जिसने अपने बज्र जैसे घूसे के

प्रहार से तीन तीन आतताईयों को धराशायी कर दिया था। जिस युवक का जन्म ही शूद्र कुल में हुआ था, हीन समझे जाने वाले कुल में।

इसी बीच उपस्थित समुदाय में से एक व्यक्ति ने रमाकांत की ओर देखते हुए खड़े होकर पूछा कल के विषय में आपने क्या निर्णय लिया है।

जिसका उत्तर कृष्णा ने दिया। पहले कृष्णा ने सभी उपस्थित लोगों को शांत रहने के लिए कहा, फिर कहना शुरू किया यह तो निश्चित है कल नगर कोतवाल अपने सिपाहियों सहित हम दोनों को पकड़ने अवश्य ही आएगा।

हम दोनों उसके सामने घटना की सच्चाई को बताएंगे और यदि पूर्वाग्रह से ग्रसित होकर सच्चाई को न समझते हुए वह हमे किसी भी प्रकार से प्रताड़ित करने का प्रयत्न करेगा तो हम दोनों उसका विरोध करेंगे, तभी आप सब लोग वहां पर आइयेगा परंतु ध्यान रहे अपने साथ कोई हथियार लेकर ना आना मैं नहीं चाहता कि हम उन्हैं किसी भी तरह से उत्तेजित करें।

जिससे वह लोग भी अपने साथ लाये हथियारों का प्रदर्शन करें। इससे बात बहुत बढ़ जाएगी आप लोग लाठी डंडे अवश्य रख सकते है पर उन्हें किसी स्थान पर छुपा कर रखें जहां से समय पर उन्हे निकाला जा सके मेरी समझ में तो मंदिर का परिसर ठीक रहेगा जहां आप सब लाठी डन्ड़ों को रख सकते है, आप सब वही पर एकत्र भी हो सकते है।

बिल्कुल सही है, हम लोग मंदिर परिसर में ही एकत्र होगें, उपस्थित गांव वालो ने एक स्वर में उत्तर दिया, योजना सभी को ठीक प्रतीत हुई थी, आज की घटना ने सभी के ह्रदय में दबी उस चिंगारी को हवा दे दी थी, जो उनके ह्रदय में बरसो से दबी हुई थी।

समय-समय पर अत्याचारियों के समक्ष घुटने टेकने से जो भीरूता उनके ह्रदय में जन्म ले चुकी थी, उसकी जगह साहस ने और सम्मान ने ले ली थी।

अब पंडित रमाकांत ने सभी को निंश्चिन्त होकर घर जाकर सोने को कहा। धीरे-धीरे सभी उठकर अपने घरों को चले गए। नंदलाल और उसका पुत्र अर्जुन और श्री प्रकाश ही वहां पर शेष रहे। पंडित रमाकांत ने नंदलाल से कहा भाई नंदलाल रात्रि का प्रथम प्रहर शुरू हो गया है ऐसे में तुम कहां घर जाओगे तुम और अर्जुन हमारे साथ ही भोजन करो और यही रात्रि विश्राम करो, नंदलाल ने कहा ठीक है पंडित जी जैसे आप उचित समझे।

उधर पंडित रमाकांत की पत्नी और बहू घर के भीतर बहुत घबराई हुई थी। उनके साथ पंडित रमाकांत के भाई राम प्रकाश की पत्नी और बहू भी थी। वह सभी लोगां के चले जाने के बाद वो चारो घर से बाहर आई और रमाकांत और कृष्णा के सामने आकर बोली अब क्या होगा वह चारों बहुत घबरा रही थी। पंडित रमाकांत बोले जो होगा देखा जाएगा।

पर हमारे घर सिपाही आएंगे ऐसा सोचकर ही हृदय बैठ जा रहा है। पंडित रमाकांत की पत्नी ने कहा फिर कृष्णा की ओर देखते हुए बोली क्या सिपाहियों के ऊपर हाथ उठाना उचित था। कुछ दे दिलाकर भी तो मामला शांत किया जा सकता था।

मेरी मानो कल जब सिपाही यहां आएंगे तो कुछ दे दिलाकर ही उन्हें यहां से लौटा दीजिएगा अब रमाकांत बोले किस बात का देना दिलाना हमारी बिटिया ने कोई अपराध किया था जो हम घबराए भूलवश कोई घटना अपराध थोड़े ही कहलाती है।

जो हुआ था उसकी क्षमा हमने कर अधिकारी से मांग ली थी पर उसकी नीयत में खोट आ चुका था। तो यह सब हुआ।

तुम घबराओ नहीं अब कल जो भी होगा देखा जाएगा। यह बात तो हमारी समझ में आ रही है अब श्री प्रकाश की पत्नी बोली पर बहुत भय लग रहा है।

अब भय की कोई बात नही है। जो भी ईश्वर की इच्छा होगी वही होगा तुम लोग घर के भीतर जाओ और हम सभी के लिए भोजन का प्रबंध करो।

रमाकांत ने अपनी पत्नी से कहा कुछ समय बाद ही भोजन तैयार हो गया रमाकांत के कहने से नंदलाल और अर्जुन रात्रि विश्राम के लिए वहीं रुक गए।

प्रातः हुई सभी लोग अपने दैनिक कार्य मे लग गये। निर्णय हुआ आज कृष्णा गायो को लेकर गोचर नहीं जाएगा घर पर ही गायों की सेवा की जाएगी।

पंडित जी ने कहा वह मंदिर में भगवान की सेवा कर जल्द ही आ जाएंगे और शशिकांत ने कहा कि वह विद्यालय जाकर अपने सहायक को समझकर वापस आ जाएगा कि अपना अध्यापन का कार्य सुचारू रखे।

दोपहर होते-होते कोतवाल काले खान के संग बीस सिपाहियों का एक दल पंडित रमाकांत के घर के बाहर आ धमका। कोतवाल का नाम भी काले खान था और दिखने में भी वह काला लंबे चौड़े शरीर का का मालिक काले खान के चेहरा भी क्रूरता से भरा था। जिसे वह एक बार देख ले उसकी सिट्टी पिट्टी गुम होना तो मामूली बात थी।

कोतवाल काले खान ने पता कर लिया था कि कृष्णा और अर्जुन पंडित रमाकांत के घर पर ही है।

उसने बाहर से ही एक जोरदार आवाज लगाई कृष्णा अर्जुन बाहर आ जाओ हमें पता है तुम दोनों यही छुपे हो। कुछ क्षण शांति रही फिर उसने जोरदार आवाज लगाई तुम दोनों बाहर आ जाओ नहीं तो हम चार दिवारी का दरवाजा तोड़ देंगे। कुछ क्षणों बाद ही चार दिवारी के दरवाजे की सांकल खुलने की आवाज आई फिर पंडित रमाकांत बाहर आए वह

अपने हाथों में एक लट्ठ पकड़े हुए थे उनके पीछे कृष्णा और अर्जुन और शशिकांत भी बाहर आए।

पंडित रमाकांत ने कोतवाल काले खान की आंखों में आंखें डालकर पूछा क्या बात है क्यों आवाज दे रहे हो। अब तक कोतवाल काले खान अपने घोड़े से नीचे उतर चुका था बाकी सिपाही पैदल थे पर वह सभी बड़े-बड़े डंडों को पकड़े हुए थे तीन चारों ने अपनी कमर पर कमरबंद में कोड़े खोंसे हुए थे। एक दो के हाथों में मजबूत रस्सियां भी दिख रही थी जो शायद कृष्णा और अर्जुन को बांधकर ले जाने के लिए थी।

पंडित रमाकांत ने फिर कोतवाल से पूछा क्या बात है क्यों आवाज लगाई। कोतवाल के साथ वह कर अधिकारी और उसके साथ वे चारों सिपाही भी थे जो कल कृष्णा और अर्जुन के हाथों पिटे थे।

कर अधिकारी के सिर पर पट्टी बंधी हुई थी जहां कल उसके सिर में राम प्रकाश की पुत्री के फेकं हुए पत्थर से चोट लग गई थी। इतने में कर अधिकारी आगे बढ़ा और उसने कृष्णा और अर्जुन की ओर इशारा कर कहा यही दोनों है जिन्होंने हमें मारा पीटा और हमारे पास से सरकारी धन की थैलियां छीन ली।

बाकी के उसके साथ के चारों सिपाही एक साथ बोले हां हुजूर यही दोनों है। जिन्होंने हमारे साथ मारपीट करी सरकारी धन लूटा और कर अधिकारी के सिर को पत्थर से फोड़ा।

कोतवाल ने अपने साथ आए सिपाहियों से कहा पकड़ो इन दोनों को,। कुछ सिपाही कृष्णा और अर्जुन की ओर लपके। इतने में पंडित रमाकांत आगे जाकर लट्ठ घूमाते हुए बोले किसी ने भी इन्हें हाथ भी नहीं लगाया तो अच्छा नहीं होगा।

फिर कोतवाल की ओर देखते हुए बोले पहले हमारी बात भी सुन लीजिए।

कोतवाल असमंजस में पड़ गया फिर बोला चलो अपनी बात भी कहो। अब रमाकांत बोले यह बात सही है कि इन दोनों ने इन पांचो को पीटा था।

पर इनसे भी पूछो इन्होंने ऐसा क्या कारनामा किया था जो मजबूर होकर इन्हें पीटना पड़ा और धन की थैलियां को हमने हाथ भी नहीं लगाया इन्ही से पूछिये इन्हां ने उन थैलियों को कहां छुपाया है।

यह झूठ बोलता है। वह पांचो जोरो से चीखं और वह पांचो पंडित रमाकांत की और गुस्से में झपटे पर उनके झपटने से पहले ही कृष्णा और अर्जुन ने कर अधिकारी और उसके साथ के एक सिपाही के नाक में एक और जोरदार मुक्का मारा। वह दोनों अपनी नाक पकड़ कर जमीन पर धराशाई हो गए।

एक तो कल की मार से उनकी नाक वैसे ही सूजी थी और आज उन सूजी हुई नाक पर फिर से चोट लग गई थी।

यह देख बाकी सिपाही कृष्णा अर्जुन पंडित रमाकांत और शशिकांत को मारने दौड़े पर एक जोरदार आवाज ने सबको वहीं पर रोक दिया रुक जाओ अगर हाथ भी लगाया तो परिणाम बहुत बुरा होगा। सभी आवाज की दिशा को देखने लगे। देखा तो चालिस पचास गांव वाले हाथों में लाठी डंडे लेकर उन्ही की ओर चले आ रहे थे। समय की नजाकत समझ कोतवाल काले खान ने अपने आदमियों को पीछे हटने को कहा। सभी गांव वाले हाथों में लाठी डंडे लेकर कृष्णा अर्जुन के पीछे खड़े हो गए। कृष्णा ने उन तीन सिपाहियों की ओर देखते हुए कहा सच-सच बता दो।

बता दो तुमने धन से भरी थैलियां कहां छुपाई है। नहीं तो देख लो इन दोनों के हाल, यही हाल फिर मैं तुम्हारा भी करूंगा।

कोतवाल ने उन तीनों सिपाहियों की ओर देखा फिर बोला सच-सच बताओ नहीं तो कल तुम्हारा जो हाल हुआ था उससे भी बुरा हाल मैं तुम्हारा करूंगा। तीनों सिपाही हकलाने लगे इधर-उधर की बात करने

लगे। इतने में अर्जुन आगे बढ़ा और उसने एक सिपाही की गर्दन पकड़ ली और बोला फिर से मार खाने का इरादा है।

सिपाही बहुत डर गया और कोतवाल को देखकर हकलाते हुए बोला हुजूर गलती माफ कर दो वह सारा धन कर अधिकारी के कहने पर हमने आपस में बांट लिया था। हमैं माफ कर दो सारा धन हम अभी लाकर आपके सामने रख देते है।

कोतवाल सब समझ गया था। फिर उसने नम्र होकर पंडित रमाकांत से पूछा, आपने इन पांचो को पीटा क्यों था। पंडित रमाकांत ने सारा किस्सा सत्य बता दिया कोतवाल ने अपने सिपाहियों को कहा कर अधिकारी के साथ बाकी चारों सिपाहियों को भी रस्सी से बांध लो।

कोतवाल ने भी राहत की सांस ली। बहुत आसानी से मामला सुलट गया था। नहीं तो गांव वालों के तेवर देखकर उसे लगा था कि यहां से उसे भागना पड़ेगा। कोतवाल ने कृष्णा और अर्जुन को देखकर कहा तुम दोनों बहुत बहादुर हो यदि सैनिक बनना चाहते हो तो मुझसे मिलना। कृष्णा और अर्जुन के साथ ही उपस्थित सभी गांव वाले मुस्कुराने लगे। कोतवाल उन पांचो को बांधकर अपने साथ ले चला। पंडित रमाकांत की जय कृष्णा अर्जुन की जय से सारा गांव गूंज उठा।

अध्याय 5

दिनचर्या रोज की तरह फिर से उसी रूप में चलने लगी जैसे पहले थी। गांव वालो और आसपास के गांव के लोगो में व्यवहार में बहुत फर्क आ चुका था। यद्यपि अर्जुन शूद्र जाति से था। पर उसने अपने साहस से अपनी योग्यता साबित कर दी थी। कृष्णा और अर्जुन युवको के नायक बन चुके थे। वे दोनो जहां भी जाते आसपास के युवक उनके चारो ओर एकत्र हो जाते थे। परन्तु उच्च जाति व नीच जाति का भेद फिर भी बना हुआ था। खुलकर नही था। पर दबी जुबान से फिर भी था। कृष्णा और अर्जुन इस बात को समझते थे। इसलिए वो दोनो किसी के घर पर मिलने नही जाते थे, कृष्णा को तो लोग मानते ही सवर्ण थे। पर अर्जुन तो पड़ोस के गांव का ही था उसके बारे में सब जानते थे। पर पूरा क्षेत्र ही कृष्णा और अर्जुन के साहस के सामने नतमस्तक था। पंड़ित रमाकांत और उनके भाई के परिवार की स्थिति अब बिल्कुल भिन्न थी। कर अधिकारी वाले प्रकरण से उनके अंदर की श्रेष्ठता की भावना जा चुकी थी उन दोनों के परिवार अब जैसा व्यवहार कृष्णा के साथ करते थे वैसा ही अर्जुन के साथ भी करने लगे थे।

पंडित रमाकांत के लिए तो अब जैसा उनका पुत्र शक्तिकांत था ऐसे ही कृष्णा और अर्जुन भी थे। रोज ही अर्जुन और कृष्णा गोचर में मिलते आपस में बात करते सभी विषयों में अपने विचार रखते थे। कृष्णा महसूस करता था कि अर्जुन के मन में बच्चों की शिक्षा के प्रति गहरी चिंता है उसके बच्चे विद्या आरंभ की उम्र में पहुंच गए थे। शूद्र जाति का होने के कारण किसी विद्यालय और गुरूकुल में उन्हें प्रवेश मिलना

अत्यंत कठिन था। और ऐसा भी संभव नहीं था कि कोई योग्य शिक्षक उन दो बच्चों को अपने घर पर ही शिक्षा देने का प्रयास करता। क्योंकि शिक्षा का सारा भार ब्राह्मणों ने अपने हाथों में रखा था और उनके अनुसार शूद्र को शिक्षित होने का कोई अधिकार नहीं था। यहां तक की ब्राह्मणों के ग्रंथ ये घोषणा करते थे कि यदि शूद्र के कानों में वेद के मंत्र सुनाई पड़ जाए तो सीसा पिघलाकर शूद्र के कानों में भर देना चाहिए। कृष्णा अर्जुन की इस चिंता से भली-भांति परिचित था, एक दिन कृष्णा को न जाने क्या सूझी, गायों को अन्य साथी ग्वालों की देखरेख में गोचर में छोड़कर अर्जुन से बोला चलो अर्जुन मेरे साथ चलो।

पर कहां अर्जुन ने पूछा।

शशिकांत के पास शशिकांत के विद्यालय में कृष्ण ने उत्तर दिया।

पर क्यों अर्जुन ने पूछा।

तुम चलो मेरे साथ वही सब पता चल जाएगा। कृष्णा ने कहा। दोनों कुछ देर बाद शशिकांत के सामने खड़े थे। उसे समय शशिकांत अपनी सहायक शिक्षक के साथ विद्यालय में शिक्षण का कार्य कर रहा था। अर्जुन और कृष्णा को देखकर शशिकांत के चेहरे पर मुस्कुराहट आ गई उन दोनों को देखकर शशिकांत ने पूछा अचानक कैसे आ गए।

एक अति आवश्यक कार्य तुमसे आ पड़ा है कृष्णा ने कहा।

चलो सामने वाले पेड़ के नीचे बैठते हैं ऐसा कहकर कृष्णा और अर्जुन के संग शशिकांत उसे पेड़ के नीचे आकर बैठ गया। अब उसे लगने लगा था कि कृष्णा कोई बहुत गंभीर विषय पर उससे चर्चा करना चाहता है।

हां अब बताओ मुझसे क्यों मिलना चाहते हो शशिकांत ने पूछा। कृष्णा ने एक बार अर्जुन को देखा फिर शशिकांत की ओर देखते हुए कहां शशिकांत हमारे अर्जुन के दो पुत्र है। जो क्रमशः सात और आठ वर्ष की आयु के है। उन दोनों की शिक्षा के आरंभ करने की आयु हो चुकी है

और मैं चाहता हूं कि तुम उन दोनों बालकों को अपने विद्यालय में प्रवेश देकर उन्हें शिक्षा दो। यह सुनकर शशिकांत आश्चर्य में पड़ गया बहुत देर चुप रहने के बाद उसने कहा कृष्णा जो तुम कह रहे हो वह आज तक नहीं हुआ है। तुम इसका परिणाम जानते हो यह विद्यालय मुझे बंद करना पड़ेगा, सवर्णों के बालकों के साथ शूद्र के बालक एक साथ शिक्षा ग्रहण करें यह समाज को स्वीकार नहीं है। और हमारा धार्मिक संविधान भी इस कार्य की अनुमति नहीं देता है। और सामाजिक परंपरा भी यही है कि शूद्र को शिक्षित होने का कोई अधिकार नहीं है।

शशिकांत का उत्तर सुन कृष्णा मुस्कुरा पड़ा। अर्जुन तो आवाक सा बैठा उन दोनों का वार्तालाप सुन रहा था। कृष्णा ने मुस्कुराते हुए शशिकांत से पूछा शूद्र बालकों को शिक्षा न देने के पीछे क्या आधार हो सकता है जरा मुझे खुलकर समझाओ।

मैं स्पष्ट रूप से कह नहीं सकता हूं पर सामाजिक विधान इस बात की अनुमति नहीं देता है।

इस पर कृष्णा ने कहा, इस संविधान का रचयिता क्या चाहता था क्यों इस तरह के भेद उसके द्वारा बनाए गए थे इसका कोई स्पष्ट प्रमाण नहीं हो सकता है। कि ब्राह्मण क्षत्रिय वैश्य व शूद्र जन्म से ही माने जाएंगे और वे अपनी जाति के आधार पर ही कार्य करेंगे जो कार्य संविधान निर्माता की ओर से इन जातियों में बांटे गए है। क्या यह धार्मिक विधान भी है कृष्णा ने पूछा।

हां यह सामाजिक के साथ-साथ धार्मिक विधान भी माना जाता है। माना जाता है ब्राह्मण की उत्पत्ति ब्रहमा जी के मुख से हुई है शशिकांत ने उत्तर दिया।

और शूद्र की उत्पत्ति कहां से हुई कृष्णा ने पूछा।

पैरों से ब्रहमा जी के पैरों से और क्षत्रिय और वैश्य की उत्पत्ति क्रम से ब्रहमा जी के बाहू और जंघा हुई है।

परंतु व्यवहार में तो देखा जाता है कि स्त्री और पुरुष के संयोग से किसी का जन्म या उत्पत्ति होती है। कृष्णा ने कहा।

कृष्णा ने फिर पूछा ज्ञान और शरीर विज्ञान में यह अंतर कैसे संभव है। कोई मुख से उत्पन्न हो तो कोई पैरों से।

शशिकांत थोड़ा संशय में दिखा फिर उसने उत्तर दिया कि हमारे धार्मिक शास्त्र और समाजशास्त्र इसी बात का समर्थन करते है।

फिर कृष्णा ने कहा।

यह भी तो हो सकता है कि यह काव्यात्मक अलंकारिक वर्णन हो। यह भी तो संभव है। कि मानव स्वभाव के मनोविज्ञान का श्रम विभाजन का स्वरूप इस क्रम में हो। जिसमें ऋषि ने ब्रहमा जी के स्वरूप का वर्णन श्रम विभाजन के इस रूप में किया हो।

हां बिल्कुल सही है शशिकांत ने कहा हमारा एक ग्रंथ घोषणा करता है की जन्म से हम शूद्र है। फिर अपने कर्मों से कोई व्यक्ति ब्राह्मण क्षत्रिय वैश्य और शूद्र कहलाता है।

परंतु व्यवहार में तो ऐसा कहीं भी नहीं दिखता है, कृष्णा ने कहा। जो भी दिखता है वह जन्म आधारित ही व्यवस्था दिखती है यहां तक की एक सामाजिक ग्रंथ इस बात की घोषणा करता है कि यदि ब्राह्मण बालक दस वर्ष का क्यों ना हो बाकी के तीन वर्णो के लोग सौ वर्ष की आयु के क्यों ना हो उन्होंने ब्राह्मण बालक को सम्मान सहित प्रणाम करना चाहिए।

क्या यह विभाजन उचित है कृष्णा ने पूछा। एक ही समाज के चार हिस्से किये गये है और उसमें से एक हिस्से को नीच कहा गया है। अछूत कहा गया है जिसके छूने मात्र से जल भोजन दूषित है हो जाता है। जिसको भूमि क्रय करने का अधिकार नहीं है जिसके साथ मित्रता का कोई संबंध रखना भीपाप है जिसे सवर्ण के संग किसी प्रकार के धार्मिक सामाजिक आयोजन में शामिल होने की अनुमति नहीं है।

जिसको सभी सांसरिक लाभो से वंचित किया गया हो। जिसे दयनिय स्थिति में रखने पर बाकी अन्य वर्णों को गर्व का अनुभव होता हो और इसे श्रम विभाजन का नाम दिया गया है क्या इस तरह का विभाजन उचित है कृष्णा ने पूछा।

शशिकांत उत्तर देने में स्वयं को असहज महसूस करने लगा था। फिर बोला शायद इसलिए उनकी सामाजिक स्थिति निम्न मानी गई है कि शूद्र भक्ष और अभक्ष का कोई ध्यान नहीं देते हैं स्नान आदि से दूर रहते हैं शरीर शुद्धि का उन्हें कोई ज्ञान नहीं है इसलिए उन्हें अछूत माना गया। शशिकांत का उत्तर सुनकर कृष्णा मुस्कुरा उठा फिर शशिकांत को देखकर बोला शशिकांत तुम तो ब्राह्मण हो, और जन्म से ब्राह्ममणों को प्राप्त शिक्षा के सारे अधिकार तुम्हारे पास है।

समाज को ज्ञान देना शिक्षा देना ब्राह्मणों का कर्तव्य है क्या मैं उचित कह रहा हूं कृष्णा ने पूछा।

शशिकांत ने कहा बिल्कुल उचित कह रहे हो।

पर कभी भी तुमने शूद्रों को स्वच्छता की शिक्षा दी है, कभी स्वास्थ्य के नियमों की स्वास्थ्यवर्धक जीवन की शैली की शिक्षा और ज्ञान को शूद्रों तक पहुंचाया है। स्वास्थ्य वर्धक रहन-सहन का ज्ञान दिया है, जबकि सत्य तो यह है कि शूद्र भी उतना ही हिंदू समाज का अंग है जितना दूसरे वर्ण समाज के अंग है बताओ शशिकांत क्या मैं ठीक कह रहा हूं।

शशिकांत निरुत्तर था उसके पास कोई उत्तर नहीं था कृष्णा ने बोलना जारी रखा शशिकांत किसने इस व्यवस्था को जन्म दिया है किसने इस वर्ण व्यवस्था को समाज में लागू किया है।

कब किया है उसके पीछे उसका क्या तर्क था यह खोज करना मेरा विषय नहीं है। परंतु जो सामने है उसे प्रमाण की आवश्यकता नहीं होती है। एक समाज को चार भागों में बांट दिया गया पहले ब्राह्मण

जो हमेशा पठन-पाठन धर्म आदि के कार्य को करेगा दूसरा क्षत्रिय जो राजकाज करेगा तीसरा वैश्य जो लेनदेन के कार्य करेगा चौथा शूद्र जो इन सब की सेवा करेगा।

शशिकांत इसमें योग्यता का कोई स्थान है। यह वर्ण और उनके कार्य जन्म आधारित हैं शशिकांत तुम स्वयं देखो अत्याचारियों ने इस राज्य पर आक्रमण किया उनके विरुद्ध इस पूरे राज्य से युद्ध करने के लिए कौन खड़ा हुआ बताओ?

शशिकांत कौन सा वर्ग हिंदू समाज की ओर से लड़ने के लिए आया था कृष्णा ने पूछा।

क्षत्रिय. शशिकांत ने कहा। क्योंकि धर्म की, समाज की, रक्षा की जिम्मेदारी हमारे सामाजिक संविधान ने उन पर डाली है।

कृष्णा मुस्कुरा पड़ा इतने बड़े हिंदू राज्य से युद्धकाल में शेष तीन वर्ण ब्राह्मण वैश्य शूद्र उदासीन बने रहे और मुट्ठी भर योद्धा युद्ध करने के लिए गए बाकी सब युद्ध होता देखते रहे।

उसमें भी वह जन्म से क्षत्रिय थे सो इसलिए उन्हें युद्ध में जाना ही पड़ा बहुत से मारे गए और बहुत से राज्य छोड़कर ही चले गए। पहले ही आक्रमण में मुगल आक्रमणकारियों की विजय हुई और यह राज्य उनका दास बन गया शशिकांत यह पहला आक्रमण क्या तुम्हें चेतावनी नहीं देता है कि अदूरदर्शिता से किया गया सामाजिक विभाजन ही इस दासता का जिम्मेदार है और पूरे भारतवर्ष को यह पहला मुगल आक्रमण चेतावनी है कि अपनी सामाजिक ढांचे को इस प्रकार स्वयं ही तार-तार मत करो नहीं तो वह दिन दूर नहीं है जब पूरे भारतवर्ष में इन मुट्ठी भर मुगलो का राज होगा। तुम लोग तो साथ बैठकर खाना खा नही सकते हो एक दूसरे का छुआ पानी नही पी सकते।

एक ही हिन्दू संस्कृति को मानने वाले होकर आपस में एक दूसरे से विवाह सम्बन्ध नही बना सकते हो, बिना योग्यता के जन्म के आधार

पर एक दूसरे को नीचा समझते हो तो तब तुम लोग साथ मिलकर युद्ध कैसे लड़ सकते हो, इस पर शशिकांत ने कहा ऐसा नहीं है की संपूर्ण व्यवस्था के लिए वर्ण व्यवस्था ही दोषी है। ऋषि वेदव्यास और महर्षि वाल्मीकि को भी शूद्रकुल से माना जाता है।

कृष्णा ने कहा अपवाद हर स्थान पर देखने को मिलता है पर अपवादों को तुम प्रमाण नहीं मान सकते हो। व्यवहार में तो तुम शूद्र बालकों को शिक्षा भी नहीं देना चाहते हो। नैर्सगिक प्रतिभा तो मनुष्य जन्म से अपने साथ लाता है उसे प्रफुल्लित होने के लिए वातावरण की आवश्यकता होती है और यदि उसे उपयुक्त वातावरण ही ना मिले तो उस प्रतिभा का विकास ही कैसे होगा। कृष्णा ने कहा तुम्हारे सामने ही उदाहरण है तुम्हारे परिवार की बालिका के साथ क्या कुछ नहीं घटने वाला था। वहां पर उपस्थित ब्राह्मण और क्षत्रिय वर्ण के लोगों का साहस नहीं हुआ उस कर अधिकारी और उसके सिपाहियों को सबक सिखाया जा सकें। परंतु इस अर्जुन के साहस ने सारी बाजी पलट दी यह सब तुमने स्वयं देखा है। परंतु इस अर्जुन के बालकों को शिक्षित होने का अधिकार तुम्हारी वर्ण व्यवस्था नही देती है। क्योंकि ये शूद्र अर्जुन के बालक है अब तुम स्वयं निर्णय करो क्या यह वर्ण व्यवस्था अदूरदर्शी लोगों द्वारा हिंदू समाज पर थोपी नहीं गई है। जिन्हें संगठन का महत्व ही नहीं पता था। जिन्हैं मानव स्वभाव का जरा सा भी ज्ञान नहीं था। जिन्हे योग्यता को प्राथमिकता देनी चाहिए ये समझ तक नही थी। अच्छा मैं तुमसे एक प्रश्न पूछता हूं कृष्णा ने कहा तुम यह बताओ कि इस संपूर्ण सृष्टि का निर्माता कौन है। ईश्वर है शशिकांत ने उत्तर दिया समस्त जगत का पिता ईश्वर ही है शशिकांत ने कहा।

कृष्णा ने फिर पूछा जितना भी ज्ञान विज्ञान जो भी इस धरा पर दिखता है वह ईश्वर ने किसके लिए बनाया है।

प्राणी मात्र के कल्याण के लिए शशिकांत ने उत्तर दिया।

अब मैं अंतिम प्रश्न पूछता हूं यदि तुम उससे सहमत होगे तो अर्जुन के बालकों को बिना किसी की परवाह किये अपने विद्यालय में शिक्षा दोगे और क्या तुम सहमत हो।

कुछ देर विचार करने के बाद शशिकांत ने उत्तर दिया ठीक है तुम प्रश्न पूछो।

कृष्णा ने कहा जब प्राणी मात्र के लिए ईश्वर ने जो इस धरा पर प्रकट है और अप्रकट है की रचना करी है तो तुम कैसे जन्म के आधार पर किसी को उससे वंचित कर सकते हो। क्या ईश्वर तुम्हारी इस व्यवस्था का अनुमोदन करता होगा जबकी सभी प्राणी उसकी संतान है।

शशिकांत चुप हो गया और बहुत गहरी सोच में पड़ गया।

कृष्णा ने फिर पूछा क्या ईश्वर तुम्हारी वर्ण व्यवस्था का अनुमोदन करता होगा। शशिकांत मुझे स्पष्ट करो। शशिकांत चुप था और बहुत सोच विचार में डूब गया था उसे समझ नहीं आ रहा था कि क्या उत्तर दे सामाजिक व्यवस्था में छोटा बड़ा तो होता है पर सब योग्यता के आधार पर ही होता है।

पर जन्म से तो कोई अछूत है कैसे संभव है। जिस शिशु ने अभी-अभी संसार देखा है वह अछूत कैसे हो गया उसने तो अभी कोई कर्म भी शुरू नहीं किया है।

कृष्णा ने फिर पूछा शशिकांत यह तो मानते ही हो कि ईश्वर ही हम सब का पिता है। वही सृष्टि का रचनाकार है कही भी किसी में कोई विशिष्ट योग्यता दिखाई देती है वह ईश्वर का दिया आशीर्वाद है। अपनी सभी संतानों के लिए उसने इस धरा में जीवन जीने के लिए व्यवस्थाएं बनाई है इसमें कोई संदेह नहीं है। कृष्णा ने कहा फिर हम कैसे ईश्वर द्वारा दिए गए ज्ञान से विज्ञान से उसकी किसी भी संतान को वंचित कर सकते है। मैं फिर पूछता हूं क्या ईश्वर तुम्हारी इस सामाजिक व्यवस्था को उचित ठहरता होगा।

नहीं बिल्कुल नहीं शशिकांत जोर से चीखा। यह सामाजिक अपराध है और ईश्वर के प्रति भी अपराध है इसका दंड आज इस राज्य की हिंदू धर्मावलम्बी जनता भोग रही है और कल पूरा भारतवर्ष भोगेगा।

यह वर्ण व्यवस्था पूरी तरह से अवैज्ञानिक और अदूरदर्शी व्यवस्था है। जिसका एक ही परिणाम है समाज का खंड खंड में बंट जाना। एक वर्ण का दूसरे वर्ण से घृणा करना सबको समान अवसर प्रदान करना इस वर्ण व्यवस्था का उद्देश्य नहीं है। कुछ का पोषण और कुछ का शोषण ही इस व्यवस्था का उद्देश्य है।

कृष्णा के चेहरे पर उसकी वही चिर परिचित मुस्कान आ गई जिसे देखकर सभी मुग्ध हो जाते थे। शशिकांत जमीन से उठा उसने अर्जुन का हाथ पड़कर उसे भी उठाया और कहा अर्जुन तुम कल से अपने दोनों बालकों को यहां ले आना मैं उन्हें शिक्षित करूंगा। इतना सुनते ही अर्जुन की आंखों में आंसू आ गए वह शशिकांत के गले से लिपट गया कृष्णा और अर्जुन ने शशिकांत से अनुमति ली और दोनों गोचर की ओर लौट गये।

पंडित रमाकांत को कृष्णा के इस निर्णय से कोई आपत्ति नहीं थी कृष्णा उनकी गायों को चराने का कार्य करता था। परंतु रमाकांत और उनके परिवार वाले मानने लगे थे, कि कृष्णा कोई सामान्य ग्वाला नहीं है यदि हम इसे सामान्य ग्वाला मानते हैं तो यह हमारी भूल होगी।

इसका यहां रहने का कोई उद्देश्य है जो यह बताता नहीं है पर इसका कोई ना कोई उद्देश्य अवश्य है, पर कृष्णा के व्यवहार उसके क्रियाकलापों से सब इतना प्रभावित हो गए थे कि उसके किसी भी निर्णय में खोट निकाल पाना उनके बस में नहीं था।

कृष्णा ने सुबह से ही गौशाला की सफाई का कार्य पूरा कर लिया था। बूढ़े सेवक के साथ मिलकर गायों का दूध भी दूह लिया था इसके बाद स्नान आदि से निवृत होकर चबूतरे में ध्यान की साधना में बैठ गया था। उसने घर पर बता दिया था कि अर्जुन के बालकों को शशिकांत के

विद्यालय में प्रवेश दिलाने के बाद ही वह गायो को लेकर गोचर जाएगा। कुछ देर पश्चात शशिकांत भी विद्यालय जाने को तैयार हो गया इतने में अर्जुन भी अपने बालकों के साथ वहां पर आ गया।

उसे देखकर शशिकांत ने कहा चलो विद्यालय चलते हैं और सभी विद्यालय की ओर चल पड़े मंदिर के पीछे वाले परिसर में शशिकांत अपना विद्यालय चलाता था। विद्यालय परिसर में पहुंचकर शशिकांत अचंभित हो गया। वहां छात्रों के साथ उनके अभिभावक भी खड़े थे। काफी भीड़भाड़ वाला वातावरण बना था। शशिकांत की समझ में सब कुछ आ गया था।

अर्जुन के बालकों को शिक्षा देने के उसके निर्णय की भनक आसपास के सभी गांव में रातों-रात फैल चुकी थी। शशिकांत का सहायक अध्यापक भी गायब था शायद उसी ने आसपास सभी को सूचित किया था। और सभी बालकों के अभिभावक बालकों सहित विद्यालय आये थे।

शशिकांत को देखते ही भीड़ में गहमागहमी बढ़ गई थी उस भीड़ में से एक चालिस वर्ष का व्यक्ति आगे बड़ा और उसने शशिकांत से पूछा, शशिकांत हम सब क्या सुन रहे है, क्या यह सच है कि तुम अर्जुन के बालकों को भी यहां अपने विद्यालय में शिक्षा दोगे। उसने अर्जुन और उसके बालकों की तरफ इशारा करते हुए कहा, शशिकांत यह दोनों बालक शूद्र है तुम इन्हें कैसे हमारे बालकों के संग बैठा सकते हो, और किस आधार पर इन्हें शिक्षा दे सकते हो क्या तुम नहीं जानते हो कि हमारे धर्म ग्रंथ इसकी अनुमति नहीं देते है। यह सब कहने वाले पास के ही गांव के जमींदार सूर्य प्रताप सिंह थे।

उनका बालक भी शशिकांत के विद्यालय में विद्यार्थी था। उनके पीछे खड़े अभिभावकों की भीड़ में भी सुगबुहावट होने लगी उसमें से दो एक स्वर हवा में उछले ऐसा कैसे हो सकता है। शशिकांत की मत मारी गई है। जो धर्म के विरुद्ध कार्य कर रहा है यदि यह शशिकांत ऐसा ही करेगा तो हम दूसरा आचार्य ढूंढ लेंगे पर अपने बालकों को यहां शिक्षा

नहीं दिलवाएगे। कई तीखे स्वर भीड़ से आने लगे पर शशिकांत शांत था चुप था वह सोच रहा था कि सबको क्या उत्तर दे।

इतने में सूर्य प्रताप सिंह नम्रस्वर में बोले शशिकांत क्या यह सच है कि तुम इन दोनों बालकों को भी शिक्षा दोगे और हमारे बालकों के संग बैठाकर ही।

हां आपने ठीक सुना इन दोनों बालकों को भी अपने विद्यालय में शिक्षित करूंगा शशिकांत ने उत्तर दिया।

एक बार फिर सोच लो तुम्हारा यह कार्य धर्म विरोधी है। इस तरह तो हमारे बालकों का धर्म भ्रष्ट हो जाएगा। सूर्य प्रताप सिंह ने कहा हम सब अभिभावक तुमसे यही कहने आए है कि धर्म विरुद्ध आचरण मत करो।

पर इसमें तो मुझे कही से भी धर्म के विरुद्ध कोई आचरण प्रतीत होता नहीं दिखता है। ज्ञान भगवती सरस्वती का दिया मानव मात्र को वरदान है जिस पर सबका अधिकार है हम कैसे किसी को उसके अधिकार से वंचित कर सकते है, शशिकांत ने सूर्य प्रताप सिंह को उत्तर दिया।

सूर्य प्रताप सिंह बोले ऐसा प्रतीत होता है कि कुछ दिन पूर्व तुम्हारे परिवार पर जो संकट आया था और उस समय अर्जुन ने तुम्हारी जो सहायता की थी उस ऋण को चुकाने के लिए तुम अर्जुन के बालकों को अपने विद्यालय में प्रवेश दे रहे हो पर तुम जो कर रहे हो वह धर्म विरुद्ध है। अर्जुन शूद्र है और उसके बालकों को हमारे बालकों के संग बिठाकर तुम क्या संदेश देना चाहते हो।

यही की ज्ञान पर शिक्षा पर मानव मात्र का अधिकार है न की कुछ जातियों का और वर्ण का शशिकांत ने उत्तर दिया।

तो तुम मानोगे नहीं सूर्य प्रताप सिंह बोले।

नहीं बिल्कुल नहीं मैं एक शिक्षक हूं। और हर उस बालक को शिक्षित करूंगा जो मेरे पास शिक्षा ग्रहण के लिए आएगा शशिकांत ने कहा। सूर्य

प्रताप सिंह और उनके पीछे खड़े अभिभावकों के समुदाय का रोष बढ़ता ही जा रहा था। जो इस वार्तालाप को सुन रहे थे। समुदाय से उच्च स्वर में आवाज़े आने लगी थी हम अभी इसी समय अपने बालकों को वापस लिए चलते हैं। शूद्र अर्जुन का संग करके इस शशिकांत की बुद्धि भी मालिन हो गई है कोई यही एक आचार्य है किसी दूसरे योग्य आचार्य से अपने बालकों को शिक्षा दिलवाएगे।

सूर्य प्रताप सिंह का क्रोध भी बढ़ता जा रहा था उन्होंने फिर शशिकांत से पूछा क्या यह निर्णय तुम्हारा अंतिम निर्णय है।

हां शशिकांत के चेहरे पर दृढ़ता थी।

सूर्य प्रताप सिंह को उत्तर सुन बहुत क्रोध आ गया था। शास्त्रों ने धर्म की रक्षा का भार उन पर जो सौपा था क्षत्रिय वर्ण पर। क्रोध के आवेश में वह हाथ उठाकर शशिकांत की ओर बड़े पर इतने में कृष्णा ने सूर्य प्रताप सिंह का हाथ पकड़ लिया और कहा जो कहना है शान्त होकर कहो इस तरह क्रोध दिखाया तो समझ लो शशिकांत अकेले नही है।

सूर्य प्रताप सिंह क्रोध के आवेश में बोले तू भी नीच शूद्र की संगत में नीच हो गया है। और यह शशिकांत भी नीच बन गया है। भाषा की मर्यादा खत्म हो चुकी थी। सूर्य प्रताप सिंह क्रोध में तू तड़ाक पर उतर आए थे। कृष्णा की ओर देखते हुए बोले तू ना तो हमारे क्षेत्र का है ना हमारे समुदाय का, तू होता कौन है हमारे बीच में बोलने वाला सूर्य प्रताप सिंह क्रोध में कांपने लगे थे।

इस पर कृष्णा ने कहा आप अपने को संभालिए भाषा की मर्यादा को ध्यान में रखिए इतना जान लीजिए शशिकांत अकेला नहीं है। हम सब भी उसके साथ है। और उसने कुछ भी गलत नहीं किया है। सूर्य प्रताप सिंह को कृष्णा की बात धमकी जैसी लगी क्रोध में वह जन समुदाय की ओर मुडे और कहने लगे चलो, सब यहां से चलो इन तीनों नीचो को मैं देख लूंगा। चलो अभी इसी समय से हम शशिकांत का और उसके विद्यालय का बहिष्कार करते है। सभी लोग अपने बालकों को लेकर

यहां से चलो इस नीच शशिकांत के विद्यालय में अब हम अपने बालकों को नहीं भेज सकते है। इतना कहकर सूर्य प्रताप सिंह के साथ सभी अभिभावक और उनके बालक मंदिर परिसर से चले गए।

वहां अब सब शशिकांत कृष्णा अर्जुन व उसके दो बालक ही शेष रह गए थे। शशिकांत चिंतन की गहन मुद्रा के साथ खड़ा था बिल्कुल चुप।

कृष्णा आगे बड़ा और उसने शशिकांत की पीठ पर हाथ रखा और मुस्कुराते हुए कहा चिंता ना करो शशिकांत देर सवेर इन्हैं स्वयं ही बुद्धि आएगी। योग्यता का सम्मान सब जगह है यदि तुम से योग्य शिक्षक मिला तो उनके लिए ठीक है पर तुमसे योग्य शिक्षक नहीं मिला तो यह धीरे-धीरे वापस आ जाएंगे। और मुझे पूरा विश्वास है कि तुमसे योग्य शिक्षक मिलना इन लोगों के लिए संभव नहीं है। अब शशिकांत के चेहरे पर भी मुस्कुराहट आ गई बोला जो मां सरस्वती चाहेगीं उसकी इच्छा पूर्ण हो। फिर अर्जुन की ओर देखकर बोला अर्जुन दोपहर के बाद इन दोनों बालकों का विद्यालय से अवकाश हो जाएगा यह दोनों बालक स्वयं ही अपने घर को चले जाएंगे तुम्हें कोई आपत्ति तो नहीं है।

नहीं अर्जुन बोल पास ही एक कोस की दूरी पर ही तो गांव है रोज स्वयं दोनों अवकाश के बाद घर को चले जाया करेंगे। तब ठीक है मैं इन दोनों बालकों से ही शिक्षण का कार्य आरंभ करता हूं। तुम दोनों जाना चाहते हो तो जाओ। कृष्णा और अर्जुन अत्यंत प्रसन्न मुद्रा में पंडित रमाकांत के घर की ओर चल पड़े वहां उन्होंने गायों को खूंटे से खोला और गोचर की और उन्हें हांकते हुए चले गये।

दिनचर्या फिर से पूर्व की तरह चलने लगी शशिकांत अर्जुन के दोनों बालकों को विद्यालय में शिक्षा देता था। बाकी आसपास के गांव से कोई भी बालक विद्यालय नहीं आता था पर शशिकांत को अपनी योग्यता पर पूरा विश्वास था। साथ ही ज्ञान की देवी सरस्वती पर उसकी पूरी आस्था थी। उसे लगता था कि माता सरस्वती उसकी परीक्षा ले रही है। कि उसका पुत्र शशिकांत कितना निष्पक्ष है और बिना किसी भेदभाव

के उसके द्वारा प्रदत्त ज्ञान को मानव मात्र के कल्याण के लिए प्रयोग करता है। शशिकांत को लगता था कि उसने अर्जुन के दोनों बालकों को शिक्षा देने का उसका निर्णय उसका ना होकर माता सरस्वती का निर्णय है जो उसकी बुद्धि में बैठ गई थी।

उधर वह सभी बालक आजकल घर पर उधम काटते थे। उनका विद्यालय जाना तो उनके अभिभावक बंद कर चुके थे। आस-पास कोई योग्य शिक्षक अभी तक उनकी दृष्टि में नहीं आया था। इसलिए सभी बालक घर पर ही रहते और खेलकूद में लगे रहते थे।

ऐसे में एक दिन सहपाठी चार-पांच बालकों ने योजना बनाई कि चलो गोचर के मैदान में घूम कर आए वहीं नदी में नहाएंगे खेल कूद करेंगे बहुत आनंद रहेगा। और वह पांचो बालक गोचर की ओर निकल गए। सभी आयु में दस ग्यारह वर्ष के होंगे गोचर में खेलते कूदते हुए काफी आगे पहाड़ की तलहटी के पास पहुंच गए। गोचर के बीच में बने टीले पर पेड़ों के झुरमुट के नीचे काफी ग्वालो के संग कृष्णा और अर्जुन भी बैठे थे और पेड़ों की छांव का आनंद ले रहे थे। उन्होंने भी उन बालकों को जाते हुए देखा था। पर ज्यादा ध्यान नहीं दिया और अपनी वार्ता में मगन हो गए।

वे सभी बालक पहाड़ की तलहटी में बने एक छोटे से स्वच्छ जल के तालाब के पास पहुंचे तालाब का जल इतना स्वच्छ था कि उसके नीचे के पत्थर साफ दिखाई दे रहे थे। और छोटी-छोटी रंग बिरंगी मछलियां इधर-उधर भागती हुई साफ दिख रही थी। उन्हें देखकर सभी बालक मचल उठे और घुटने घुटने पानी में सभी तालाब में उतर गए और छोटी-छोटी रंग बिरंगी मछलियों को पकड़ने का प्रयास करने लगे परंतु उन्हें पता नहीं था कि काल बन कर कोई धीरे-धीरे उनकी ओर बढ़ रहा है। पिछले एक वर्ष से एक विशालकाय अजगर ने तालाब के किनारे अपने रहने का स्थान बना लिया था। वह चुपचाप झाड़ियो की ओट में पड़ा रहता था। और कोई भी जंगली जानवर हिरन आदि जंगल ये निकल कर

पानी पीने के लिए उस तालाब में आता था तो उसे वह अपनी कुंडली में जकड़ लेता था। और शिकार को बेदम कर निगल जाता था इस तरह वह अपनी भूख शांत कर लिया करता था।

ग्वालो ने उन बालकों उस ओर जाते देखा तो था। पर वह अपनी वार्ता में इतने मग्न थे कि बालकों को यह चेतावनी नहीं पाए थे कि वह लोग वहां तालाब की ओर न जाए।

सभी ग्वाले और वाले आसपास के लोग उस तालाब के पास भी नहीं भटकते थे। पर शायद यह बात उन बालकों को पता नहीं थी। हास परिहास में मस्त वे अपनी छोटी-छोटी मुट्ठियों में मछलियों को पकड़ने की कोशिश में लगे थे। इतने में झाड़ियां में हलचल हुई और तेजी से अजगर उनकी ओर बढ़ने लगा और उसने किनारे पर खड़े बालक पर आक्रमण कर दिया। शेष बालक हदप्रद होकर जोर-जोर से बचाओ बचाओ करके चिल्लाने लगे। उनकी चीख पेड़ों के झुरमुट के नीचे बैठे ग्वालों और कृष्णा अर्जुन तक भी पहुंची।

उन्हें सारा माजरा समझ में आ गया। बिना एक क्षण की देरी किए हुए सब तालाब की ओर दौड़ पड़े वहां का दृश्य देखकर सब हक्के बक्के रह गए। तालाब के किनारे चारों बालक स्तब्ध खड़े होकर जोर-जोर से बचाओ बचाओ चीख रहे थे। और एक बालक को अजगर अपनी कुंडली में लपेटने की कोशिश कर रहा था। बालक उसकी कुंडली से निकलने का अथक प्रयास कर रहा था।

पर अजगर अपनी कुंडली को कसता जा रहा था। कृष्णा और अर्जुन बिना एक क्षण गवाऐ अजगर के पास पहुंच गए कृष्णा ने अजगर के फन के नीचे उसके गले को अपने दोनों हाथों से कसकर पकड़ लिया और उसकी कुंडली को विपरीत दिशा की ओर मोड़ने लगा। उधर अर्जुन अजगर की पूंछ को विपरीत दिशा की ओर से मोड़कर कुंडली को खोलने की कोशिश करने लगा। दोनों के सम्मिलित प्रयासों से अजगर की पकड़ ढीली होने लगी और बालक पर कुंडली का कसाव भी ढीला पड़ गया।

अर्जुन ने ग्वालो की ओर देखा और चीखकर कहा जल्दी से कुल्हाड़ी लेकर आओ। बहुत से ग्वाले अपने साथ कुल्हाड़ी लेकर आते थे। और शाम को घर लौटते वक्त जलाने के लिए जंगल से लड़कियां काट कर ले जाते थे। दो तीन ग्वालें तेजी से टीले की ओर दौड़ पड़े जहां उन्होंने कुल्हाड़ियां रखी थी और कुछ ही देर में एक कुल्हाड़ी उन्होंने अर्जुन को लाकर दे दी।

अब तक बालक अजगर के चुंगल से छूट गया था। और अपने साथियों के साथ घबराए सा खड़ा था कृष्णा ने अजगर की गर्दन को अपने दोनों पैरों से दबा दिया था और अर्जुन भी अजगर की पूंछ को सीधा खींच कर उसकी पूंछ पर चढ़ गया था। अजगर भयंकर जोर लगा रहा था पर इन दोनों के चुंगुल से छूट नहीं पा रहा था। अर्जुन ने कुल्हाड़ी उठाई और पूरी शक्ति के साथ अजगर के शरीर पर मार दी। एक दो वार में ही अजगर का शरीर दो हिस्सों में बंट गया था। अब अजगर के शरीर के दोनों हिस्से तड़पकर इधर-उधर उठा पटक करने लगे थे। अजगर के फन वाला हिस्सा कृष्णा ने अपने पैरों से दबाया हुआ था। इसलिए वह आधा धड़ वहीं पर बुरी तरह से तड़प तड़प कर उछल कूद कर रहा था। अर्जुन ने उस हिस्से को पकड़ कर दबाया और उसके ऊपर अपने दोनो पैरों को रखकर उसे कुल्हाड़ी के एक ही बार से उस हिस्से के भी दो भाग कर दिए। अजगर का शरीर थोड़ा तड़प कर फिर शांत हो गया। हमेशा के लिए शांत।

अजगर मर चुका था सभी ग्वाले और वह पांचो बालक कौतुहल से यह सब दृश्य को देख रहे थे। बालकों की घिघ्घी बंधी हुई थी। वे सब अभी भी कांप रहे थे कृष्णा और अर्जुन बालकों के पास आए कृष्णा ने मुस्कुराते हुए उस बालक की पीठ पर हाथ फेरा और पूछा उसे कहीं दर्द तो नही हो रहा है जिसे अजगर ने अपनी कुंडली में लपेटा था।

बालक रूवांसा हो चला था उसकी आंखों से पानी बहने लगा वह कृष्णा से चिपक गया कृष्णा ने बार-बार उसकी पीठ सहलाई बार-बार

उससे कहा देखो तुम्हारे शत्रु को हमने मार दिया है अब मत डरो। बार-बार दिलासा के इन शब्दों को सुनने से उस बालक में साहस का संचार हुआ और उसका रोना बंद हुआ।

उसने बताया कि शरीर में पसलियों में कहीं कोई दर्द नहीं है। सभी ने संतोष की सांस ली कुछ क्षणों की देर हो जाती तो बालक अजगर के पेट में होता। पर प्रभु की लीला जिसकी रक्षा स्वयं नारायण करें उसे कौन मार सकता है। सभी ग्वाले बालक की पीठ थपथपाकर मीठी-मीठी बात कर उसका भय दूर कर रहे थे। और फिर सभी वापस पेड़ों की झुरमुट की ओर लौट चलें जहां से कृष्णा ने पांचो बालकों को ढ़ांढस बधांया। और घर जाने को कहा।

पांचो बालक चुपचाप शांत होकर अपने गांव की ओर चल पड़े। उनकी सभी उछल कूद अब शांत हो गई थी। कृष्णा और अर्जुन गौधूली बेला में पंडित रमाकांत के घर पर गायों को लेकर पहुंचे तो घर मैं बहुत से लोगों की भीड़ उनका इंतजार कर रही थी। पंड़ित रमांकात उन सब में सबसे आगे खड़े थे, उन्होंने पुष्प वर्षा कर कृष्णा और अर्जुन का स्वागत किया।

फिर दोनो को गले लगा लिया और बोले तुम दोनों के साहस और पराक्रम के जोड़ का इस राज्य में कोई दूसरा नहीं है, आओ गले लगो।

भीड़ में सभी कृष्णा और अर्जुन की जय जयकार करने लगे।

कृष्णा और अर्जुन की पराक्रम की गाथा उन दोनों के घर पहुंचने से पहले मधेपुरा और उसके आसपास के गांवों में उन बालकां और ग्वालो द्वारा पहुंच गई थी। इसी भीड़ में एक व्यक्ति दोनों हाथ जोड़कर और आंखों में आंसू लिए एक किनारे पर खड़ा था। जिसे कृष्णा अर्जुन और शशिकांत ने पहचान लिया यह पड़ोसी गांव के जमींदार सूर्य प्रताप सिंह था। सूर्य प्रताप सिंह आगे बढ़ा और कृष्णा अर्जुन के पैरों पर गिर पड़ा।

अरे यह क्या कर रहे हो आप, कृष्णा ने ऐसा कहकर सूर्य प्रताप सिंह को अपने दोनों हाथों से उठाया। सूर्य प्रताप सिंह की आंखों से

आंसुओं की धारा बह रही थी। उसने दोनों हाथ जोड़े हुए थे। और अपने दुर्व्यवहार की बार-बार क्षमा याचना कर रहा था। जो उसने विद्यालय में कुछ दिन पूर्व कृष्णा अर्जुन और शशिकांत के प्रति किया था। उसी के मुख से कृष्णा और अर्जुन को पता चला कि जिस बालक को उन्होंने अजगर के मुख में जाने से बचाया था वह बालक इन्हीं सूर्य प्रताप सिंह का इकलौता बालक था जो बहुत मनौतियों के बाद पैदा हुआ था। आज कृष्णा अर्जुन के साहस ने उनके बालक को काल के मुंह में जाने से बचा लिया था। कृष्णा के चेहरे पर वही चिरपरिचित मुस्कान आ गई। सूर्य प्रताप सिंह की पीठ पर हाथ फेर कर कृष्णा बोला अपना जी छोटा मत करो कौन जाने ईश्वर कि इच्छा क्या है आज हमारे हाथों आपके बालक की रक्षा हुई है सब ईश्वर की इच्छा है।

आप तीनों से मैं हृदय से क्षमा मांगता हूं। मेरी आत्मा मुझे धिक्कार रही है मैंने आपसे बहुत कटु व्यवहार किया था। सूर्य प्रताप सिंह बोला।

इस पर शशिकांत बोला जो बीत गया उसे भूल जाइए हमारे मन में आपके लिए लेशमा्त्र भी कटुता नहीं है। मैंने तो उसी दिन यह समझ लिया था कि आप तो निमित्त मात्र हैं। मां सरस्वती शायद मेरी परीक्षा ले रही है।

भूल जाइए सब आज बहुत प्रसन्नता का दिन है, आया संकट इन दोनों वीरों के कारण टल गया हैं।

इस पर सूर्य प्रताप सिंह बोले शशिकांत आपसे विनती है कल से मेरे पुत्र को अपने विद्यालय में आने की आज्ञा दे तभी मैं समझूंगा आपने मुझे क्षमा कर दिया है।

इस पर तीनों कृष्णा अर्जुन और शशिकांत मुस्कुरा पड़े, शशिकांत ने कहा आप ही का बालक नही वरन् अन्य अभिभावक भी जो अपने बालकों को विद्यालय भेजना चाहते है उनका स्वागत है। इतना सुन सूर्य प्रताप सिंह प्रसन्न हो गया और उन सबको प्रणाम कर घर को लौट गया। हृदय का पश्चाताप उसकी आंखों से बह रहे जल के साथ बह गया

था। धीरे-धीरे सभी लोग कृष्णा और अर्जुन की प्रशंसा करते अपने-अपने घर को लौटने लगे थे रात्रि भी शुरू हो गई थी कृष्णा अर्जुन से चबूतरे पर बैठकर रमाकांत और शशिकांत पूरे घटनाक्रम को सुनने लगे जो आज दिन में हुआ था।

अध्याय 6

मधेपुरा के आसपास के बीस गांवो में कृष्णा और अर्जुन का परिचय किसी से छुपा न था। अपने साहस व पराक्रम से उन्होंने नायक सी पहचान बना ली थी यद्यपि कृष्णा ने कभी भी अपनी जाति नहीं बताई थी पर वहां के लोग उसे सवर्ण ही मानते थे और समझते थे। पर अर्जुन को तो सभी जानते थे दबी जवान से ही सही लोग उनका अधिकतर समय साथ ही रहने को उचित नहीं समझते थे।

और पंडित रमाकांत के घर पर अर्जुन को बिना रोक-टोक आने की भी दबी जुबान से आलोचना करते थे। पर अर्जुन के पराक्रम को देखकर उनकी जुबान बंद ही रहती थी। उधर शशिकांत भी दबी जुबान से लोगों की आलोचना का शिकार रहता था। पर जमीदार सूर्य प्रताप सिंह ने जब से अपना बालक विद्यालय भेजना शुरू किया था तो वह सभी अभिभावक भी अपने बालकों को लेकर फिर से वापस शशिकांत के विद्यालय पहुंच गए थे। और उनके बालक भी अर्जुन के बालकों के साथ ही बैठकर शिक्षा ग्रहण करने लगे थे। शशिकांत का सहायक अध्यापक भी वापस आ गया था।

सूर्य प्रताप सिंह अब खुलकर जाति प्रथा का विरोध करने लगे थे वर्ण व्यवस्था उनके विचारों से हिंदू धर्म के लिए नासूर बन चुकी व्यवस्था थी। योग्यता ही किसी को सम्मान पाने का अधिकार देती है और योग्यता व्यक्ति का आंतरिक स्वभाव है। ना कि किसी सवर्ण के घर पर जन्म लेने से योग्यता आती है। ऐसा वह मानने लगे थे।

ग्वालो के लिए कृष्णा अर्जुन परम मित्र थे कृष्णा के बिना तो ग्वाले एक दिन की भी कल्पना नहीं कर सकते थे। ऐसे में कृष्णा अर्जुन के दो नए मित्र और जुड़ गए थे यह दोनों सुदामा और सहदेव थे जो मधेपुरा गांव से नगर की ओर जाने वाले मुख्य मार्ग के किनारे बसे सिद्धपुर गांव के निवासी थे।

जो मधेपुरा गांव से पांच कोस की दूरी पर पड़ता था। दोनों युवक थे सुदामा ब्राह्मण था और सहदेव क्षत्रिय। दोनों के परिवार जनों के पास सिद्धपुर में कृषि योग्य काफी भूमि थी। दोनों आपस में प्रगाढ़ मित्रता रखते थे। कृष्णा और अर्जुन की प्रशंसा उन्होंने भी सुनी थी। उन्हें भी मधेपुरा गांव और गोचर में हुई घटनाओं की जानकारी थी। वे दोनों कृष्णा और अर्जुन से मिलना चाहते थे। और यही मनतव्य रखकर दोनों एक दिन गोचर जा पहुंचे। वहां कृष्णा और अर्जुन से उनका परिचय हुआ कृष्णा के मनमोहक व्यक्तित्व और अर्जुन के पराक्रमी स्वभाव से वह दोनों बहुत प्रभावित हुए और रोज ही गोचर उनसे मिलने आने लगे। जहां वे विभिन्न तरह की चर्चाओं में ग्वालों के संग भाग लेते हर विषय में कृष्णा के विचार सुनते और कृष्णा से तर्क वितर्क कर संतुष्ट होते।

मुगल सत्ता को उखाड़ फैंकने की चिंगारी उनके हृदय में भी दबी थी जो अब सुलगने लगी थी।

वह भी अपनी दासता का मूल कारण हिंदू धर्म की वर्ण व्यवस्था को मानने लगे थे। जोकि तर्क से बिल्कुल सही और व्यावहारिक भी थी। कभी-कभी जमींदार सूर्य प्रताप सिंह भी गोचर आ जाते थे।

और उनकी चर्चाओं में भाग लेते थे। सुदामा और सहदेव रोज ही अपने साथ एक पोटली में अपने घर से बना भोजन लेकर आते थे टीले पर पेड़ों के झुरमुट के नीचे बैठकर सभी ग्वाले अपनी अपनी पोटलियों को खोलकर भोजन को मिला लेते थे। और फिर सभी कृष्णा अर्जुन के संग मिलकर भोजन खाते थे, ऐसे में कई बार सूर्य प्रताप सिंह भी उपस्थित रहते थे। और सभी के संग वे भी भोजन पाते थे। और धीरे-धीरे

सभी एक सूत्र में बंधते जा रहे थे सारे भेदभाव खत्म हो रहे थे एकता का सूत्र सबको बांधता जा रहा था। एक दिन सुदामा और सहदेव ने कृष्णा से पूछा कृष्णा क्या तुमने नगर देखा है। कृष्णा ने नही में उत्तर दिया जब से इस राज्य में आया हूं तब से यही मधेपुरा और गोचर में ही रह गया हूं।

तो कल नगर घूमने चलते है, सहदेव ने कहा।

यहां से दस कोस की दूरी पर नगर है। वहां भोले शंकर महादेव का मंदिर नगर के मध्य में ही स्थित है जहां पर आगे के भाग में प्राचीन शिव मंदिर है और उससे लगे पीछे हिस्से में मुसलमान धर्म की इबादतगाह एक बड़ी मस्जिद है। जिसे एक दीवार दोनों को अलग-अलग करती है, सुदामा ने बताया।

कृष्णा ने कहा इस बारे में अर्जुन ने मुझे पहले ही अवगत कराया है।

मुगल विध्वंसकारियों ने मंदिर के पृष्ठभाग को पूरी तरह नष्ट कर दिया था।

जिसमे विद्यालय, पुस्तकालय विद्यार्थियों के रहने के भवन भी थे। हिंदू जनता के विरोध के बाद समझौते के तहत शेष बचा भाग हिंदुओं को पूजा अर्चना के लिए मिला। और जो भाग नष्ट किया जा चुका था उसमें बादशाह ने अपनी धर्म के अनुसार मस्जिद का निर्माण कराया था।

हां तुमने ठीक सुना सहदेव ने कहा।

फिर सहदेव ने कृष्णा और अर्जुन से कहा।

उसे देखने भी जाएंगे और साथ ही नगर भी घूमं लेगे। तो निश्चित हुआ कि कृष्णा और अर्जुन प्रातः ही नगर को जाने वाले मुख्य मार्ग से आएंगे जहां सिद्धपुर गांव के बाहर मुख्य मार्ग में ही स्थित बरगद के पेड़ के पास सुदामा और सहदेव उन्हें मिलेंगे। इसके बाद सुदामा और सहदेव वापस सिद्धपुर को चले गये।

शाम को घर आने पर कृष्णा ने पंडित रमाकांत से इस विषय में चर्चा करी।

कृष्णा नगर घूमना चाहता है, यह जान कर पंडित रमाकांत प्रसन्न हो गए। और बोले तुम अवश्य ही नगर देखते जाओ साथ भी अच्छा है तुम्हें कोई परेशानी नहीं होगी।

पंडित रमाकांत ने कहा फिर कृष्णा से उन्होंने कहा मैं अभी आता हूं, यह कहकर पंडित रमाकांत घर के अंदर गए और कुछ ही क्षणों में बाहर आ गये। उनके हाथ में चांदी के दो सिक्के थे, जो उस राज्य में चलते थे। उन दोनों सिक्कों को कृष्णा के हाथों में रखकर पंडित रमाकांत बोले कृष्णा नगर जा रहे हो, तुम्हें इनकी आवश्यकता पड़ेगी अपने लिए कुछ भी खरीदना चाहो तो इस से खरीद लेना। कृष्णा ने मुस्कुराते हुए दोनों सिक्के अपने कमर में बंधे कमरबन्ध मे संभाल लिए। प्रातः ही स्नान आदि और ध्यान से कृष्णा निवृत हो गया था। और अर्जुन के आने का इंतजार कर रहा था तभी पंडित रमाकांत की पत्नी और बहू घर से बाहर आई और कृष्णा को देखकर प्रसन्न मुख से बोली कृष्णा तुम गायों की चिंता ना करना। उन्हैं हम बूढ़े सेवक के संग देख लेगीं। तुम खूब आराम से शहर घूमना। कृष्णा ने मुस्कुरा कर हामी भरी। इतने में अर्जुन ने चार दिवारी के बाहर से कृष्णा को आवाज़ लगाई। कृष्णा ने दोनों महिलाओं को प्रणाम किया और चार दिवारी के दरवाजे को खोलकर बाहर आ गया।

जहां अर्जुन खड़ा उसकी राह देख रहा था। फिर दोनों मुख्य मार्ग में तेजी से नगर की ओर बढ़ने लगे पांच कोस मार्ग तय करने के बाद दूर से ही बरगद का विशाल वृक्ष मार्ग के किनारे पर उन्हें दिखाई देने लगा था। उसे देखते ही उन दोनों की चाल में तेजी आ गई बरगद के विशाल वृक्ष के पास पहुंचते ही उन्होंने सुदामा और सहदेव को वहां पर खड़े पाया। एक दूसरे को देखते ही उन सबके चेहरे पर मुस्कान आ गई। सहदेव ने बताया कि इस स्थान से जो एक कच्चा बैलगाड़ी के चलने लायक मार्ग जा रहा है वह मार्ग सीधे सिद्धपुर गांव को जाता है।

जो कि यहां से ज्यादा से ज्यादा आधा कोस दूर होगा वही हम दोनों के घर है। उस बरगद के पेड़ के नीचे एक समाधि बनी हुई थी, अब सुदामा ने बताया।

कि यह समाधि एक सिद्ध बाबा की है।

कहा जाता है कि इसी स्थान पर आज से सौ वर्ष पूर्व एक बाबा जी यहां पर रहकर तपस्या करते थे। जब मुगल आक्रमणकारियों का आक्रमण इस राज्य में हुआ था। तो वे अकेले बाबा जी उनसे इसी स्थान पर अपने हाथ में त्रिशूल लेकर भिड़ गए थे कुछ ही क्षणों में आक्रमणकारियों ने घेर कर उनकी हत्या कर दी थी।

परंतु उन्होंने धर्म की रक्षा के लिए अपने प्राणों की आहुति दे दी थी।

बाद में हमारे पूर्वजों ने इसी स्थान पर उनकी समाधि बना दी। हर व्यक्ति जो यहां से गुजरता है वह सिद्ध बाबा की समाधि पर शीश नवाकर ही गुजरता है। इस प्रकार उनको उनकी वीरता पर सम्मान दिया जाता है। इन्हीं सिद्ध बाबा के नाम पर हमारे गांव का नाम सिद्धपुर पड़ा है।

कृष्णा और अर्जुन ने भी समाधि के पास लेट कर अपना शीश नवाया फिर चारों नगर की ओर मुख्य मार्ग से बढ़ चले।

कृष्णा देख रहा था मुख्य मार्ग से थोड़ी दूरी पर एक नदी भी मार्ग के साथ-साथ बह रही थी। यह वही गोचर में पहाड़ी झरनों के पानी से मिलकर बनी थी। अब यह काफी चौड़ी और पानी से भरपूर लबालव होकर बह रही थी। जगह-जगह से पानी के झरनों से बहता पानी इसमें मिल रहा था जिसने इसे बड़ी नदी का रूप दे दिया था।

इसके दोनों और विशाल उपजाऊ मैदान जो कृषि के लिए अत्यंत उपयुक्त थे। जहां मैदान में बीच-बीच में छोटे-छोटे बसे हुए गांव दिख जाते थे। आपस में वार्तालाप करते वे हुए चारों तेजी से शहर की ओर बढ़ रहे थे। क्योंकि सूर्यास्त तक उन्हें वापस अपने घरों को भी लौटना

था, शहर अब दो कोस ही दूर रह गया था। नदी के इस ओर एक पहाड़ी पर किले की दीवारें भी दिखनी शुरू हो गई थी। और नदी के दूसरी ओर भी दूर से भवन दिखने लगे थे।

कुछ ही समय पश्चात चारों जिस मार्ग से यह चारों आए थे वह नगर में स्थित किले के बगल से ही गुजरता था। किले के सामने बहुत विशाल मैदान था मैदान के बगल से ही मुख्य मार्ग आगे बढ़ जाता था। मार्ग के दोनों और भवन शुरू हो गए थे मार्ग से कुछ हटकर नदी बह रही थी।

जिसे स्थानीय लोग चंद्रभागा नदी कहकर पुकारते थे। किले का मुख्य द्वार खुला हुआ था जिसके बगल में सिपाहियों की चौकी थी जो किले के अंदर और बाहर जाने वालों की जांच पड़ताल करती थी। मार्ग में कुछ कदम आगे बढ़ने पर एक लकड़ी से बना सेतु कृष्णा को दिखाई दिया।

यह नदी के दोनों तटो पर पत्थरों की मजबूत और बहुत मोटी दीवारों के ऊपर लड़कियों से बना सेतु था। जो इतना चौड़ा था कि दो बैलगाड़िया अगल-बगल से निकल सके। सुदामा ने बताया इसी तरह के तीन सेतु कुछ-कुछ दूरी पर आगे बने हैं जो स्थानीय नागरिकों को नदी के आर पार जाने की सुविधा प्रदान करते है ये चारो सेतु तब के बने है।

जब यह राज्य अवंतिका कहलाता था, पर बाद में बादशाहों द्वारा समय-समय पर इनकी मरम्मत की जाती रही है जिस कारण इनके ऊपर से सुचारू रूप से लोग आवाजाही करते है। कृष्णा ने पहले किले को चारों ओर से देखने का निर्णय लिया। किले के साथ-साथ मार्ग भी आगे बढ़ रहा था किला आधा कोस करीब लंबा था।

इसकी दीवारें इतनी मजबूत और ऊंची बनाई गई थी कि बनाने वाले कारीगरों की प्रशंसा में शब्द निकल जाते थे। पर यह मोटी ऊंची दीवारे राज्य के लोगों के पसीने और रुधिर से बनी थी।

उन्हं मारपीट कर बनवाई गई थी, जिसका उन्हें पारिश्रमिक तक नहीं मिला था। कुछ आगे चलकर दीवारें अपनी चौड़ाई की ओर घूम गई थी इसके बाद आबादी नहीं थी नगर का मुख्य बाजार पीछे रह गया था, मुख्य मार्ग आगे की ओर बढ़ गया था। कृष्णा ने देखा किले के अंतिम छोर के बाद एक बस्ती बसी हुई थी। उजाड़ में एक बस्ती बसी थी जिसमें बीस पच्चीस टूटे-फूटे घर दिखाई पड़ रहे थे आसपास कोई खेत भी नहीं थे।

कृष्णा ने सहदेव से पूछा। यहां कौन लोग रहते है, कृष्क तो नहीं लगते हैं और काफी गरीब लगते है, इनके मकान भी बहुत छोटे है और ये बस्ती किन लोगों की है और यह क्या करते है।

तब सुखदेव ने बताया जब यहां के पहले बादशाह नसरुद्दीन अहमद ने मंदिरों को तोड़ना खंडित करना प्रारंभ किया था तब बहुत सारे लोग उसके इस कार्य के प्रति विरोध में उतर आये थे।

जिनमें ब्राह्मण क्षत्रिय वैश्य और शूद् वर्णो के लोग होते थे। नसरुद्दीन अहमद क्रूरता के साथ उनका दमन करता था।

उसने लोगों के मान भंग करने का ऐसा तरीका ढूंढ निकाला था। जिसकी मिसाल कहीं नहीं मिलती है। उनका मान भंग करने के लिए मुगल सिपाही उन्हें बेडियों में जकड़ कर किले में ले जाते थे। और उनसे मानव मल सर पर उठवाने लगे थें। उनसे कहा जाता था कि वे लोग इस्लाम स्वीकार कर ले तो उन्है इस कार्य से मुक्त कर दिया जायेगां। कुछ लोग भय से इस्लाम स्वीकार कर ले ते थे। पर कुछ ने मानव मल उठाना स्वीकार कर लिया पर इस्लाम धर्म स्वीकार नही किया। यह बस्ती उन्ही वीर नायको की है जिनके पूर्वज हिंदू जाति के वास्तविक वीर और हिंदू जाति के नायक है।

सुखदेव के बताएं इस विवरण से कृष्णा अचंभित हो गया। उसने सुखदेव से पूछा और हिंदू जाति ने इन्हें किस तरह से सम्मानित किया, इस पर सुखदेव ने कहा।

कृष्णा तुम देख तो रहे हो हिंदू जाति ने इन्हें मेहत्तर का नाम दिया। शूद्र में भी नीच दलित नाम दिया इनके पास ना भूमि और ना भवन है इन्हें सभी सांसारिक लाभो से वंचित कर दिया गया है।

इनका किसी सवर्ण से सामना हो जाने पर उनकी छाया से भी सवर्ण को बचना चाहिए। ऐसा पुरस्कार हिंदू धर्म की उच्च कहीं जाने वाली जातियों ने इन्हें दिया है। इनके पास ना भूमि है ना भवन है इनके स्पर्श मात्र से सब अपवित्र हो जाते हैं ऐसा सम्मान हमने अपने हिंदू वीरों को दिया है। सहदेव ने कहना जारी रखा और जो लोग मुगलों के विरुद्ध रणभूमि से भाग खड़े हुए।

इस राज्य के जंगलों में जाकर छुपे गए बहुत से भाग कर दूसरे राज्य में चले गए थे। उनके वंशज अपने को वीर पूर्वजो की संतान कहते है, अपने नाम के आगे तरह तरह की उपाधि लगते है। जिनसे उनकी श्रेष्ठता साबित हो सके।

एक प्रश्न का उत्तर दो कृष्णा, सुखदेव ने कहा। अगर रणभूमि से भागने वाले वीर थे तो इन लोगो के पूर्वज क्या थे।

कृष्णा ने सुखदेव को देखा फिर कहा।

महावीर परमवीर।

बिल्कुल उचित उत्तर तुमने दिया है, सुखदेव ने मुस्कुराते हुए कहा।

फिर कृष्णा ने कहा प्यास लगी है चलो सामने ही बस्ती है वहां किसी से जल मांग कर पियेंगे।

चलो कहकर चारों उस बस्ती के पास पहुंच गए।

उन चारों को पास आता देख एक अधेड़ उम्र का व्यक्ति उनके पास सामने आ गया और प्रश्नवाचक दृष्टि से उन चारो को देखने लगा।

कृष्णा ने उस व्यक्ति से कहा भाई बहुत प्यास लगी है जल पिलाओगे।

अधेड़ मुस्कुराया और अभी आया कहकर पास के छोटे से मकान के भीतर चला गया।

फिर कुछ ही क्षणों में पीतल के लोटे में जल लेकर बाहर आया उसने जल से भरा लोटा कृष्णा की ओर बढ़ा दिया। कृष्णा ने लोटे से थोड़ा जल पिया और लोटा आगे सुदामा की ओर बढ़ा दिया। इस प्रकार चारों ने लोटे से जल पिया फिर वापस लोटा उस अधड़े को दे दिया। कृष्णा ने उसे अधेड़ से उसका नाम पूछा भाई क्या नाम है तुम्हारा।

रामभजन... उस अधेड़ उत्तर दिया।

कृष्णा ने फिर कहा भाई रामभजन स्वच्छ ठंडा जल पिला ने के लिए धन्यवाद।

फिर कृष्णा ने कमरबंद से चांदी के सिक्के निकाले और राम भजन की ओर बढ़ाये लो इन्हें रख लो पर रामभजन ने साफ मना कर दिया। और कहा कि इनके लिए थोड़े ही जल पिलाया था जल पिलाना तो धर्म का काम है इसलिए जल पिलाया था।

पर कृष्णा न माना।

उसने जिद करके कहा भाई रामभजन मुझे अपना भाई समझ कर यह दो सिक्के रख लो मुझे इन्हें तुमको देकर संतोष होगा रख लो इन्हैं।

अब कृष्णा की जिद्द के आगे रामभजन कुछ ना बोल पाया और उसने चुपचाप कृष्णा के हाथ से दोनों चांदी के सिक्के ले लिए। कृष्णा और अर्जुन सुदामा, सहदेव ने राम भजन का धन्यवाद, किया। और वापस मुख्य मार्ग की ओर मुड़ गए, सहदेव ने कहा चलो वापस नगर के बाजार की ओर चलते है। भूख लग आई है फिर बाजार घूमने के बाद भोले शंकर महादेव के मंदिर जाकर दर्शन करेंगे।

सभी चारों मुख्य मार्ग से वापस लौट चले, नगर में पहुंचकर सभी ने लकड़ी के सेतु को पार किया। और नगर के मुख्य बाजार में पहुंच गए बाजार के शुरू में ही उन्हे एक हलवाई की दुकान दिखाई दी। जो कढ़ाई

में पूड़िया तल रहा था, उसकी दुकान के सामने तीन-चार लकड़ी के तख्त रखे थे जिस पर बैठकर लोग सब्जी व पूड़िया खा रहे थे।

एक तख्त पर यह चारों भी बैठ गए, पत्तो के दोनों में सब्जी और पत्तल में पूड़िया लगाकर हलवाई के सेवक ने उनके सामने रख दी। फिर मिट्टी के कुल्हण में जल भरकर इन चारों के सामने रख दिया। चारों ने भरपेट भोजन किया फिर जल पीकर पास में ही जल लेकर हाथ धोए। इसी बीच सहदेव ने खाने का भुगतान दुकान मालिक को कर दिया था। अब चारों चहल कदमी करते हुए बाजार घूमने लगे बाजार में कई तरह के सामानों से दुकानें सजी हुई थी।

कहीं सब्जियों की दुकान थी, तो कहीं पूरी गली ही सुनारो की थी, कहीं किराने की दुकान थी, तो कहीं पसारी की दुकाने थी। कही लोहार की दुकाने थी, जहां उनके बनाए कृषि यंत्र बर्तन आदि बिक रहे थे। तो कोई पूरा बाजार कपड़ों का था, तो कहीं लकड़ी से बने पलंग बक्से आदि बिक रहे थे, तो कहीं-कहीं पर गुड़ की दुकाने थी, तो कहीं सरसों का शुद्ध तेल बिक रहा था, बीच-बीच में हलवाइयों की दुकाने भी दिख रही जाती थी। जहां तरह-तरह की मिठाइयां सजी हुई थी। बहुत बड़ा बाजार था खूब खरीददारी हो रही थी वे चारों चहलकदमी करते हुए घूम-घूम कर बाजार की रौनक देख रहे थे।

सहदेव ने कहा चलो, अब महादेव के मंदिर को चलते है। सहदेव और सुदामा तो यहां कई बार आ चुके थे, उन्हें सभी रास्तों की जानकारी थी बाजार में काफी आगे चलकर वे दोनों एक गली की ओर मुड़ गए।

उस गली में आधा कोस दूर चलने के बाद वह एक खुली जगह पर आ पहुंचे जहां सामने ही भगवान महादेव का मंदिर दिख रहा था। मंदिर परिसर बहुत बड़ा था जहां सैकड़ो लोग समा सकते थे चारों ओर से चार दीवार से घिरे मंदिर की दीवारों के मध्य में एक विशाल द्वार था जहां से सभी श्रद्धालु मंदिर के परिसर में प्रवेश करते थे।

इतना बड़ा मंदिर का परिसर था जो चारों ओर से दीवारों से घिरा था। इस मंदिर के मध्य में भगवान शिव का मंदिर था। जिसके प्रवेश द्वार पर बड़े-बड़े घंटे लटके हुए थे। कृष्णा और अर्जुन मंदिर की वास्तुकला देखकर अचंभित थे, मंदिर की दीवारों में विभिन्न चित्रों और तरह-तरह की मूर्तियों को उकेरा गया था।

कृष्णा ने देखा जिन लाल पत्थरों का इस्तेमाल मंदिर बनाने में किया गया है। संभवतः वे कही दूर के राज्यों से लाये गये थे। मंदिर में भव्य शिखरों का निर्माण किया गया था मंदिर के मध्य भाग में प्रवेश द्वार और मंड़प का निर्माण बहुत कलात्मक ढंग से किया गया था। पत्थरों को काटकर रोशनी के लिए सुंदर जालियां बनाई गई थी मंदिर के खम्भों पर फूल, कमल, देवी देवताओ, धनुष बाण, शंख, आदि की स्पष्ट और सुंदर कलाकृतिया पत्थर पर उकेरी गयी थी। मंडप के गुंबद के भीतर अप्सराओ की आकृतियां उकेरी गई थी। गर्भगृह में चारों ओर से द्वार बने थे जिससे एक द्वार से प्रवेश कर दूसरे द्वार से बाहर जाया जा सके। गर्भगृह के मध्य में स्वयंभू लिंग के रूप में भगवान शिव विराजमान थे।

जिनके चारों ओर चांदी की वेदी बनी हुई थी। मंदिर परिसर में एक कुंआ था। जिसमें से जल निकाल कर श्रृद्धालु अपने साथ लाये लोटे में जल भरते और गर्भगृह में जाकर शिवलिंग पर जल चढ़ाते थे। सहदेव ने किसी तरह एक श्रद्धालु से एक लोटा मांग लिया जो अभी-अभी शिवलिंग पर जल चढ़ाकर गर्भगृह से बाहर आ रहा था।

फिर सहदेव ने लोटे में जल भरा और चारों गर्भगृह में प्रवेश कर गये। जहां चारों ने सम्मिलित होकर लोटे से शिवलिंग पर जल चढ़ाया महादेव को प्रणाम कर चारो दूसरे द्वार से बाहर आ गए।

बाहर खड़े एक शख्स ने जो मंदिर का पुजारी ही था। उसने उन सभी के माथे पर चंदन का टीका लगाया। कृष्णा को छोड़कर बाकी तीनों ने अपनी श्रद्धा अनुसार पंडित जी को भेट दी। कृष्णा के पास तो कुछ

भी धन नही था। जो था वह उसने राम भजन को दे दिया था इसलिए पंडित जी को प्रणाम कर वह तीनों के साथ मंदिर से बाहर आ गया। बाहर आकर कृष्णा ने देखा मंदिर के पीछे मंदिर के सटी एक दिवार है, उस दिवार के पीछे ही तीन गुम्बद दिखाई दे रहे है। सुदामा ने बताया यह गुम्बद मस्जिद के है, जो मंदिर तोड़कर बनाया गये है।

बाहर मंदिर का विशाल परिसर था जिसके एक किनारे पर एक पत्थर की छतरी बनी थी जो पत्थर के बने चार खम्भों पर टिकी थी जिसके सामने पांच सौ के आसपास स्त्री और पुरुष बैठे हुए थे।

और छतरी के नीचे मोटे रूई के गद्दो का आसन बिछा था जिसके ऊपर सफेद चादर बिछी हुई थी। जिस पर एक तेजस्वी संत बैठकर प्रवचन कर रहे थे, सुखदेव ने कहा चलो कुछ देर प्रवचन सुनते है। पास जाने पर संत को देखते ही सुदामा और सहदेव के चेहरे प्रसन्नता से खिल उठे। सहदेव ने कृष्णा को बताया यह संत आचार्य श्री के नाम से प्रसिद्ध है।

और वह उपनिषदों, वेद, श्रीमद भगवद गीता आदि के प्रकांड़ विद्वान है। इस राज्य में उनके हजारों शिष्य हैं यहां से तीन कोस आगे पहाड़ों की तलहटी पर इनका आश्रम है जहां उनके साथ बीस बाईस युवा सन्यासी रहते है जो आचार्य श्री से योग साधना की दीक्षा पाते है। साथ ही वेद उपनिषद श्रीमद् भगवद गीता आदि का अध्ययन करते है। हिंदू धर्म के सभी महत्वपूर्ण ग्रंथ आचार्य श्री को कंठाग्र है।

आज हमारा भाग्य कि ऐसे तपस्वी संत के दर्शन हो गए। चलो जहां पुरुष बैठे हैं वहां हम भी बैठकर सत्संग का आनंद उठाते है। ऐसा कहकर चारों पुरुषों की पंक्ति में जाकर बैठ गए। कृष्णा और अर्जुन ने देखा संत करीब साठ वर्ष के लग रहे थे। उनकी आंखें और चेहरा ब्रह्मचर्य के तेज से तप रहा था। उन्नत चमकता ललाट उनके तेज में वृद्धि कर रहा था।

चेहरे पर सफेद और काले बालों से युक्त उनकी दाढ़ी उनके व्यक्तित्व को और भी भव्य बना रही थी। श्वेत धवल धोती उन्होंने

पहनी हुई थी और श्वेत रेशम का कपड़ा गले में डाला हुआ था। पहली दृष्टि में ही संत बहुत विद्वान प्रतीत होते थे।

तभी आचार्य श्री ने जय श्री कृष्ण का तीन बार उदघोष किया और अपना प्रवचन समाप्त किया।

अब एक दूसरे संत आचार्य श्री के बगल में आकर बैठ गये। शायद अब वो प्रवचन देने वाले थे। सुदामा ने बगल में बैठे एक व्यक्ति से पूछा ये संत जो प्रवचन शुरू कर रहे है। इनका नाम क्या है।

तो उसने बताया इनका नाम स्वामी कृष्णानंद है और इस नगर के मध्य में इनका आश्रम है। और ये भी श्रीमद भगवद गीता के विद् न है। वे चारों बहुत ध्यान से स्वामी कृष्णानंद के प्रवचन सुनने लगे। अपनी अमृततुल्य मधुर वाणी से स्वामी कृष्णानंद कह रहे थे श्रीमद भगवद गीता का सार इन कुछ पंक्तियों में छिपा है।

यह संसार अनित्य है। यहां कोई भी कुछ लेकर नहीं आता है, और नहीं यहां से कुछ लेकर जाता है। जो आज तेरा है कल किसी और का था, और कल किसी और का हो जाएगा। जो हुआ अच्छा हुआ जो हो रहा है अच्छा हो रहा है। और जो होगा अच्छा ही होगा। तुम क्या लाए थे जो तुमने खो दिया, तुमने क्या पैदा किया था, जो नष्ट हो गया तुमने जो लिया यहीं से लिया और जो दिया यहीं पर दिया।

इसीलिए क्यों व्यर्थ चिंता करते हो इस कलीकाल में श्रीमद भगवद गीता में भगवान श्री कृष्ण के उपदेश मानव जाति के लिए बहुत उपयोगी है। आज के युग में कलीकाल बहुत बलवान होकर मनुष्य को पीड़ा दे रहा है। स्वामी कृष्णानंद बहुत मधुर स्वर में प्रवचन दे रहे थे सभी बैठे भक्तगण बहुत ध्यान से उनकी बातें सुन रहे थे। स्वामी कृष्णानंद ने फिर कहना शुरू किया इस कलीकाल में प्राणी मात्र दुखी है ऐसा लगता है सुख उससे दूर चला गया है।

चारो ओर अशांति का बोलबाला है झूठ फरेब ठगी ही इस कलीकाल का प्रसाद है। इसलिए भगवान श्री कृष्ण के अमृततुल्य उपदेश के सार को हृदय में बैठा लेना चाहिए।

तभी मानव मात्र को शांति मिलेगी, मेरा तो यही मानना है। स्वामी कृष्णानंद ने तीन बार जय श्री कृष्ण का उद्घोष किया जिसे वहां बैठे उपस्थित समुदाय ने दोहराया। इसके बाद स्वामी कृष्णानंद ने सभी को शांत रहने को कहा फिर पूछा किसी का भी कोई प्रश्न है तो वह मुझ से पूछ सकते है।

इस पर कृष्णा जमीन से उठकर खड़ा हुआ पुरुषों की भीड़ से रास्ता बनाता हुआ और स्वामी कृष्णानंद के सम्मुख पहुंच गया। पास पहुंच कर कृष्णा ने आचार्य श्री और स्वामी कृष्णानंद को प्रणाम किया।

आचार्य श्री और स्वामी कृष्णानंद ने आशीर्वाद की मुद्रा में अपना हाथ उठाया।

स्वामी कृष्णानंद और आचार्य श्री ने अपने सामने एक मनमोहक व्यक्तित्व के युवक को खड़े पाया।

श्याम वर्ण का युवक जिसके काले घुंघराले केश कंधे तक लटके हुऐ थे।

जिन्हें बिखरने से रोकने के लिए उसने माथे पर केसरिया पगड़ी नुमा कपड़ा बंधा हुआ था।

छरहरा पर बलिष्ठ उभरी हुई मांसपेशियों वाला शरीर। बड़ी-बड़ी काली आंखें कमर से नीचे हल्के पीले रंग की सलीके से बंधी धोती, कांधे में लटका जनेऊ और गले में तुलसी की माला और कमर में कमरबंद बांधे एक सुदर्शन युवक मनमोहनी मुस्कान लिए खड़ा था। स्वामी कृष्णानंद ने युवक को देखकर पूछा युवक तुम्हारा क्या प्रश्न है तुम्हारी क्या जिज्ञासा है। मैं प्रयास करूंगा तुम्हारे प्रश्न का उत्तर दे सकूं।

तब कृष्णा ने कहा स्वामी जी आपने अभी-अभी भगवान श्री कृष्ण के उपदेशों के सार को हम सभी को बताया है। क्या आपको लगता है की श्रीमद भगवद गीता में भगवान श्री कृष्ण ने जो कहा है उसका वास्तविक सार यही है जो आपने बताया है।

मैं समझा नहीं युवक खुलकर बताओ स्वामी जी ने नम्र स्वर में कहा।

कृष्णा ने कहा यदि जब गीता का सार यही है कि जो आज तेरा है वह कल किसी और का था, और कल किसी और का हो जाएगा। तुम क्या लाए थे जो तुमने खो दिया तुमने यहां क्या पैदा किया जो नष्ट हो गया। तुमने जो लिया यहीं से लिया और जो दिया यहीं पर दिया। इसीलिए क्यों व्यर्थ चिंता करते हो जब यही गीता सार है तो भगवान श्री कृष्ण ने अर्जुन को युद्ध करने के लिए क्यों कहा था। वो भी अपने भाइयों से जिन्होंने सुई की नोक के बराबर भी भूमि देने से पांडवों को मना कर दिया था।

तो भगवान श्री कृष्ण यह भी तो पांड़वों को समझा सकते थे, कि जो आज तेरा है कल किसी और का था और कल किसी और का हो जाएगा छोड़ो यह मोह माया क्यों व्यर्थ चिन्ता करते हो।

ऐसा ना कह कर अर्जुन को यह क्यों कहा।

फिर कृष्ण ने बहुत मधुर स्वर में श्रीमद भगवद गीता कि इस श्लोक का उच्चारण किया।

अथ् चेत्वमिमं धर्म संग्रामं न करिप्यसि

ततः स्वधर्म कीर्ती च हित्वा पापभवाप्यसि।।

अर्थात यदि तुम इस धर्म युद्व को स्वीकार नही करोगे तो स्वधर्म कीर्ति को खोकर पाप को प्राप्त करोगे।

अकीर्ति चापिभूतानि कथयिष्यन्ति तेदव्ययाम।

संभवितस्य चाकीर्ति मरणादतिरिच्यते।।

अर्थात सब लोग तुम्हारी बहुत काल तक रहने वाली अपकीर्ति को भी कहते रहेंगे। और सम्मानित पुरुष के लिए अपकीर्ति मरण से भी अधिक होती है। फिर कृष्णा ने मधुर स्वर में भगवान श्री कृष्ण के अर्जुन को दिए एक उपदेश का उच्चारण किया।

हतो वा प्राप्स्थसि स्वगीजित्वा वा महीम

तस्मादुत्तिष्ठ कौन्तेय युद्वाय कृत निश्चयः।।

अर्थात युद्व में मरकर तुम स्वर्ग प्राप्त करोगे या जीतकर पृथ्वी को भोगोगे, इसलिए हे कौन्तेय। युद्ध का निश्चय कर तुम खड़े हो जाओ।

कृष्णा ने बहुत नम्र होकर स्वामी कृष्णानंद से कहा बस यही है मेरी जिज्ञासा है। इस पर काफी देर स्वामी कृष्णानंद मौन रहे फिर उन्होंने कहा युवक तुम जानते हो मैं एक साधु हूं संत हूं मैं भक्तों को हिंसा करने के लिए कैसे प्रेरित कर सकता हूं।

इस पर कृष्णा ने, कहा।

जीवन में कठिनाइयां सभी मनुष्यों के समक्ष आती है, पर उससे पलायन करना क्या उचित है। शतुरमुर्ग की तरह अपनी गर्दन रेत में घुसेड़कर यह सोचना की अब सब ठीक है। कठनाईयां टल गई है क्या उचित है।

अच्छा अब तुम्ही बताओ युवक कि भगवान श्री कृष्ण अर्जुन को क्या समझाना चाहते थे। स्वामी कृष्णानंद ने कृष्णा से पूछा।

तब कृष्णा ने उत्तर दिया।

मैंने अभी-अभी भगवान श्री कृष्ण का एक उपदेश कहा था। जिसका अर्थ युद्ध में मरकर तुम स्वर्ग प्राप्त करोगे या जीतकर पृथ्वी को भोगोगे।

मेरा मानना है कि भगवान श्री कृष्ण ने संघर्ष का महत्व अर्जुन को समझाया था। बिना संघर्ष किए हारने से तो कई गुना बेहतर है कि

संघर्ष करके हारना नहीं तो अपकीर्ति न इस लोक में सुख देती है और नाही परलोक में।

कृष्णा ने अपनी राय रखी।

स्वामी कृष्णानंद असमंजस में दिखने लगे सभी भक्तगण उन दोनों का वार्तालाप सुन रहे थे सभा में पूर्णतया सन्नाटा छा गया था।

अब स्वामी कृष्णानंद ने पूछा। युवक तुम अपनी कही बातों का कोई प्रमाण दे सकते हो।

कि मेरा बताया गीता सार अनुपयोगी है और जो तुम कह रहे हो वह मानव मात्र के लिए भगवान श्री कृष्ण के कहे गए वचन उपयोगी है। इस पर कृष्णा ने स्वामी कृष्णानंद क्षमा याचना करी और कहा स्वामी जी आपके मत का खंडन करने का मेरा कोई विचार नहीं है नाही मैं आपके हृदय को कटु वचन कहकर दुखी करना चाहता हूं।

पर श्रीमदभगवद गीता के उपदेश न मैंने दिए हैं और ना ही अपने। पर उनके दिए उपदेश हर परिस्थिति में कितने सार्थक हैं इसका प्रमाण सामने ही है।

क्या प्रमाण सामने है। स्वामी कृष्णानंद ने उत्सुक होकर पूछा।

इस पर कृष्णा ने कहा यह शिव मंदिर जिसका अपमानजनक समझौता हुआ है। जिसे आप बताइए मुट्ठी भर आतताईयो ने लाखों हिंदुओं की आस्था पर चोट पहुंचा कर तोड़ दिया था। और मंदिर परिसर की जमीन पर कब्जा कर उसमें अपनी मस्जिद बना ली है। जिसके गोल गुंबद मंदिर की दीवार से सटे सबको दिखते है। क्या ऐसे में यह उपदेश उपयोगी है कि जो हुआ अच्छा हुआ जो हो रहा है अच्छा हो रहा है जो होगा अच्छा होगा।

फिर कृष्णा ने श्रीमद भगवद गीता का एक श्लोक मधुर कंठ से कहा।

अधाच्यदांश्च बहून्वदिष्यन्ति तवाहिताः

निन्दन्तस्तव सामर्थ्य ततो दुःखतर नु किम।।

अर्थात तुम्हारा शत्रु तुम्हारे सामर्थ्य की निंदा करते हुए, बहुत से अकथनीय वचनों को कहेंगे, फिर उससे अधिक दुःख क्या हो सकता है।

तो तुम्हारी दृष्टि में भगवत गीता का सार क्या होना चाहिए। स्वामी कृष्णानंद ने पूछा।

इस पर कृष्ण ने कहा। संघर्ष और स्वाभिमान,

इन्हीं दो शब्दों में श्रीमद भगवद गीता का सार छिपा है। ऐसा मेरा मानना है। फिर सभी उपस्थित भक्तों की ओर इशारा कर कृष्णा ने कहना शुरू किया।

ये सब इसी राज्य में पैदा हुए है, इनके पुरखे भी इसी राज्य में इसी राज्य की मिट्टी में पैदा हुए हैं। ये राज्य भी इन्हीं का है। मुट्ठी भर आक्रान्ताओ ने इनकी ही जन्मभूमि पर इन्है ही दास बना लिया है। अपने ही राज्य में यह दूसरे दर्जे के नागरिक है इनको इनके जन्म से प्राप्त सारे अधिकारों से इन्हें वंचित कर दिया गया है। क्या इससे ज्यादा कलिकाल पीड़ा दे सकता है।

क्या ये लोग अपनी ही मातृभूमि में भय से घुट घुट कर नहीं जी रहे हैं।

आप स्वयं निर्णय कीजिए।

क्या पांडव अपने ही अधिकार को पाने के लिए नाक रगड़कर कौरवो से याचना करते, या अपने ही राज्य से पलायन कर अपना राज्य को छोड़कर कही ओर चले जाते है। जबकि आधा राज्य पांडवों का भी था और और उनकी मातृभूमि भी थी। क्या मैंने श्रीमद भगवद गीता में श्री कृष्ण के कहे वचनो का विवेचन सही किया है। प्रमाण सही दिया है, या नही।

यह निर्णय आप पर छोड़ता हूं।

अंत में कृष्णा ने शिष्टाचार वंश स्वामी कृष्णानंद से क्षमा मांगी। कि उसके कहे वचनों को अन्यथा ना ले। उसका कोई विचार नहीं है कि वह स्वामी कृष्णानंद के मत का खंडन करे। स्वामी जी के बगल में बैठे आचार्य श्री चकित होकर युवक को देख रहे थे।

उसके दिये तर्कों को सुनकर प्रभावित लगते थे। फिर उन्होंने कृष्णा से कहा मैं तुम्हारे मत का समर्थन करता हूं।

फिर आचार्य श्री ने कृष्णा से पूछा तुम कौन हो और कहां रहते हो।

कृष्णा ने आचार्य श्री को बताया। कि उसका नाम कृष्णा है और यहां से दस कोस पश्चिम में मधेपुरा गांव है जहां वह पंडित रमाकांत के घर पर रहता है और उनकी गायो को चराने का कार्य करता है। अब तो आचार्य श्री के साथ स्वामी कृष्णानंद और उपस्थित जन समुदाय का भी आश्चर्य से मुंह खुला का खुला रह गया।

कृष्णा का परिचय सुन सभी आश्चर्य चकित रह गए एक ग्वाला श्रीमद भगवद गीता के श्लोकों का इतना सुंदर उच्चारण कर रहा है और तर्क सहित प्रमाण सहित उसकी व्याख्या कर रहा है आश्चर्य है।

कृष्णा ने इशारा कर अर्जुन सुदामा और सहदेव को खड़े होने को कहा फिर आचार्य श्री से कहा ये मेरे मित्र हैं जिनके साथ मैं नगर घूमने आया था। अब हमें आज्ञा दीजिए सूर्यास्त तक हमें घर भी लौटना है। कृष्णा ने आचार्य श्री और स्वामी कृष्णानंद से घर जाने की आज्ञा मांगी। इस पर आचार्य श्री ने कहा। कभी मेरे आश्रम में आ सकते हो, कृष्णा तुम्हारे साथ वार्तालाप कर मुझे बहुत आनंद आएगा।

अब मैं भी यहां से अपने आश्रम को जाऊंगा। तुम और तुम्हारे साथी जब भी आश्रम में आना चाहे तुम सब का स्वागत है, क्या तुम्हें मेरे आश्रम का पता मालूम है, इस पर कृष्णा ने कहा। मुझे तो पता नही

मालूम पर मेरे साथी सुदामा और सहदेव अवश्य जानते होंगे उनके साथ किसी दिन अवसर पाकर आपकी सेवा में उपस्थित होउंगा।

मुझे प्रसन्नता होगी आचार्य श्री ने कहा।

कृष्णा ने आचार्य श्री से वापस जाने की आज्ञा मांगी और अर्जुन, सहदेव व सुदामा के संग तेजी से मंदिर परिसर से बाहर आ गया। अब वे चारो तेजी से अपने गांव की ओर बढ़ रहे थे।

कृष्णा और अर्जुन चाहते थे कि सूर्यास्त होने से पहले वह मधेपुरा गांव पहुंच जाए।

राह में सिद्धपुर आने पर सुदामा और सहदेव ने अर्जुन और कृष्णा से विदा ली। अब दोनों तेजी से मधेपुरा गांव की और बढ़ने लगे और सूर्यास्त होने से पहले ही दोनों मधेपुरा पहुंच गए थे।

कृष्णा को पंडित रमाकांत के घर के सामने छोड़कर अर्जुन अपने गांव के लिए आगे बढ़ गया।

कृष्णा चार दिवारी के द्वार से अंदर आया तो उसने देखा पंडित रमाकांत उनकी पत्नी शशिकांत और उसकी पत्नी और शशिकांत का बालक सभी चबूतरे पर बैठे थे कृष्णा को देखते ही सबके चेहरे पर मुस्कुराहट आ गई।

पंडित रमाकांत ने कृष्णा को अपने पास बुला लिया और तरह-तरह के प्रश्न पूछने लगे कैसा लगा नगर, और क्या खाया, कहां-कहां घूमे, अपने लिए क्या खरीदा आदि आदि।

कृष्णा ने विस्तार से उन सबको सभी बातें बताई यह भी बता दिया कि उन्होंने जो चांदी के दो सिक्के उसे दिए थे उसने उन्हें रामभजन को दे दिए थे। और जब कृष्णा ने आचार्य श्री के साथ अपनी मुलाकात की बात बताई और उनसे हुआ पूरा वार्तालाप सुनाया। और यह भी बताया कि आचार्य श्री ने उसे और बाकी साथियों को आश्रम में आने का निमंत्रण दिया है। तो सब परिवारजन आश्चर्य में पड़ गए।

क्योंकि आचार्य श्री का उसे राज्य में बहुत नाम था हजारों लोगो ने उनसे गुरु मंत्र लिया था। बहुत सम्मान के साथ उनके भक्त उनका नाम लेते थे और अधिकांश लोगों ने उन्हें देखा था। पर जिन्होंने नहीं भी देखा था उन्होंने भी उनका नाम अवश्य ही सुना था। इस राज्य के अच्छे व आदरणीय संतो में उनकी गणना होती थी। पंडित रमाकांत और उनके परिवार बहुत आश्चर्य में पड़ गया था।

आज उनका कृष्णा आचार्य श्री से वार्तालाप करके आया है। और स्वामी कृष्णानंद के श्रीमद भगवद गीता के गीता सार सम्बन्धी उनके ज्ञान का खंडन भी करके आया है।

साथ ही आचार्य श्री ने उसे अपने आश्रम में आने का निमंत्रण भी दिया है। शशिकांत ने कहा कृष्णा पहले तुम स्नान कर लो तुम्हारा पूरा शरीर पसीने से लथपथ होगा वार्तालाप तो फिर भी होता रहेगा।

कृष्णा को शशिकांत का सुझाव उचित लगा और वह स्नान के बाद बदलने के लिए साफ धुले वस्त्र लाने अपनी कोठरी की ओर चला गया।

अध्याय 7

आजकल पंडित रमाकांत के घर में एक चर्चा रोज ही होती थी। सभी लोग रात्रि के भोजन के पश्चात बाहर नीम के पेड़ के तले में बने चबूतरे पर बैठ जाते थे और आपस में चर्चा करते थे।

चर्चा का विषय शशिकांत के दोनो पुत्र थे। जो कि अब सात और आठ वर्ष के हो चुके थे जिनका उपनयन संस्कार होना था। यही परिपाटी चली आई थी बालक जब सात आठ वर्ष का हो जाता था। तो उसका उपनयन संस्कार किया जाता था। उसके बाद उसे विद्‌यालय गुरु के पास शिक्षा के लिए भेज दिया जाता था।

विद्‌या आरंभ होने से पूर्व उपनयन संस्कार का होना बहुत आवश्यक माना जाता था। यह परिपाटी चली आई थी पहले शिक्षा प्राप्ति के लिए बालकों को गुरुकुल में भेजने की परिपाटी थी। जहां दस पद्रह वर्षों तक रहकर बालक शिक्षा प्राप्त करता था। परंतु अब इसे काफी सरल बना दिया गया था। बालक प्रारंभिक शिक्षा आसपास के विद्‌यालय में या योग्य गुरू के पास जाकर ग्रहण करता था परंतु उच्चशिक्षा के लिए उसे गुरुकुल में ही जाना होता था और गुरू के आधीन रहकर शिक्षा प्राप्त करनी होती थी। उपनयन संस्कार एक उत्सव की तरह होता था।

जहां सभी रिश्तेदारो नातेदारो को उपनयन संस्कार में शामिल होने के लिए न्यौता भेजा जाता था। और अपने आसपास के परिचितो को उपनयन संस्कार में आने के लिए न्यौता भेजा जाता था। सभी के लिए भोजन आदि की व्यवस्था की जाती थी। और योग्य ब्राह्मण द्‌वारा

धार्मिक रस्म करा कर बालक का उपनयन संस्कार किया जाता था। पंडित रमाकांत और शशिकांत दोनो जल्द से जल्द उपनयन संस्कार करने के पक्ष में थे। अचानक एक दिन पंडित रमाकांत ने कृष्णा से कहा कि तुम इस आयोजन के लिए आचार्य श्री को बुला सकते हो। यदि वे मान जाते हैं तो बालकों को गायत्री मंत्र की दीक्षा मैं उन्हीं से दिलवाना चाहता हूं। मेरे विचार से यह बहुत उत्तम होगा आचार्य श्री उत्तम कोटि के संत है यदि वे कृपा कर मंत्र दीक्षा दे तो हमारे लिए अत्यंत गौरवपूर्ण बात होगी। कृष्ण मुस्कुराया फिर बोला यदि आप आज्ञा दे तो मैं उनके आश्रम में जाकर उनके सामने इस प्रस्ताव को रख सकता हूं। प्रस्ताव को मानना या ना मानना तो बाद की बात है।

यदि आप मुझे आज्ञा करे तो मैं अवश्य आचार्य श्री के आश्रम जाऊंगा।

ठीक है पंडित रमाकांत बोले।

तुम शीध्र ही आचार्य श्री के पास जाने की योजना बना लो इस पर कृष्णा ने कहा कल मैं अपने मित्रों से इस पर चर्चा करूंगा और परसों हम आचार्य श्री से मिलने चले जाएंगे,

बहुत अच्छा कृष्णा मुझे तुम पर पूरा विश्वास है तुम आचार्य श्री को दीक्षा देने के लिए सहमत कर लोगे दूसरे दिन कृष्णा गायों को लेकर गोचर को चला तो अर्जुन भी उसके साथ आ गया था दोनो साथ-साथ गायो को हांककर गोचर पहुंच गए। कुछ देर बाद रोज की तरह सुदामा और सहदेव भी वहां पहुंच गए कृष्णा के स्वभाव ने उन्हें इतना मोह लिया था। कि दोनों अपने घर पर रुक ही नहीं पाते थे कृष्णा का व्यावहारिक ज्ञान उन्हे बहुत चमत्कृत करता था।

उन दोनों को ही नहीं वरन् अर्जुन को और सभी ग्वालों को कृष्णा परम सखा और परम मित्र प्रतीत होता था। और ऐसा ही कृष्णा की ओर भी था वह भी इन लोगों से मिले बिना नहीं रह पाता था। कृष्णा की मित्र मंडली में कोई भी जरा सा कष्ट में होता तो कृष्णा उसके लिए

परेशान हो जाता था। कृष्णा को परेशान देखकर मंडली के सभी सदस्य भी परेशान हो जाते थे। उनकी मित्रता उनके हृदय में बसी वीणा की तरह थी जिसके तार मित्र को देखते ही हृदय में मधुर स्वर में झंकार करने लगते थे।

कृष्णा ने अर्जुन सुदामा और सहदेव को देखते हुए कहा तुमको याद होगा कुछ दिन पूर्व आचार्य श्री ने हम चारों को आश्रम में आने का न्योता दिया था। याद है ना।

याद है बाकी तीनों एक स्वर में बोले।

कृष्णा ने कहा मैं सोचता हूं कि कल हम उनसे मिलने चले तुम लोगों की इस बारे में क्या राय है।

बिल्कुल मिलने चलते हैं तीनों एक स्वर में बोले पर कृष्णा सिर्फ मिलने ही जाना है या कोई कार्य विशेष भी है अर्जुन ने पूछा।

हां कार्य विशेष के कारण ही मिलने जाना है कृष्णा ने उत्तर दिया।

क्या कार्य विशेष है सुदामा ने पूछा।

इस पर कृष्णा ने कहा, शशिकांत के दोनो पुत्र सात और आठ वर्ष के हो गये है। पंडित रमाकांत चाहते हैं कि शीघ्र ही उन दोनो बालकों का उपनयन संस्कार कर दिया जाए।

जिससे उनकी विद्‌यालय की शिक्षा आरंभ हो सके। पर उपनयन संस्कार से आचार्य श्री का क्या मतलब है, सुखदेव ने कृष्णा से पूछा। इस पर कृष्णा ने कहना शुरू किया पंडित रमाकांत चाहते हैं कि उपनयन संस्कार में गायत्री मंत्र की दीक्षा आचार्य श्री ही उनके दोनो पौत्रो को दे इसके लिए उन्होंने मुझे आदेश दिया है कि मैं आचार्य श्री को इस कार्य के लिए सहमत करूं।

बड़ी विचित्र इच्छा है पंडित रमाकांत जी की अर्जुन ने कहा।

क्या इस कार्य के लिए आचार्य श्री सहमत होंगे मुझे तो नहीं लगता है सहदेव ने कहा।

परंतु पंडित रमाकांत जी को पूर्ण विश्वास है कि आचार्य श्री को उपनयन संस्कार के आयोजन में आने के लिए मैं सहमत कर लंगा कृष्णा ने कहा।

किस आधार पर उन्हें तुम पर इतना विश्वास है कि तुम आचार्य श्री को सहमत कर लोगे सुदामा ने कहा

कह नहीं सकता पर उनकी आज्ञा है तो प्रयास करना ही पड़ेगा। कृष्णा ने कहा।

हां बात तुमने ठीक कही है। अपनी ओर से प्रयास करते हैं, मान गए तो ठीक है और ना माने तो भी ठीक है। कम से कम संत की संगति का लाभ तो मिलेगा सुदामा ने कहा।

अच्छा कृष्णा इस संबंध में मैं तुमने क्या योजना बनाई है सहदेव ने पूछा।

उत्तर में कृष्णा ने कहा कि कल सुबह ही हम लोग आचार्य श्री के आश्रम की ओर निकलेंगे तुम दोनों सहदेव और सुदामा सिद्धपुर में सिद्ध बाबा की समाधि के पास ही हमें मिलोगे तुम दोनों और अर्जुन तुम भी अपने घरों में बातकर आना कि हम चारों आचार्य श्री से मिलने उनके आश्रम में जा रहे है।

और सूर्यास्त तक हम अपने घरों को लौट आने का पूरा प्रयास करेंगे और यदि सूर्यास्त के बाद भी हम नहीं लौटे तो समझ लेना कि हम रात्रि विश्राम के लिए आश्रम में ही रुक गए है, और दूसरे दिन ही लौटेंगे।

सब ने सहमति जताई और कहा ये ही उचित होगा। निश्चय हुआ कि अर्जुन पहले दिन की तरह सुबह ही सूर्योदय के समय में कृष्णा के पास आएगा फिर दोनों साथ ही मुख्य मार्ग से सिद्धपुर की ओर जाये

गं। जहां सुदामा और सहदेव सिद्ध बाबा की समाधि के पास मिलेंगे वहां से फिर चारों आचार्य श्री के आश्रम की ओर जाएंगे।

अचानक कृष्णा ने सुदामा और सहदेव से पूछा तुमने आश्रम का मार्ग भली-भांति देखा है इस पर सुदामा ने कहा हां एक बार मुझे वहां तक जाने का अवसर मिला था पर मैं आश्रम के भीतर नहीं गया हूं। पर वहां जाने के मार्ग को भली-भांति जानता हूं।

तब ठीक है तो यह पक्का रहा कि कल हम चारों आचार्य श्री के आश्रम में जाएंगे।

कृष्णा ने कहा।

बिल्कुल पक्का बाकी तीनों लोगों ने एक स्वर में समर्थन किया। शाम को गायों को गोचर से वापस लाकर घर में कृष्णा ने पंडित रमाकांत को बताया कि कल सुबह सूर्योदय के समय ही वह आचार्य श्री के आश्रम को निकाल जाएगा, साथ में उसके तीनों साथी अर्जुन सुदामा और सहदेव भी जाएंगे।

वह यह बताना नहीं भूला कि यदि वह सूर्यास्त तक वापस नहीं लौटा तो आप लोग समझ लेना हम लोग रात्रि विश्राम के लिए आश्रम में रुक गए हैं और उसके अगले दिन ही वापस लौटेंगे।

क्योंकि आश्रम यहां से अनुमान से तेरह कोस दूर है और तेरह कोस वापस भी आना है वहां आचार्य श्री से मिलना भी है, शायद यह सब एक दिन में नहीं हो पाएगा। पंडित रमांकात तो कृष्णा के आश्रम जाने वाली बात से प्रसन्न हो गए थे उनका सारा स्नेह कृष्णा पर उमड़ आया था बोले कृष्णा आराम से जाना और आश्रम में रुककर रात्रि विश्राम करना हड़बड़ी में आने की कोई आवश्यकता नहीं है।

ठीक है कहकर कृष्णा मुस्कुराया और अपनी कोठरी की ओर चल दिया।

कृष्णा प्रातःही ध्यान स्नान आदि से निवृत होकर घर से बाहर मुख्य मार्ग में आकर खड़ा हो गया था। कुछ ही देर में उसे अर्जुन आता दिखा। पास आने पर कृष्णा ने देखा अर्जुन के हाथ में कपड़े से बंधी पोटली है उसे देखकर कृष्णा ने पूछा भाई पोटली में क्या लाया है।

अर्जुन ने बताया कि तुम्हारी भाभी ने हम चारों के लिए इस पोटली में कुछ रोटियां और सब्जी बनाकर रखी है। जहां पर भूख लगेगी इसे खा लेंगे। फिर दोनों हंसने लगे और फिर उन्होंने सिद्धपुर की ओर अपने कदम बढ़ा दिए। पांच कोस चलने के बाद बरगद का वह विशाल वृक्ष दिखने लगा था जिसके नीचे सिद्ध बाबा की समाधि थी। बरगद के पेड़ के पास पहुंचने पर उन्हें सुदामा और सहदेव भी मिल गए फिर चारों तेजी से आगे बढ़ने लगे। पांच कोस आगे चलने पर उन्हें अब किले की दीवारें दिखने लगी थी। कुछ ही देर के बाद वे चारों किले के सामने से मुख्य मार्ग से गुजर रहे थे और नदी पार जाने वाले सेतू के पास पहुंचकर कृष्णा ने सुदामा से पूछा अब किस ओर को चलना है।

सुदामा ने बताया यह पहला सेतु है इसी मार्ग में सीधे आगे चलकर एक सेतु और मिलेगा जिसे हमने पार करना है। फिर उससे आगे करीब दो कोस आगे चलकर आचार्य श्री का आश्रम पड़ेगा। अब सभी मार्ग पर तेजी से चलने लगे। आगे मार्ग के किनारे एक आम के वृक्ष को देखकर कृष्णा ने कहा इस वृक्ष के नीचे बैठकर थोड़ा सुस्ता लेते हैं और अब जोरों की भूख भी लग रही है।

अर्जुन घर से रोटी सब्जी लाया है कुछ खा पी लेते है। चारों आम के वृक्ष के नीचे बैठ गए अर्जुन ने पोटली खोली जिसमें उन चारों के लिए पर्याप्त मात्रा में रोटी व सब्जी थी। चारों में भोजन किया और मार्ग से कुछ दूर बह रही चन्द्रभागा नदी के जल से अपनी प्यास बुझाई। कुछ देर विश्राम कर चारों आपस में वार्तालाप करते हुए मार्ग में आगे बढ़ गए।

कुछ देर बाद दूसरा सेतू भी आ गया था जिसको पार कर सुदामा के बताए मार्ग पर सभी चलने लगे काफी देर उस कच्चे मार्ग पर चलने

के बाद चारों पहाड़ की तलहटी पर बने आचार्य श्री के आश्रम में पहुंच गए। कृष्णा ने देखा आचार्य श्री ने बहुत सुंदर स्थान पर अपना आश्रम बनाया हुआ था।

आश्रम पहाड़ की तलहटी में स्थित साल के वृक्षो के जंगल के बीच में बना था।

बगल में ही एक पहाड़ी झरने का पानी बह रहा था। आश्रम के चारों ओर लकड़ी की बाढ़ बनी हुई थी। जिससे जंगली जानवरों से आश्रम वासियो की सुरक्षा होती थी। आश्रम का मुख्य प्रवेश द्वार खुला था। जिससे होकर चारों आश्रम के भीतर प्रवेश कर गए।

आश्रम में बहुत सारी घास-फूस और लकड़ी बांस का प्रयोग कर छोटी बड़ी कुटिया बनी हुई थी। और बाढ़ के किनारे किनारे क्यारियां बनी थी जिस पर रंग-बिरंगे फूलों के पौधे लगे हुए थे।

आश्रम की स्वच्छता और कुटियाओं की कलात्मकता से सभी बहुत प्रभावित हो गए थे। मुख्य द्वार के पास एक स्वच्छ जल का कुंआ था। इतने में एक युवक उनके पास आया जो देखने में सन्यासी प्रतीत होता था उसने पूछा आप लोग कौन है और यहां आने का आपका प्रयोजन क्या है।

इस पर सहदेव ने बताया कि वह लोग मधेपुरा गांव से आए हैं। और आचार्य श्री से मिलने के उद्देश्य से यहां आए है। युवक ने उन चारों को अपने पीछे आने का इशारा किया और सभी उसके पीछे चल पड़े मार्ग में चार-पांच कुटियाओ के बाद एक काफी बड़ी कुटिया के पास उस संन्यासी ने उन लोगो को रूकने को कहा। कुटिया बहुत कलात्मक तरीके से बनाई गई थी जिसमें दो द्वार दिख रहे थे।

हवा और रोशनी के लिए खिड़कियां भी बनी हुई दिख रही थी। सभी खिड़कियां और दोनो द्वार खुले हुए थे।

यहां सभी कुटियाऐ जमीन से कुछ ऊपर पत्थरों की दीवार के ऊपर बनाई गई थी। जिस से रेंगने वाले कीड़े सांप बिच्छू भीतर न आ सके। कुटिया के अंदर से लोगों के बोलने की आवाज़ बाहर सुनाई पड़ रही थी। युवा सन्यासी अंदर गया और कुछ ही क्षणों में बाहर आकर उन सब से बोला आप लोग भीतर चले जाइए। आचार्य श्री आपको भीतर बुला रहे है। चारों द्वार से भीतर चले गए।

वहां उन्होंने देखा एक आसान पर आचार्य श्री बैठे हुए थे और उनके सामने एक ओर पंद्रह सोलह युवा संन्यासी बैठे हुऐ थे। और दूसरी ओर बहुत सारे लोग बैठे थे जिनमें कुछ स्त्रियां भी थी कुछ बालक बालिकाएं भी थी।

आचार्य श्री के सामने जाकर चारों ने उन्हें प्रणाम किया कृष्णा को देखते ही आचार्य उन्हें पहचान गये। और प्रसन्न हो गए और बोले अरे कृष्णा तुम आ ही गए।

मुझे तुम्हें देखकर प्रसन्नता हो रही है बैठो मेरे सामने। इस पर वहां बैठे लोगों ने खिसककर उन चारों के लिए बैठने की जगह बना दी।

कुछ क्षण सोचकर आचार्य श्री ने कृष्णा से कहा। कृष्णा तुम अपने स्थान पर खड़े हो जाओ। यह सुनकर कृष्णा अपने स्थान से खड़ा हो गया। तब आचार्य श्री ने सभा को सम्बोधित करते हुए कहा ये जो युवक आपके सामने खड़ा है इसका नाम कृष्णा है यहां से पश्चिम में तेरह कोस दूर मधेपुरा गांव है, जहां पंड़ित रमाकांत के यहां ये उनकी गायों को चराने का काम करता है।

उपस्थित सभी लोग कृष्णा को देखने लगे उनके सामने औसत कद से लंबे कद का युवक खड़ा था। जो छरहरा पर उभरी हुई मांसपेशियों के शरीर का स्वामी था।

कंधे तक हवा में लहराते बाल वाला युवक सांवले रंग और बड़ी-बड़ी काली आंखों वाला था।

जिसके चेहरे पर एक मनमोहक मुस्कान दिख रही थी।

फिर आचार्य श्री ने कृष्णा को बैठने के लिए कहा और फिर उपस्थित समुदाय से कहने लगे इस युवक का श्रीमद् भगवद गीता पर ज्ञान अद्वितीय है इसे श्रीमद् भगवद गीता के सभी श्लोक कंठाग्र है। कुछ दिन पूर्व इससे मेरी मुलाकात नगर में स्थित शिव शंकर महादेव के मंदिर में हुई थी। श्रीमद् भगवद गीता के सभी श्लोको पर इसकी व्याख्या अदभुत है।

इसने जो भी तर्क और प्रमाण श्रीमद् भगवद गीता के संदर्भ में दिए है वे अवश्य विचारणीय है।

मेरी बहुत इच्छा थी इस से युवक से दोबारा मिलने की और भगवान श्री कृष्ण की कृपा से मेरी इच्छा पूरी हुई है। इतना कहकर आचार्य श्री मुस्कुरा दिए।

उधर कृष्णा भी मुस्कुरा पड़ा।

आचार्य श्री ने फिर कृष्णा से पूछा कृष्णा यूं ही मिलने चले आए हो। या मुझ से कोई कार्य विशेष है।

उत्तर में कृष्णा ने कहा वैसे मैं भी आपसे मिलना चाहता था। पर आज तो मैं विशेष कार्य के लिए ही आपके पास आया हूं।

तो बताओ क्या कार्य है। आचार्य श्री ने पूछा।

तब कृष्णा ने कहा पंड़ित रमाकांत जी के दोनों पौत्र जो सात व आठ वर्षो के हो गये है। पंडित रमाकांत जी उनका उपनयन संस्कार करना चाहते है।

पंड़ित रमाकांत जी की ह्वार्दिक इच्छा है कि उनके वहां उपनयन संस्कार के आयोजन में आप पधारे ओर उनके दोनो पौत्रो को गायत्री मंत्र की दीक्षा आप ही दे। बस इसी प्रयोजन हेतु पंड़ित रमाकांत जी ने मुझे आपके पास भेजा है। उन्है विश्वास ही नही वरन् पूर्ण विश्वास है,

कि आप उनके दोनो पौत्रो को दीक्षा देने के लिए अवश्य ही सहमत हो जायेगे।

आपके प्रति उनकी बहुत श्रद्धा है इसलिए उन्होंने मुझे यहां भेजा है। इस प्रस्ताव को सुनकर आचार्य श्री गहन चिन्तन में डूब गये। कुछ देर सोचने के बाद वे बोले पंड़ित रमाकांत जी ने मेरे प्रति आदर का भाव रखते हुए, मेरे से अपने पौत्रो को गायत्री मंत्र की दीक्षा का जो संकल्प रखा है। उसका मैं हृदय से सम्मान करता हूं।

मेरे लिए ये लिए ये सौभाग्य की बात होगी कि कोई व्यक्ति अपने पौत्रो को गायत्री मंत्र की दीक्षा मुझसे सम्पन्न कराना चाहता है। यह सुनकर कृष्णा अर्जुन सुदामा और सहदेव के चेहरे प्रसन्नता से खिल उठे।

पर एक समस्या है, आचार्य श्री बोले पंड़ित रमाकांत के पौत्रो को गायत्री मंत्र की दीक्षा देने पर कई अभिभावक भी चाहेगे कि मैं उनके बालकों को भी दीक्षित करूं। मेरे लिए इस कार्य के लिए बार बार समय निकालना अत्यन्त कठिन है।

इस पर कृष्णा ने कहा। मैं आपकी कठिनाई समझ सकता हूं। पर कौन अभिभावक होगा जो आपसे अपने बालकों को गायत्री मंत्र से दीक्षित न करना चाहेगा। कृष्णा ने फिर कहा जब आप एक बालक को मंत्र दीक्षा देंगे तो इस राज्य के सभी अभिभावक चाहेगे कि आप समान तपस्वी संत से उनके बालक भी गायत्री मंत्र से दीक्षित हो।

कृष्णा ने फिर कहा। मैं तो आपसे चाहूंगा कि आप उन सभी बालकों को गायत्री मंत्र से दीक्षित करिये जो उपनयन संस्कार के योग्य हो गये। आप जैसे तपस्वी संत से दीक्षा लेकर वे बालक विवेक ज्ञान और बुद्वि से युक्त होकर समाज के एक उपयोगी नागरिक बन सके। सभी को दीक्षित करना ये कैसे संभव है आचार्य श्री ने कहा।

इस पर कृष्णा ने कहा यदि पंडित रमाकांत के पौत्रो के उपनयन संस्कार को व्यक्तिगत न कर सामूहिक उपनयन संस्कार करे तो यह

संभव है। जिससे वर्ष भर में सिर्फ एक दिन सामूहिक रूप से आपके द्वारा सैकड़ो बालकों को दीक्षित किया जा सकता है।

हां इस बात पर विचार किया जा सकता है। प्रस्ताव अच्छा है, आचार्य श्री ने कहा।

फिर कृष्णा कहना शुरू किया मेरा आपसे विन्रम निवेदन है कि आपके द्वारा दीक्षित होने का सौभाग्य हिन्दू समाज के हर बालक को मिलना चाहिए। ऐसी मेरी कामना है। तब कृष्णा ने अर्जुन को अपने स्थान से खड़ा होने को कहा।

इस पर अर्जुन अपने स्थान से उठकर खड़ा हो गया। सभी अर्जुन को देखने लगे, उनके सामने एक मजबूत मांसपेशियों वाला बलिष्ठ युवक खड़ा था, जिसके चेहरे पर दृढ़ता दिखाई दे रही थी।

अर्जुन ने आचार्य श्री को प्रणाम किया कृष्णा ने फिर से कहना शुरू किया। मेरे कहने का आशय अब आप समझ जाएंगे इसका नाम अर्जुन है।

और मधेपुरा गांव से एक कोस आगे इसका गांव है। यह जाति से शूद्र है पर मेरा परम मित्र है।

इसके दो पुत्र हैं जिनकी आयु सात आठ वर्ष के करीब है। जो अभी पंडित रमाकांत के पुत्र शशिकांत के विद्यालय में छात्र के रूप में शिक्षा पा रहे हैं दोनों सवर्ण बालकों के साथ ही विद्यालय में शिक्षा पाते हैं और इसके दोनों बालक भी उपनयन संस्कार की आयु के हो गए हैं।

उनका भी उपनयन संस्कार होना है। बहुत उत्तम होगा सभी बालकों के साथ अर्जुन के बालकों का भी उपनयन संस्कार किया जाए।

क्या बक रहे हो होश में तो हो। सभा में से एक अधेड़ उम्र का व्यक्ति जोर से चीखा तुम शूद्र को हमारे बीच ले कैसे आए। हमारे मध्य तुमने इसे कैसे बैठा दिया। और ऊपर से कह रहे हो पंडित रमाकांत

का पुत्र शशिकांत इस शूद्र के दोनों बालकों को सवर्ण बालकों के संग बिठाकर शिक्षा दे रहा है।

युवक तुम्हारा सिर तो नहीं फिर गया है।

सभा में उपस्थित सभी लोगों में कानाफूसी होने लगी।

आचार्य श्री तो इसकी प्रशंसा कर रहे थे पर यह तो कोई सिरफिरा लगता है उपस्थित लोग तरह-तरह की बातें करने लगे थे।

आचार्य श्री ने सबको शांत किया और उस व्यक्ति को संबोधित कर कहा जिसने कृष्णा को अभी-अभी डांटा था।

वीर सिंह जी शांत जाइए पहले कृष्णा से पूरी बात सुनकर समझ लेते हैं ऐसा यह क्यों कह रहा है।

हां कृष्णा तुम्हारी बात का आधार क्या है आचार्य श्री ने पूछा।

अब कृष्णा भी ताव खा गया था। और बोला मुट्ठी भर मुगलों ने इस राज्य को अपना दास बना लिया।

यह लोग अपनी ही मातृभूमि की रक्षा नहीं कर पाए और करते भी कैसे जो लोग साथ बैठ नही सकते है साथ बैठकर खाना खा नहीं सकते है। एक दूसरे का छुआ पानी नहीं पी सकते है।

जबकि सब एक ही संस्कृति के मानने वाले है। पर आपस में एक दूसरे के वर्ण में विवाह नही कर सकते हैं। उनसे आशा की जा सकती थी कि वे लोग इकट्ठा होकर मुगलो से युद्ध कर पाए होंगे। और वे लोग इकट्ठे होकर लड़ भी कैसे सकते थे।

इस पर उपस्थित समुदाय से एक व्यक्ति और खड़ा हुआ जो देखने से ही ब्राह्मण जाति का प्रतीत होता था। उसने अपने पूरे माथे पर चंदन लगाया हुआ था।

सिर पर चोटी धारण की हुई थी अब वह व्यक्ति कहने लगा कृष्णा हमारी इस वर्ण व्यवस्था में तुम मुगलो को कहां से बीच में ले आए। मुगलो से हिंदुओं की हार के कई अन्य कारण भी तो हो सकते है।

आप ठीक कह रहे हैं कृष्णा ने कहा। परंतु हार के कई कारणो में से हमारी वर्ण व्यवस्था सबसे प्रमुख कारण है।

आप स्वयं अनुमान लगा सकते हैं। मैं एक उदाहरण आपके सामने रखता हूं। मान लीजिए मुगल आक्रमण के समय हिंदू समाज में सौ लोग ही थे इन सौ लोगो के सामान भाग कर लीजिए।

तो संख्या इस प्रकार आएगी पच्चीस ब्राहमण पच्चीस क्षत्रिय पच्चीस वैश्य और पच्चीस शूद्र की संख्या आयेगी। अब इसे उदाहरण से समझते है, ब्राहमण लड़ नहीं सकते थे क्योंकि वर्ण व्यवस्था में उनका कार्य पढ़ना पढ़ाना और धार्मिक कार्यो को करना और कराना था।

वैश्य लड़ नहीं सकते थे क्योंकि वर्ण व्यवस्था में उनका कार्य पशुपालन खेती और व्यापार करना ही था। और शूद्र तो शूद्र ही हुआ उसके छूने मात्र से ऊपर के वर्ण अपवित्र हो जाते थे। उनका भोजन और जल अपवित्र हो जाता है। और वह भी कैसे लड़ते।

शेष बचा एक हिस्सा जिसके कंधे पर लड़ने की जिम्मेदारी थी। सौ की संख्या में पिचहत्तर युद्ध काल में उदासीन रहे। शेष पच्चीस की संख्या में क्षत्रिय वर्ण युद्ध करने गया जबकि आक्रमण पूरे हिंदू समाज हिंदू जाति पर हुआ था। अपवाद हर जगह पर होते हैं संभवत कुछ ब्राहमण भी लड़े होंगे कुछ शूद्र और कुछ वैश्य भी पर इनकी संख्या उंगलियों में गिनने लायक ही रही होगी।

और इस वर्ण व्यवस्था के कारण इस राज्य के लोग हार गए, और अब मुगलो के दास है।

अब वार्तालाप रोचक होता जा रहा था। पूरी सभा बिल्कुल शांत हो गई थी और बहुत ध्यान लगाकर वार्तालाप सुन रही थी। फिर उसी

व्यक्ति ने कहना शुरू किया कृष्णा यह वर्ण व्यवस्था हिंदू समाज का प्रमुख अंग है।

यह हमारे हिंदू जाति की विशेषता है, श्रम का विभाजन हमारे मनीषियों ने कितने सुंदर तरीके से किया है। सब अपने वर्ण के अनुसार कार्य करें इससे आपस में द्वन्द्व को कोई स्थान नहीं मिलेगा। कृष्णा ने कहा चलिए मान लेते हैं कि श्रम विभाजन की व्यवस्था बहुत उत्तम व्यवस्था है।

सब लोग अपने वर्ण के अनुसार कार्य करने लगे तो समाज में आपस द्वन्द्व का कोई स्थान नही होगा, और सारा कार्य कुशलता से संपन्न होगा मैं ठीक कह रहा हूं।

कृष्णा ने उसे व्यक्ति से पूछा शायद आपके कहने का यही आशय है।

हां बिल्कुल उचित कह रहे हो उस व्यक्ति ने उत्तर दिया।

कृष्णा ने फिर पूछा किसी व्यक्ति के वर्ण का निर्णय किस प्रकार किया जाएगा। इसको नापने का कोई पैमाना है या नही।

क्यों नहीं बिल्कुल है जो व्यक्ति जिस वर्ण में जन्म लेता हैं, वही उसका वर्ण कहलाता है ब्राह्मण के घर जन्म लेने पर ब्राह्मण और क्षत्रियों के घर जन्म लेने पर क्षत्रिय उस व्यक्ति ने उत्तर दिया।

इस वर्ण व्यवस्था में योग्यता का कोई स्थान है या नहीं कृष्णा ने पूछा।

क्यों नहीं ब्राह्मण के घर जन्म लेने वाला और क्षत्रिय कुल में जन्म लेने वाला जन्म से ही श्रेष्ठ होता है। और वह पूजनीय है।

उसके पूर्व जन्म के कर्म श्रेष्ठ रहे हैं इसीलिए श्रेष्ठ वर्ण में उसका जन्म होता है ब्राह्मण वर्ण में जन्म और क्षत्रिय वर्ण में जन्म होना ही उसकी श्रेष्ठता का प्रमाण है। इसलिए उसमें अपने कार्य के प्रति योग्यता जन्म से ही आ जाती है, उसे व्यक्ति ने उत्तर दिया।

परंतु मुझे तो श्रम का विभाजन जन्म से ही मान लेने में कोई व्यावहारिक कारण नहीं दिखता है। कृष्णा ने कहा।

तुम कहना क्या चाहते हो जानते हो यह व्यवस्था हमारे धर्मशास्त्र के अनुसार ही है,

उस व्यक्ति ने कहा। श्रीमद् भगवद गीता में श्री भगवान श्री कृष्ण ने स्वयं अपने श्रीमुख से कहा है। कि मैंने मनुष्यों के चार वर्ण बनाए हैं ब्राह्मण क्षत्रिय वैश्य और शूद्र और इन वर्णों के कार्यों का भी वर्णन भगवान श्री कृष्ण ने किया है। क्या तुम भगवान श्री कृष्ण की वाणी की भी आलोचना करोगे, उसे व्यक्ति ने कहा।

इस पर कृष्णा ने कहा चलिए मैं मान लेता हूं कि भगवान श्री कृष्ण ने ही यह विभाजन किया है पर उन्होंने कहां पर कहा है कि यह वर्ण एक दूसरे से श्रेष्ठ होंगे ब्राह्मण सर्वश्रेष्ठ होंगे।

उन्होंने श्रीमद् भगवद गीता में किस स्थान पर अपना उपदेश दिया है कि शूद्र नीच है। अधम है इसलिए उसको शिक्षा का अधिकार नहीं है। उसकी छाया मात्र से ही सब वस्तुओ अपवित्र हो जाती है। उसका संग करने पर कोई भी सवर्ण व्यक्ति धर्म भ्रष्ट हो जाता है। उसके छू जाने से मनुष्य क्या भोजन पानी भी अपवित्र हो जाते है।

अब वह व्यक्ति बोला चारों वर्ण मैंने ही बनाए हैं। भगवान श्री कृष्ण के इस वचन को तो तुम मानोगे और व्यवहार में यह कैसे लागू होगा। इसे हमारे मनीषियों ने अपने ग्रंथ में लिखा है और वह ग्रंथ ही हिंदू जाति का संविधान है। जिसे हम मनुस्मृति कहते है।

अब कृष्णा मुस्कुराने लगा फिर उसने अपने मधुर कंठ से श्रीमद् भगवद गीता के उस श्लोक का उच्चारण किया जिसमें भगवान श्री कृष्ण ने कहा है।

न तदस्ति पृथिव्यां वा दिवि देवेषु व पुनः

सत्वं पृकृति जैर्मुक्तं यर्दोभः स्यात्त्रिभिगुर्णेः

भगवान श्री कृष्ण का उपदेश है कि पृथ्वी पर अथवा स्वर्ग के देवताओं में ऐसा कोई प्राणी विद्यमान नहीं है जो प्रकृति से उत्पन्न इन तीन गुणो से मुक्त हो। अर्थात प्रत्येक प्राणी का आंतरिक व्यक्तित्व तीन गुणो से प्रभावित होता है यह यह तीन गुण सत्व, रज और तम है यहां गुण का अर्थ भाव से है जिनके प्रभाव से मन कार्य करता है। जो बाहर उसके कर्म में परिलक्षित होता है। इस प्रकार आपका एक तर्क खंडित हो जाता है ब्राह्मणों के कुल में जन्म लेने वाला ब्राह्मण क्षत्रिय के कुल में जन्म लेने वाला क्षत्रिय और वैश्य और शूद्र के कुल में जन्म लेने वाला जन्म से ही वैश्य व शूद्र होगा।

भगवान श्री कृष्ण के उपदेश से स्पष्ट हो जाता है इन तीनों गुणो अर्थात भाव का प्रभाव सभी प्राणियों का अपना आंतरिक स्वभाव है और उन में कम ज्यादा का अनुपात होने से प्राणियों का आंतरिक स्वभाव ब्राह्मण क्षत्रिय वैश्य शूद्र के कर्म के रूप में दृष्टिगोचर होता है। उपस्थित जन समुदाय दत्तचित होकर उनके वार्तालाप को सुन रहा था। स्वयं आचार्य श्री कृष्णा के बोलने से प्रभावित लग रहे थे।

फिर कृष्णा ने उसे व्यक्ति को देखकर फिर से अपने मधुर स्वर में श्रीमद् भगवद गीता का एक श्लोक कहना शुरू किया।

ब्राह्मणक्षत्रियविंशा शूद्रणां च परन्तपः।

कर्माणि प्रविभक्तानि स्वाभावप्रभवैगुणैः।।

भगवान श्री कृष्ण का श्रीमद् भगवद गीता में उपदेश है कि हे परन्तप ब्राह्मणो, क्षत्रियों, वेश्यो और शूद्रों के कर्म उनके स्वभाव से उत्पन्न गुणो के अनुसार विभक्ति किए गए है।

फिर कृष्णा ने कहा। स्वभाव व्यक्ति का आंतरिक गुण है जो सत्व रज और तम के भावो के कम ज्यादा के अनुपात से बनता है और इसी से प्राणी मात्र की योग्यता और प्रतिभा परिलक्षित होती है। जो उसके कर्म में दृष्टिगोचर होती है।

आगे फिर कृष्णा ने कहा।

शमो दमस्तपः शैच शान्तिरार्जवभेव चः।

ज्ञान विज्ञानमातिस्तक्य ब्रहमकर्म स्वभावजम।।

अर्थात शम दम तप शौच शान्ति आर्जव

ज्ञान विज्ञान और आस्तिक्य ये ब्राहमण के स्वाभाविक कर्म है।

शौर्य तेजो घृतिर्दाक्ष्यं युद्वे चाप्यपलायनम।

दानभीश्वरभावश्च क्षा़त्रं कर्म स्वाभावजम।।

अर्थात शौर्य, तेज, दक्षता, युद्व से पलायन ना

करना, दान और स्वामी भाव यह सब क्षत्रिय के स्वाभाविक कर्म है।

कृषिगौरक्षयवाणिज्य वैश्यकर्म स्वभावजम।

परिचर्यात्यक कर्म शूद्रास्यापि स्वभाजम।।

अर्थात कृषि गौपालन तथा वाणिज्य ये वैश्य के स्वाभाविक कर्म है।।

और शूद्र का स्वाभाविक कर्म है सेवा करना।

और भी सुनिए महोदय कृष्णा ने उसे व्यक्ति को इंगित कर कहा जो वेशभूषा से ब्राहमण प्रतीत होता था और कृष्णा से काफी वार्तालाप कर चुका था।

स्वे स्वे कर्मण्यभिरतःसंसिद्धि लभते नरः।

स्वकर्मनिरतःसिद्धि यथा विन्दति तच्छृणु।।

भगवान श्रीकृष्ण कहते है। कि अपने-अपने स्वाभविक कर्म मे अभिरत् मनुष्य सिद्धि को प्राप्त कर लेता है। भगवान श्रीकृष्ण कहते कि स्वकर्म में रत मनुष्य किस प्रकार सिद्धि प्राप्त करता है। उसे तुम सुनो¬.

यतः प्रवृत्तिर्भूतानां येन सर्वमिद् ततम्।

स्वकर्मणा तमम्यच सिद्धिं विन्यति मानवः।।

अर्थात जिस परमात्मा से भूतमात्र की उत्पत्ति हुई और जिस परमात्मा से ये सम्पूर्ण जगत व्याप्त है। उस परमात्मा की अपने स्वकर्म अर्थात अपने स्वाभविक कर्मो दवारा पूजा करके मनुष्य सिद्धि को प्राप्त हो जाता है।

भगवान श्री कृष्ण मनुष्य को प्रेरित करते हैं कि स्वयं ही अपने कर्म के स्वभाव का चुनाव करें और इस प्रकार कर्म ही परमात्मा की पूजा बन जाता है।

पूरी सभा में सूई गिरने की आवाज सुनाई पड़ जाए इतना सन्नाटा छा गया था। उपस्थित समुदाय बहुत ध्यान से कृष्णा के मुख से भगवान श्री कृष्ण के उपदेशों को सुन रहा था। जो उन्होंने मानव मात्र के कल्याण के लिए दिए थे।

कृष्णा ने आचार्य श्री की ओर देखते हुए कहा कि मैं अब आपको प्रमाण देता हूं की प्रतिभा योग्यता मनुष्य का आंतरिक स्वभाव है ना कि किसी वर्ण में जन्म लेने पर यह स्वतःआ जाता है।

मैंने अभी आप सबको अर्जुन का परिचय दिया था।

अब एक दो घटना अर्जुन से संबंधित आपको बताता हूं तब आप स्वयं निर्णय कर बताइए कि अर्जुन का आंतरिक स्वभाव क्या है।

फिर कृष्णा ने उन घटनाओं को बताना शुरू किया जो कुछ दिनों पूर्व में घटी थी मंदिर का प्रकरण जिसमें बालिका के साथ मुगल कर अधिकारी किस तरह से र्दुव्यवहार करने का प्रयास कर रहा था। और अर्जुन ने कैसे साहस कर उसे और उसके साथ आए पांच सिपाहियों मे से तीन सिपाहियों की नाको को अपने घूसे के प्रहार से तोड़ दिया था। कैसे उसने दूसरे दिन उन्हें पकड़ने आये सिपाहियो में से नगर कोतवाल के सामने ही एक सिपाही को अपने घूसे के प्रहार से धराशाई कर दिया था।

किस प्रकार एक विशालकाय अजगर से जो एक बालक को अपनी कुंडली में जकड़ चुका था और अपना भोजन बनाने ही वाला था उस बालक के प्राणों को बचाया था और अजगर के कुल्हाड़ी से टुकड़े-टुकड़े कर दिए थे।

अरे ये वही युवक है, इन घटनाओं के विषय में हमने सुना है। अरे यही वह साहसी युवक है जिसकी चर्चा पूरे राज्य में है। पूरी सभा अचंभित थी और आश्चर्य से अर्जुन को देख रही थी स्वयं आचार्य श्री भी अचंभित थे जिस युवक का इतना चर्चा उन्होंने सुना था वह उनके सामने बैठा था। विचित्र संयोग है।

हां यह वही अर्जुन है शूद्र जाति का अर्जुन जिसके इस सभा में बैठने पर वीर सिंह जी चिल्ला रहे थे यह वही युवक है इसका साहस अद्‌वितीय है। इसके जितना साहसी युवक इस पूरे राज्य में नही है।

यदि होता तो उसने मुगल सिपाहियो की नाक को कब का तोड़ दिया होता अब आप स्वयं से निर्णय करिए कि इसका स्थान इस सभा में कहां पर होना चाहिए। कृष्णा ने कहा।

आप में से कोई है जिसके साहस के सामने मुगल सिपाही भाग खड़े हुए। है, कोई ऐसा आप सब में कृष्णा ने पूछा।

पूरी सभा में सन्नाटा था आपकी वर्ण व्यवस्था के अनुसार तो यह आप सब सवर्णो के मध्य बैठ भी नही सकता है कुछ बोल भी नहीं सकता है। इसके छू जाने से लोग अपवित्र हो जाते है उनका धर्मभ्रष्ट हो जाता है।

सब चुप थे स्वयं आचार्य श्री चुप थे।

वीर सिंह जी फिर खड़े होकर बोले हमारे सामाजिक शास्त्र हमारे धर्मशास्त्र को वर्ण व्यवस्था का अनुमोदन करते हैं और परंपरा भी यही चली आई है की जन्म के आधार पर ही वर्ण का निर्णय होगा।

फिर कृष्णा ने कहा मेरे अनुसंधान का विषय यह नहीं है कि किसने इस वर्ण व्यवस्था को समाज में प्रचलित किया क्यों किया उसका उद्देश्य क्या था बिल्कुल नहीं मुझे यह नहीं जानना है। पर व्यवहार में जो दिखता है उसे देखकर मैं कह सकता हूं यह वर्ण व्यवस्था पूरी तरह से अव्यवहारिक ओर अवैज्ञानिक है और अदूरदर्शी व्यवस्था है, असमानता को बढ़ावा देने वाली व्यवस्था है। अगर मैं यह कहूं कि एक संस्कृति को मानने वाले लोगो को आपस में बांट देने वाली एकता के सूत्र को तोड़ने वाली व्यवस्था है। तो यह कहना अतिशयोक्ति नहीं होगी। यह एक ही संस्कृति के मानने वालों में आपस में वर्ग संघर्ष को बढ़ावा देती है।

इस व्यवस्था को देखने पर ही पता चल जाता है की अयोग्यता को सम्मान और योग्यता को तिरस्कार कुछ का पोषण और कुछ का शोषण इस व्यवस्था का व्यावहारिक पक्ष है।

एक ही संस्कृति मानने वालों में समानता का कोई भी लक्षण इसमें परिलक्षित नहीं होता है।

हम सब अपने कर्म के स्वभाव के कारण छोटे-बड़े हो सकते है पर मनुष्य रूप में तो हमको समान होना चाहिए।

कम से कम उठना बैठना खाना पीना शादी विवाह पूजा पाठ में तो हम सब एक साथ बैठ सकते है संयुक्त रूप से सभी कामों को कर सकते है पर इसमें भी जन्म से उच्च नीच की धारणा सामने आ जाती है।

कुछ क्षण चुप रहने के बाद कृष्णा ने फिर से कहना शुरू किया अभी-अभी इन दोनों महानुभावों ने जिनमें से एक का नाम मैं जान गया हूं वीर सिंह जी दूसरे का नाम नहीं जानता हूं।

इस पर आचार्य श्री बोले उनका नाम कृष्णानंद शास्त्री है।

अच्छा कहकर कृष्णा ने कहना शुरू किया श्री वीर सिंह जी और श्री कृष्णानंद शास्त्री जी ने कहा है, कि वर्ण व्यवस्था का समर्थन हमारे धर्मशास्त्र भी करते हैं और स्वयं भगवान श्री कृष्ण ने कहा है कि उन्होंने

चार वर्ण चार वर्णों की रचना करी है ब्राह्मण क्षत्रिय वैश्य और शूद्र क्यों आपने यही कहा था ना कृष्णानंद शास्त्री जी।

कृष्णा ने कृष्णानंद शास्त्री से पूछा।

हां मेरे कहने का यही आशय है कृष्णानंद शास्त्री ने उत्तर दिया।

इस पर कृष्णा ने कहना शुरू किया मैंने अभी-अभी भगवान श्री कृष्ण के उपदेश आपको सुनाएं हैं उनसे आपको अब तो स्पष्ट हो जाना चाहिए कि तेरा आंतरिक स्वभाव ही तेरा स्वधर्म है। तुझे अपने स्वधर्म के अनुसार ही श्रम विभाजन की जो चार प्रकार हैं जिन्हें भगवान श्री कृष्ण ने वर्ण कहा है।

ब्राह्मण क्षत्रिय वैश्य शूद्र वर्ण इसमें से एक का चुनाव कर उसी वर्ण में निहित कार्यों को पूरे मनोयोग से करना चाहिए और उन कार्यों की पूर्णता का प्रयास करना चाहिए।

भगवान श्री कृष्ण ने घोषणा की है कि इस प्रकार कर्म करता हुआ तू कर्म के द्वारा मेरी ही पूजा करेगा। हम हिंदुओं का एकमात्र धर्मग्रन्थ श्रीमद् भगवद गीता है जो भगवान श्री कृष्ण ने स्वयं हमारे कल्याण के लिए अपने श्री मुख से कहा है।

उन्होंने हमारे कल्याण के लिए दिया यह एक संपूर्ण जीवन दर्शन है। पर दुख तब होता है जब हम इसे ना पढ़ते है ना इसके उपदेशों को अपने जीवन में उतारते है और ना ही इसके अनुरूप अपना जीवन ढ़ालते है।

आप सब जानते हैं कौरव पांडवों के मध्य युद्ध की स्थिति बन गई थी और दोनों पक्षों की सेना कुरुक्षेत्र के मैदान में डट गई थी। युद्ध शुरू होने वाला था ऐसे मौके में पांडव पक्ष का महारथी अर्जुन हताशा और निराशा से घिर गया था। उसने निराशा से प्रेरित होकर युद्ध लड़ने से मना कर दिया था ऐसे ही समय में भगवान श्री कृष्ण ने उसे सत्य मार्ग के उपदेश दिए थे। जिन उपदेशों को श्रीमद् भगवद गीता कहा जाता है।

और इन्हें सुनकर अर्जुन निराशा हताशा और अवसाद की भावनाओं से बाहर निकल आया। और उसने कौरव पक्ष के ऊपर विजय प्राप्त की। क्या हम सभी इस राज्य के नागरिक जो मुगलों के दास बन गए हैं उनके द्वारा किए गए अत्याचारों को सहन रहे हैं और हताश निराश होकर कुंठा की स्थिति में जीवन जी रहे है।

क्या इस अमृत रूपी श्रीमद् भगवद गीता के उपदेशों को अपने जीवन में अपना कर अपनी हताशा और निराशा और कुंठा पर विजय प्राप्त नही कर सकते है। अवश्य कर सकते हैं यदि हम अपने धर्म ग्रंथ श्री भगवद गीता को जो कि हम सब हिंदुओं का एकमात्र धर्म ग्रंथ है इसके उपदेशों को अपने जीवन में उतारे।

एकमात्र श्रीमद् भगवद गीता ही हम सब हिंदुओं का धर्म ग्रंथ है इसे अपने आचरण में उतरना ही भगवान श्री कृष्णा की पूजा करना है। संघर्ष और स्वाभिमान ही श्रीमद् भगवद गीता है और यही मेरा मत है। इतना कहकर कृष्णा ने अपनी बात समाप्त करी और अपने साथियों के बीच में बैठ गया सभा का वातावरण अब गर्माने लगा था। लोग आपस में बातचीत करने लगे थे। पहले कानापूसी शुरू हुई फिर उच्च स्वर से लोग आपस में बतियाने लगे थे।

आचार्य श्री को देखकर लगता था कि वह चिंतन की गहराई में चले गए है। कुछ देर बाद लोगो के बोलने से आचार्य श्री की तंद्रा भंग हुई उन्होंने बाहर देखते हुए कहा कृष्णा कुछ ही देर बाद सूर्यास्त हो जाएगा ऐसे में तुम चारों का वापस अपने घरों को लौटाना उचित नहीं होगा।

इसलिए तुम चारों आज मेरे अतिथि बनकर आश्रम में विश्राम करो। तुम्हारे यहां रहने से मुझे बहुत प्रसन्नता होगी। चलो आश्रम परिसर में थोड़ा टहलते हैं ऐसा कहकर आचार्य श्री अपने स्थान से उठकर खड़े हुए और बाहर आ गए। उनके पीछे-पीछे उनके भक्तगण भी बाहर आ गए और साथ-साथ चलने लगे।

आश्रम का परिसर बहुत बड़ा था स्थान स्थान पर छोटी बड़ी कुटियाएं बनी थी एक कुटिया आश्रम की रसोई थी जहां पर आचार्य श्री के दर्शनों को आई महिलाओं ने रसोई बनाने की जिम्मेदारी संभाल ली थी। अपने माता-पिता के संग आए बालक बालिकाएं इधर-उधर दौड़कर अपना खेलकूद करने में मग्न थे। आचार्य श्री ने एक स्थान पर रुककर साथ चल रहे एक व्यक्ति का परिचय कृष्णा से कराया जो देखने पर लगभग पैतालिस वर्ष का हृष्टपुष्ट व्यक्ति लगता था। आचार्य श्री ने कहा कृष्णा इन मिलो इनका नाम पन्नालाल है और यह इस राज्य के सबसे बड़े कारोबारी में से एक है।

पन्नालाल को देखकर ही लगता था कि यह बहुत धनी व्यक्ति है उसने महंगे वस्त्र पहने हुए थे हाथों की उंगलियों में स्वर्ण से बनी मोटी मोटी अंगूठियां पहन रखी थी गले में मोटी स्वर्ण से बनी जंजीर पहनी हुई थी। आचार्य ने बताया कि इनके कई तरह के व्यापार है और यह इस राज्य में वस्तुओं के आयात निर्यात का कार्य भी करते है। कृष्णा और साथियों ने पन्नालाल का अभिवादन किया।

आचार्य श्री ने फिर कहा यह वीर सिंह जी और कृष्णानंद शास्त्री जी से तो आपका वार्तालाप हो चुका है यह दोनों नगर के पास के गांव के निवासी है। साथ चल रहे कई लोगों का थोड़ा-थोड़ा परिचय कृष्णा से आचार्य श्री ने करवाया जो नगर और उसके आसपास के गांव के निवासी थे।

और भिन्न-भिन्न कार्यों को करते थे। वीर सिंह के पूछने पर कृष्णा ने और अर्जुन सुदामा सहदेव ने अपना परिचय दिया कृष्णा के परिचय को सुनकर सभी आश्चर्य में पड़ गए कृष्णा उनके राज्य का निवासी नहीं था।

और विगत छह माह से देशाटन के लिए अपनी घर से निकला था और देशाटन करते-करते वह तीन महा पूर्व इस राज्य में पहुंचा था और तब से यही पर था।

आश्रम परिसर चारों ओर से लकड़ी की बाढ़ से घिरा था। परिसर बहुत बड़ा था छोटी बड़ी कुटियाओ मं से कोई ध्यान कुटी बनी हुई थी, तो कोई कुटिया सभा कक्ष के नाम से थी और कोई रसोई और कोई भोजनालय कहलाती थी। इन सभी के मध्य में आचार्य श्री की कुटिया थी और उसके पीछे छोटी-छोटी कुटियाऐ बनी थी। जिसमें प्रत्येक कुटी में दो दो सन्यासी रहा करते थे। एक किनारे पर गौशाला थी जिसमें सात आठ उन्नत प्रजाति की गाय बंधी थी। आश्रम के पूर्व दिशा में छोटी परंतु सुंदर कलात्मक प्रकार से बनी कुटिया भगवान कृष्ण को समर्पित थी जिसके भीतर भगवान कृष्ण और माता राधा की संगमरमर की मूर्तियां सजी हुई थी।

जिसके सामने अखंड दीपक जला हुआ था आश्रम का वातावरण बहुत शांत था, आश्रम एक छोटी पहाड़ी के ऊपर बना था जिस कारण हाथी जैसे जानवरों से इसे कोई खतरा नहीं था।

बाघ और हिरन आदि जानवर कभी कभार आश्रम के नजदीक तक आ जाते थे। पहाड़ों की तलहटी में बने होने के कारण आश्रम के बगल में ही एक छोटे से झरने का पानी बहता था जिससे आश्रम के लिए पानी की कोई कमी न थी। और साथ ही आश्रम के मुख्य द्वार के पास एक मीठे जल का कुआं भी था। कुल मिलाकर आश्रम सनातनी परंपरा में बनी ऋषि मुनियों के आश्रम की झलक प्रस्तुत करता था।

काफी देर तक खुले वातावरण में सभी लोग आश्चर्य श्री के संग टहलते रहे। सूर्यास्त हो चुका था और धीरे-धीरे अंधेरा गिरने लगा था। इतने में एक संन्यासी ने आकर आचार्य श्री से कहा आचार्य भोजन तैयार हो गया आप सब भोजनालय में आ जाए। सभी लोग आचार्य श्री के पीछे-पीछे भोजन कक्ष की ओर बढ़ गए युवा सन्यासियों ने जगह-जगह पर बने प्रकाश स्तंभों में रखे बड़े-बड़े दिए जला दिए थे जिससे पर्याप्त प्रकाश हो रहा था।

भोजनालय के भीतर भी दिए जले हुए थे जिनका प्रकाश पूरे कक्ष के लिए पर्याप्त था। यह बहुत बड़ा कक्ष था जिसमें चारों ओर दरी बिछी हुई थी। कक्ष इतना बड़ा था जिसमें पचास साठ लोग एक साथ बैठकर भोजन कर सकते थे।

आचार्य श्री के सभी अतिथि दरियो में बैठ गए एक स्थान पर आचार्य श्री भी बैठ गए। और उन्होने अपनी बगल में कृष्णा और अर्जुन को बैठने को कहा तब दोनों जाकर उनके पास बैठ गए।

पत्तलो में भोजन लगा दिया गया।

भोजन युवा संन्यासी रसोई से लाकर परोस रहे थे। आचार्य श्री के साथ सभी ने भोजन किया भोजन के उपरांत सभी से मिलकर आचार्य श्री अपनी कुटिया की ओर चले गए और युवा सन्यासी अतिथियों को विश्राम कक्ष की ओर ले जाने लगे। जहां उन्होंने उन सभी के लिए रात्रि विश्राम की व्यवस्था करी हुई थी।

कृष्णा अर्जुन सुदामा और सहदेव आज करीब तेरह कोस चलकर यहां पहुंचे थे इसलिए भोजन के उपरांत थकान के कारण शीघ्र ही नींद ने उन्हें घेर लिया था।

प्रातः सूर्योदय के समय ही उनकी आंखें खुली तो देखा करीब करीब सभी अतिथि स्नान आदि से निवृत हो चुके है।

वे चारों भी तेजी से झरने की ओर बढ़ गए और कुछ देर में स्नान आदि से निवृत होकर लोगो के साथ आ मिले सभी लोग आश्रम के मंदिर के सामने खड़े थे कृष्णानंद पंडित शास्त्री मंदिर के भीतर भगवान श्री कृष्णा और राधा रानी के विग्रह का श्रंगार कर रहे थे।

उन्हैं फूलो से सजा से रहे थे लोगो से वार्तालाप करने पर कृष्णा को पता चला कि आचार्य श्री और सभी युवा संन्यासी ध्यान कक्ष में ब्रह्म मुहूर्त से ही सामूहिक रूप से ध्यान कर रहे है।

यह आश्रम का नियम है कि सभी सन्यासी ब्रह्म मुहूर्त में स्नान आदि से निवृत होकर आचार्य श्री के साथ सामूहिक रूप से ध्यान कक्ष में बैठकर ध्यान करते है। अब उन्ही का यहां इंतजार हो रहा है। आचार्य श्री के आने पर ही पूजा शुरू होगी। कुछ ही देर बाद आचार्य श्री अपने युवा सन्यासियों के साथ आते दिखे सभी भक्तों ने उनके चरण स्पर्श कर जय श्री कृष्ण कहकर अभिवादन किया।

कृष्णा अर्जुन सुदामा सहदेव ने भी आचार्य श्री के चरण स्पर्श कर और जय श्री कृष्ण कहकर उनका अभिवादन किया। आचार्य मंदिर के भीतर चले गए पंडित कृष्णानंद शास्त्री ने संक्षिप्त पूजा कराई फिर श्री कृष्ण और राधा रानी के विग्रह की आरती शुरू हुई। आरती के बाद बहुत सुंदर स्वरों में संन्यासियों ने भजन गया।

श्री कृष्ण गोविंद हरे मुरारी हे नाथ नारायण वासुदेवा।

पितु मात् स्वामी सखा हमारे हे नाथ नारायण वासुदेवा।

उपस्थित जन समुदाय के सभी स्त्री पुरुष सन्यासियों के संग स्वर मिलाने लगे।

श्री कृष्ण गोविंद हरे मुरारी हे नाथ नारायण वासुदेवा।

पितु मात् स्वामी सखा हमारे हे नाथ नारायण वासुदेवा।।

सुधबुध खो देने वाले अलौकिक आध्यात्मिक वातावरण ने सभी को आत्म विभोर कर दिया था।

कुछ देर भजन गाने के उपरांत पूजा का कार्यक्रम संपन्न हुआ पंडित दयानंद शास्त्री ने सभी को चरणामृत दिया और सभी भक्तगण आचार्य श्री के पीछे-पीछे सभा कक्ष में चले आए सभी सन्यासी वेद आदि के अध्ययन के लिए और स्वाध्याय के लिए पुस्तकालय में चले गए।

महिलाओं ने फिर से रसोई संभाल ली थी और वह सभी के लिए सुबह के जलपान की तैयारी में रसोई में जुट गई थी। सभा कक्ष में

आचार्य श्री अपने आसन पर बैठे थे उनके सभी भक्त उनके सामने बैठकर उनसे अध्यात्म के संबंध में और पूजा के संबंध में प्रश्न पूछ रहे थे।

और अपनी कठिनाइयों को आचार्य श्री को कह रहे थे और आचार्य श्री उनके सभी प्रश्नो को सुनकर उनके सभी प्रश्नों का उत्तर देकर उनका निवारण कर रहे थे।

बहुत देर तक यह प्रश्न और उत्तर चलते रहे तभी एक महिला ने आकर सूचित किया कि जलपान तैयार है आप सभी भोजनालय में आ जाइए। सभा विसर्जित होती इससे पहले वीर सिंह जी खड़े हुए और कृष्णा और अर्जुन को संबोधित कर कहने लगे कृष्णा और अर्जुन कल मैंने तुम्हें जो कुछ कटु वचन कहे थे उसके लिए मैं आप दोनों से क्षमा मांगता हूं।

कल रात मेरे अंदर बहुत उथल-पुथल मची रही मैं ढंग से सो भी ना सका। अंत में मैंने निष्कर्ष स्वरूप मैं यही समझा कि कृष्णा तुम ठीक कहते हो। यह वर्ण व्यवस्था एक अस्वस्थ सामाजिक व्यवस्था है पूर्व में इसका स्वरूप कैसा भी रहा हो पर वर्तमान में यह अस्वस्थ दृष्टिगोचर होती है।

एक ही संस्कृति के मानने वालों को यह चाहे धर्म हो चाहे कर्म हो चाहे व्यवहार हो। किसी भी ओर से समानता का अवसर नही देती है। और समान रूप से स्वतंत्रता का अधिकार नही देती है। पूर्व में इसका स्वरूप कैसा था इसे कोई नहीं जानता है।

पर वर्तमान में यह व्यवस्था कैसी है इसे सब जानते है। यह व्यवस्था घुन लगे गेहूं के दाने के समान है जिसे प्रयोग से बाहर कर दिया जाता है। यह व्यवस्था एक संस्कृति में रहने वालों को सामान्य प्रेम और सुरक्षा को न देकर उनको खंड-खंड में बांटने वाली है।

इसलिए अभी से मैं इस व्यवस्था को त्यागता हूं और अर्जुन हम दोनों गले मिलकर फिर से एक दूसरे की स्वतंत्रता, समानता और सुरक्षा की शुरुआत करते है। इतना कहकर वीर सिंह जी ने अर्जुन को गले लगा लिया उपस्थित जनसमूह में आचार्य श्री के संग जय श्री कृष्ण के उद्घोष कर अपना हर्ष व्यक्त किया।

फिर सभी भोजनालय की ओर चल पड़े जलपान करने हेतु। जलपान के उपरांत सभी भक्तों ने आचार्य श्री से विदा ली। आचार्य श्री ने कृष्णा को अपने पास बुलाकर कहा कृष्णा दो दिन का मुझे सोचने का अवसर दो। आज से तीसरे दिन मेरे एक दो सन्यासी आप लोगों के पास आकर मेरा जो भी निर्णय होगा वह आपको बता देंगे। आगे भगवान श्री कृष्ण की इच्छा जो वह चाहेंगे वही होगा।

कृष्णा ने मुस्कुराते हुए हामी भरी और आचार्य श्री को प्रणाम कर चारों वापस घरों को लौट गए। और भक्तों के समूह में मिल गए। सेठ पन्नालाल और उनका परिवार पालकी में आया था दो पालकियों में स्वयं और उनकी पत्नी व उनके एक पुत्र व एक पुत्री भी बैठकर समूह के संग संग चले रहे थे।

सभी आश्रम वाली पहाड़ी से उतरकर मैदान में चलने लगे थे एक कोस जंगल शेष था। फिर गांव आने शुरू हो जाते थे। आपस में बतियाते हुए हास परिहास करते हुए सभी स्त्री पुरुष और बच्चे जंगल पार कर रहे थे। सब मिलकर पचास के आस पास की संख्या में लोग थे।

उन्हें क्या पता था कि एक मुसीबत उनका इंतजार कर रही है। अचानक घने जंगलों से एक विशालकाय हाथी बुरी तरह से चिंघाड़ता हुआ उनके सामने आ खड़ा हुआ। हाथी अकेला था सभी जानते थे कि अकेला हाथी कितना निर्दयी होता है। सभी पीछे की ओर मुड़कर भागने को तत्पर हुये वह परंतु कृष्णा ने चीख कर सबको भागने से रोका कोई मत भागो सब अपने स्थान पर रुक जाओ कृष्णा की गरजदार आवाज सुनकर सभी रुक गए।

हाथी तीस से पैतीस कदमों की दूरी से उन्हें देखकर चिंघाड़ रहा था। और अपनी सूंड को ऊपर नीचे कर पटक रहा था। जिसे देखकर सभी के हाथ पैर कांपने लगे थें। कृष्णा ने अर्जुन से कहा अर्जुन तुम पन्द्रह कदम आगे सीधे हाथी की ओर बढ़ो और जैसे ही हाथी तुम्हारे पास आकर तुम पर आक्रमण करे तुम तेजी से अपने दाएं हाथ की ओर से दौड़ जाना देखो पच्चीस कदमों की दूरी पर एक सूखा नाला है।

जिसे बरसात में पहाड़ों से आए पानी ने काट कर बनाया है। तुम उस नाले को कूदकर पार कर जाना।

घबराओ नहीं आगे बढ़ो कृष्णा ने कहा अर्जुन को कृष्णा पर बहुत भरोसा था वह उसका परम मित्र जो था। इसलिए अर्जुन ने कुछ सोचा नही और कृष्णा के कहे अनुसार पन्द्रह कदम हाथी की और सीधे आगे को बढ़ गया उसे आता देख हाथी क्रोध में पागलों के समान चिंघाड़ने लगा और फिर अर्जुन को मारने के लिए उसने अर्जुन की ओर दौड़ लगा दी। गुस्से से पागल होकर हाथी दौड़ता हुआ अर्जुन के पास पहुंचा ही था अर्जुन ने तेजी से नाले की और दौड़ लगा दी। हाथी भी तेजी से अर्जुन के पीछे दौड़ पड़ा कुछ कदमो का दोनो के बीच फासला था कि नाले का किनारा आते ही अर्जुन ने नाले की दूसरी ओर बिना देखे बिना सोचे छलांग लगा दी थी।

अर्जुन के पीछे-पीछे दौड़ता हुआ हाथी अपने को संभाल नहीं पाया और और एक झटके में नाले में जा गिरा। सभी इस को दृश्य को अचंभित होकर देख रहे थे,। उनके मुंह से बोल नहीं फूट रहे थे सभी की सांस ऐसा लगता था रुक जाएगीं। अर्जुन नाले के पार मुलायम हरी घास पर गिरा था इसलिए उसे ज्यादा खरोच आदि नहीं आई थी। अर्जुन ने नाले में देखा नाला गहरा था और हाथी स्वयं उसमें से बाहर नहीं आ सकता था। नाले में फंसा हाथी बुरी तरह चिंघाड़ रहा था।

अर्जुन नाले के पास किनारे-किनारे ऊपर की ओर चलता हुआ आगे बढ़ा काफी ऊपर जाकर उसे मैदान मिल गया था। यहां से अर्जुन नाले की दूसरी ओर आ गया और कुछ ही देर में सभी के पास आ मिला।

अर्जुन को देखकर सभी के चेहरे खिल उठे सुदामा सहदेव ने आकर अर्जुन को गले से लगा लिया। अर्जुन को सही सलामत देख सभी की आंखें भर आई थी इस तरह इस साहसी युवक ने उनकी रक्षा में अपनी प्राणों की बाजी जो लगा दी थी।

सेठ पन्नालाल और वीर सिंह जी ने अर्जुन को गले लगा लिया। अर्जुन कृष्णा के पास आया कृष्णा अर्जुन को देखकर मुस्कुरा रहा था। फिर कृष्णा ने अर्जुन से पूछा मित्र ठीक तो हो तुम्हें कहीं चोट तो नही लगी।

अर्जुन ने कहा नही पर तुम ने मुझे आज कैसा काम करने को कहा। यदि हाथी मुझे मार देता तो, इस पर कृष्णा ने कहा अर्जुन मुझे तुम पर पूरा विश्वास था तुम्हारे साहस पर विश्वास था कि तुम यह सब कर लोगे। यदि तुम ऐसा नहीं करते तो देखो हमारे साथ चल रही स्त्रियां बालक बालिकाओ और साथ चल रहे कुछ सयाने लोगों का क्या होता। यह हाथी के सामने से भाग थोड़े ही पाते और सभी को हाथी घायल कर देता या मार देता।

अब अर्जुन बोला कृष्णा मेरी जगह तुम भी तो हाथी के सामने जा सकते थे। मुझे ही उसके सामने जाने को क्यों कहा। सुदामा भी तो था सहदेव भी तो था।

कृष्णा ने आगे बढ़कर कहा अर्जुन को गले से लगाकर उसके कान में धीरे से कहा राजा भी तो तुमने ही बनना है। अर्जुन कुछ समझ नहीं पाया। कृष्णा मुस्कुराने लगा।

अब सभी लोग अर्जुन की भूरि भूरि प्रशंसा करते हुए मार्ग में चलने लगे धीरे-धीरे चलते हुए वे सब नगर के पास पहुंच गए नगर के पास पहुंचते ही जिनके गांव आने लगे वह कृष्णा अर्जुन से और सब से विदा लेने लगे। नगर में पहुंचकर सेठ पन्नालाल वीर सिंह जी आदि सभी ने कृष्णा अर्जुन सुदामा सहदेव से फिर मिलने की इच्छा के साथ विदा ली।

इसके बाद शेष चारों मधेपुरा की ओर बढ़ गए चारों आपस में हास परिहास करते वार्तालाप करते मार्ग में आगे बढ़ रहे थे। पर अर्जुन गंभीर हो चला था वह उनके वार्तालाप में शामिल होकर भी शामिल नहीं था। उसके मस्तिष्क में भयंकर द्वन्द्व ने खलबली मचा रखी थी।

यह कृष्णा है कौन-। अर्जुन कनखियों से कृष्णा को देखता फिर सोचता देखने में तो यह हम जैसा ही प्रतीत होता है पर अवश्य ही यह कोई मायावी है। या कोई यक्ष है या कोई देव है। यह कृष्णा है कौन। अर्जुन सोच रहा था नाले की खाई के दोनों किनारे इतनी दूर थे कि सामान्य मनुष्य का छलांग लगाकर उसे पर कर लेना संभव था ही नही।

शायद कोई मनुष्य उसे छलांग लगा कर पार कर ही नही सकता था। पर उसे क्यों ऐसा लगा था कि जब उसने छलांग लगायी तो किसी अदृश्य शक्ति ने उसे सहारा देकर नाले के पार धकेल दिया हो। उसे स्वयं पर विश्वास ही नहीं हो रहा था कि उसने नाले के इतने चौड़े पाट को छलांग लगाकर पार कर लिया था। किस अदृश्य शक्ति ने उसकी मदद करी।

विगत तीन माह में उसके साथ जो जो दो-तीन घटनाएं घटी हैं उसमें भी कृष्णा साथ ही था। अवश्य ही कृष्णा कोई मायावी है पर कनखियो से उसने कृष्णा को देखा तो उसे वह अपने ही जैसा सामान्य मनुष्य नजर आया।

अर्जुन का दिमाग चकरा गया था मार्ग में सिद्धपुर गांव आ गया था यहां से सुदामा और सहदेव ने विदा ली। इसके बाद कृष्णा और अर्जुन मार्ग में आगे बढ़ गए। कृष्णा बीच-बीच में वार्तालाप करता पर अर्जुन हां ना ही कर रहा था।

संक्षिप्त वार्तालाप कर बात को वहीं खत्म कर देता था। उसके मस्तिष्क की उथल-पुथल उसे चैन नही लेने दे रही थी।

कि जब वह कृष्णा से नहीं मिला था तो उसका जीवन बहुत सामान्य चल रहा था पर जब से उसे कृष्णा का साथ मिला है कोई ना कोई अप्रत्याशित घटना उसके साथ जरूर घटी है।

चाहे वह मुगल सिपाहियों से मारपीट हो चाहे अजगर वाला प्रकरण हो चाहे बालकों का विद्यालय में प्रवेश हो या वीर सिंह जी का उसे गले लगाना हो या अभी अभी हाथी वाला प्रकरण हो इन सब में कृष्णा उसके साथ अवश्य रहा है। यह कृष्णा कौन है, ऐसा सोचते हुए अर्जुन कृष्णा के साथ मधेपुरा गांव पहुंच गया।

पंडित रमाकांत के घर के आगे पहुंचने पर अर्जुन ने कृष्णा से विदा ली और अर्जुन अपने गांव की ओर बढ़ गया। पंडित रमाकांत के घर की चार दिवारी पर का द्वार खुला था घर के सभी सदस्य घर पर ही थे कृष्णा को देखते ही उसके चेहरे खिल उठे।

पंडित रमाकांत ने कृष्णा को देखते ही पूछा कृष्णा कैसा रहा क्या आचार्य श्री राजी हो गए हैं घर के शेष सदस्य कृष्णा की चारों ओर उत्सुकता से खड़े हो गये।

तुम्हें क्या लगता है कृष्णा कि आचार्य श्री राजी हो गए है। शशिकांत ने पूछा। इस पर कृष्णा ने आचार्य श्री के संग हुऐ वार्तालाप का पूरा विवरण उन्है बता दिया और कहा मुझे तो उनका रूख सकारात्मक लगता है। कृष्णा ने कहा। परसों उनके सन्यासी शिष्यों के यहां आने पर ही आचार्य श्री का निर्णय पता चलेगा। कृष्णा की बातों से पंड़ित रमांकात काफी आश्वस्त लगने लगें।

अध्याय 8

अब पंड़ित रमाकांत और उनके परिवार को आचार्य श्री के संन्यासी शिष्यों का इन्तजार था। आज तीसरा दिन था। कृष्णा गायों को लेकर सुबह गौचर चला गया था। उसे भी उत्सुकता थी कि आज आचार्य श्री के निर्णय को लेकर वे संन्यासी यहां आयेगे या नही। उसने दो तीन बार अर्जुन को अपनी शंका बतायी थी। अर्जुन भी अनभिज्ञ था। दूसरे के निर्णय को पहले से ही वो कैसे जान सकता था।

दोपहर में कृष्णा ने निर्णय लिया कि आज गायों को घर की ओर जल्दी ले चलेगें। उसने अर्जुन से कहा, कुछ देर बाद हम लोग वापस घर को चलेगे, अर्जुन भी कृष्णा की उत्सुकता को समझ रहा था। कृष्णा और अर्जुन ने पास बह रही पानी की धारा में गायों को स्नान कराया, फिर उन्है घर की ओर ले चले। घर पहुंचकर कृष्णा ने गायों को ले जाकर गौशाला में बांध दियाफिर बाहर आ गया।

कृष्णा को देखकर पंडित रमाकांत और शशिकांत दोनो पास आ गये। अर्जुन भी वही रूक गया था। सभी नीम के पेड़ तले बने चबूतरे में बैठकर आपस में चर्चा करने लगे। इतने मं शशिकांत बोला, यदि संन्यासी सूर्योदय के बाद यहां के लिए निकले होगे तो अब पहुंचते ही होगे। क्यो कृष्णा मैं ठीक कह रहा हूं। कृष्णा ने कहा हां वहां से यहां आने मं इतना ही समय लगना चाहिए।

सभी को संन्यासियों का इंतजार था पंडित रमाकांत के मन में नाना प्रकार की शंकाएं जन्म ले रही थी। परंतु अभी समय काफी था वे कभी

भी वह आ सकते थे। इसलिए वे आश्वस्त भी थे। और हल्का-फुल्का वार्तालाप करके समय व्यतीत करने लगे सूर्य ढ़लने के लिए पश्चिम की ओर बढ़ चला था।

तभी अचानक बाहर से एक अनजान आवाज ने पंडित रमाकांत का नाम लेकर पुकारा पंडित रमाकांत जी का घर यही है क्या।

हां यही है कहकर पंडित जी चार दिवारी के द्वार की ओर बढ़ गए चार दिवारी का द्वार पहले से ही खुला था पंडित जी ने देखा द्वार के बाहर दो युवा संन्यासी खड़े थे उन्हें देखकर पंडित के चेहरे पर प्रसन्नता झलकने लगी सन्यासियों को अभिवादन कर पंडित जी बोले आइये अंदर आइये मैं ही पंडित रमाकांत हूं। उनके अंदर आने पर कृष्णा और अर्जुन ने भी उन दोनों का अभिवादन किया कृष्णा और अर्जुन को देखकर दोनों सन्यासी प्रसन्न हो गए उनमें से एक बोला आपसे तो हमारी मुलाकात आश्रम में हो चुकी है।

परसों आप लोग आचार्य जी से मिलने आश्रम में अपने अन्य दो मित्रों के संग आए थे।

हां हम ही आए थे कृष्णा ने कहा। अब अर्जुन बोला आश्रम की छाप तो हमारे ह्रदय में अमिट रूप से बस गई है। शशिकांत को देखते हुए अर्जुन ने कहा शशिकांत जब भी तुम्हें अवसर मिले तो आश्रम अवश्य जाना इतनी मनोरम जगह पर प्रकृति की गोद में बना आश्रम शांति और आध्यात्मिकता से भरपूर है। जनमानस की भीड़ से दूर प्रकृति की गोद में बना आश्रम अत्यंत मनोरम स्थल है। हरे-भरे जंगलों के बीच एकांत में ध्यान की साधना के लिए स्वयं अपनी आत्मा की खोज के लिए इससे उत्तम स्थान तो मैंने नहीं देखा है। वृक्षों में बैठे पक्षियों के कलरव, आश्रम में जगह-जगह पर खिले फूल, कलात्मक ढंग से सन्यासियों के रहने की कुटिया बरबस मनमोह लेती है। फिर ऊपर से साधना रत आचार्य श्री और उनके शिष्य संन्यासियों का संग स्वंय को भूल जाने के लिए काफी है।

इससे ज्यादा क्या चाहिए। इस पर दोनो युवा संन्यासी मुस्कुराने लगे। बाहर बोलना सुन कर घर के भीतर से पंडित रमाकांत की पत्नी और बहू दोनों घर से बाहर आ गए और संन्यासियों को देखकर दोनों ने उनके पास आकर हाथ जोड़कर प्रणाम किया दोनों संन्यासियों ने हाथ उठाकर आशीर्वाद दिया।

पंडित रमाकांत की पत्नी ने अपनी बहू से कहा भीतर से एक दो चादरें और कुछ ऊनी आसन ले आओ यह सुनकर बहू तेजी से घर के भीतर चली गई और कुछ ही देर में चादरें और ऊनी आसान लेकर आ गई। शशिकांत और कृष्णा ने चबूतरे पर दोनो चादरें बिछा दी और उसके ऊपर आसन रख दिये फिर शशिकांत ने दोनो संन्यासियो को बैठने का आग्रह किया जिसे सुनकर दोनों सन्यासी आसनों के ऊपर बैठ गए।

उनके साथ-साथ पंडित रमाकांत अर्जुन कृष्णा और शशिकांत भी चबूतरे पर बैठ गए।

शशिकांत की पत्नी ने शशिकांत को संबोधित कर कहा आप लोग वार्तालाप करिए हम दोनो सबके लिए थोड़ा जलपान बना लेते हैं।

ऐसा कहकर दोनों वहां से घर के भीतर चली गई। पंडित रमाकांत ने दोनों सन्यासियों की ओर देखकर कहा। आज आप काफी थक गए होंगे करीब तेरह कोस चलकर यहां आए है। इस पर एक संन्यासी ने कहा मार्ग लंबा जरूर था पर थकान ज्यादा नहीं है हम पहली बार इस क्षेत्र में आए हैं और बिना ज्यादा पूछताछ की आपका घर मिल गया।

हमें आपके घर का मार्ग पूछने में ज्यादा दिक्कत नहीं हुई है।

आपके घर के आगे से ही तो मुख्य मार्ग गया है जो सीधा नगर को जाता है, मुख्य मार्ग के किनारे पर आप का घर बना होने के कारण हमें घर ढूंढने में किसी भी तरह की परेशानी नही हुई। उनमें से एक संन्यासी कृष्णा और अर्जुन की ओर देखते हुए बोला तुम लोगों के जाने के बाद कृष्णानंद शास्त्री भी तुम्हारे पीछे-पीछे आश्रम से अपने घर जाने को

निकल गए थे जब तुम लोगो के साथ हाथी वाला प्रकरण हुआ तो वह तुम्हारे करीब ही पहुंचे थे। उन्होंने सब अपनी आंखों से देखा था हाथी के नाले में गिर जाने के बाद आप सब लोग तो आगे बढ़ गए थे। परंतु शास्त्री जी वापस आश्रम को लौट आए थे, और उन्होंने ही सारा वृत्तांत हम सबको बताया था।

वृत्तांत सुनकर ही हमारे रोंगटे खड़े हो गए थे। आचार्य श्री और हमने भगवान का धन्यवाद किया था कि कोई दुर्घटना नहीं हुई ईश्वर ने सब की रक्षा कर दी थी। अर्जुन तुम्हारी बुद्धि और साहस की सराहना करते पंडित कृष्णानंद शास्त्री थक नहीं रहे थे।

तुमने उस दुष्ट हाथी को ऐसा सबक सिखाया है, कि अब वह अपनी सारी उदन्ड़ता भूल जाएगा। फिर उन दोनों सन्यासियों में से एक ने कहा अर्जुन तुम्हारा साहस अतुल्य है आचार्य श्री तुम्हारी दृढ़ता के साथ साथ तुम्हारे साहस से बहुत प्रभावित हुए है और हम सब भी बहुत प्रभावित है। हम तुम्हें जानते हैं इस बात का हमें गर्व है।

यह सुनकर अर्जुन और कृष्णा भी मुस्कुराने लगे। पंडित रमाकांत ने उन दोनों सन्यासियो से पूछा आचार्य श्री का क्या निर्णय है। क्या उपनयन संस्कार में दीक्षा देने के लिए वे राजी हो गए है। उनमें से एक संन्यासी बोला वे राजी भी और उत्सुक भी है। यह सुनकर सभी के चेहरे प्रसन्नता से खिल उठे युवा संन्यासी ने फिर कहा परंतु उनकी दो एक शर्त है जिन्है पूरा करने पर ही वह मंत्र दीक्षा देने वे यहां आएंगे।

क्या शर्ते हैं पंडित रमाकांत जी ने पूछा।

उनका चेहरा सन्यासी की बात सुनकर थोड़ा मलिन हो गया था। इस पर एक सन्यासी बोला वे चाहते है कि केवल आपके पौत्रो का उपनयन संस्कार न होकर सार्वजनिक रूप से उन सभी बालकों का भी उपनयन संस्कार किया जाए जो उपनयन संस्कार की उम्र के हो गए है, दूसरी शर्त उनकी यह है की सभी बालकों से उनका आशय उन सभी उपनयन

संस्कार की योग्य बालकों से है जो हिंदू संस्कृति के किसी भी वर्ण से संबंध रखते हो ब्राहमण क्षत्रिय वैश्य व शूद्र वर्ण से।

इस पर कुछ देर सोचते हुए शशिकांत ने कहा जब लोगो को यह पता लगेगा कि सामूहिक रूप से उपनयन संस्कार में शूद्र वर्ण के बालकों के संग सवर्ण बालकों को भी दीक्षा दी जाएगी तो क्या वे अपने बालकों का उपनयन संस्कार सामूहिक रूप से करवाएंगे मुझे तो इस पर संदेह है।

आचार्य श्री के विचार सुनकर लोग भड़क न जाए और विरोध स्वरूप उपद्रव करने पर न उतर आये। यह सुनकर एक संन्यासी बोला लोगो की परवाह आचार्य श्री को नही है उनकी दृष्टि में सब एक ईश्वर की संतान है और सभी को ईश्वर प्रदत्त शिक्षा ज्ञान में समान अधिकार है। फिर एक ही संस्कृति के मानने वालों में इस प्रकार का भेद किस प्रकार किया जा सकता है।

बात तो उनकी ठीक ही है पंडित रमाकांत बोले पर यदि कोई आएगा ही नहीं तो क्या होगा।

कुछ नही आपके पौत्रो के साथ अर्जुन के बालकों का ही संस्कार करने के लिए आचार्य उत्सुक है और यदि आप भी राजी नहीं होते हैं तो एक दिन आश्रम में अर्जुन के बालकों का संस्कार कर उनको गायत्री मंत्र की दीक्षा दी जाएगी। ऐसा आचार्य का मत है।

ऐसा करने पर उनकी प्रतिष्ठा का क्या होगा रमाकांत ने कहा।

इस पर एक सन्यासी ने कहा इसकी परवाह आचार्य श्री को नही है। वे आजीवन भगवान श्री कृष्ण के भक्त रहे हैं और भगवान श्री कृष्ण के उपदेशों को ही उन्होंने अपनी जीवन में और अपने व्यवहार में उतारा है। उनका मानना है कि ब्राहमण क्षत्रिय वैश्य और शूद्र व्यक्ति के आंतरिक स्वभाव है ना की जाति। और यह चारों स्वभाव है जिन्हें भगवान कृष्ण ने वर्ण कहा है। ईश्वर ने मनुष्य के लिए ही बनाए है इसलिए ईश्वर कृत होने के कारण यह सभी वर्ण समान है बस फर्क कर्मों के स्वभाव का

है समाज में जो विसंगति देखी जाती है वो अपने आन्तरिक स्वभाव के विरूद्ध कर्म के गलत चयन के कारण उत्पन्न हुई है।

ऐसा उनका मानना है। वह उदाहरण देते है किसी व्यक्ति का आंतरिक गुण शिल्पकार का है। और ब्राह्मण जाति में जन्म लेने के कारण उसे पठन-पाठन में और धार्मिक कार्यों करने के लिए प्रेरित किया जाता है। तो उसके लिए उसका आंतरिक स्वभाव और उसके कर्म दोनों अलग अलग हो जाएंगे और वह अपने कर्मों को भली भांति कभी नहीं कर पाएगा और स्वयं के लिए और समाज के लिए वह भार साबित होगा। अब दूसरा सन्यासी बोला श्रम विभाजन का सही स्वरुप यही है अपने आन्तरिक स्वभाव के अनुसार कर्मो का चयन और यह बहुत सरल है। पर कैसे इसे उच्च नीच में बदल दिया गया कब इसे जन्म के आधार पर जोड़ दिया गया है कहना बहुत कठिन है। इसके कारण समाज में बहुत सारी विसंगतियां पैदा हुई है। और योग्यता को तो एक किनारे पर रख दिया गया है एक ही संस्कृति को मानने वाले लोगों में असमानता को उत्पन्न करने वाली यह जन्म आधारित व्यवस्था ही है जिसने इस हिंदू संस्कृति को खोखला कर दिया है। और इस खोखले पन का परिणाम है की मुट्ठी भर मुगलो के गुलाम इस राज्य के निवासी है।

कुछ देर सोचने के बाद पंडित रमाकांत ने कहना शुरू किया मैं आचार्य श्री से कभी मिला नही पर बालकों के उपनयन संस्कार के बहाने मुझे उनके दर्शनों का सौभाग्य प्राप्त होगा। मैं उनके बारे में सुना बहुत है वह तपस्वी संत हैं और विद्वान हैं समाज के मध्य में बहुत कम आते है और जंगल में स्थित अपने आश्रम में ही तपस्या में लीन रहते हैं।

यदि वह बालकों को गायत्री मंत्र की दीक्षा देते हैं तो इससे ज्यादा सौभाग्य हमारे लिए क्या हो सकता है हमें उनकी दोनों शर्तें मंजूर है। यह सुनकर सभी प्रसन्न हो गए फिर एक संन्यासी बोला हम सभी को उन्होंने इसी शर्त के साथ अपना शिष्य बनाया है कि हम सब वेद उपनिषद और श्रीमद् भगवद गीता के गंभीर अध्ययन के बाद ईश्वर

प्राप्ति के लिए प्रयासरत रहेंगे तो दूसरी और समाज के हर वर्ग के लोगो में शिक्षा के प्रसार के लिए कार्य करेंगे और बालक बालिकाओं में भेद न करके सभी को समान रूप से शिक्षा देंगे।

इसके लिए जब आचार्य हमें योग्य समझेंगे तो आश्रम से ही हमे विदा कर समाज में शिक्षण के कार्य हेतु हमें भेज देंगे। हम जगह-जगह जाकर लोगो को प्रेरित करके नए विद्यालय स्थापित करवाएंगे और उनके प्रबंधन को सुनिश्चित करेंगे। उनका मानना है कि अनिवार्य रूप से श्रीमद् भगवद गीता के साथ-साथ विद्यालय में आधुनिक शिक्षा विद्यार्थियों को देनी चाहिए।

साथ ही वे मानते है की जन्म देने वाली माता और पालन करने वाली जन्मभूमि से बढ़कर इस भौतिक संसार में कोई नहीं है। आवश्यकता पड़ने पर इसकी रक्षा के लिए हमें शस्त्र भी उठाना पड़े तो हम पीछे नहीं हटेंगे और अपने प्राणों का बलिदान करने से जरा भी नही हिचकिचाएंगे। इन सब बातों का उन्होंने हमसे प्रण लिया हुआ है। और हम रोज ही उन्हे दोहराते भी है, आचार्य श्री का मानना है कि जब हमने सन्यास ग्रहण कर लिया है तो हम सिर्फ अपने लिए ही न जीवन जिऐ बल्कि इस समाज की उन्नति के लिए वे सभी कार्य करे जो हम कर सकते है।

हमारी संस्कृति में किसी का संन्यास लेना एक बहुत बड़ी घटना है ऐसा आचार्य का मत है। इसमें ईश्वर और समाज के प्रति कर्तव्य सन्यासी के लिए बहुत महत्वपूर्ण हो जाता है। हमारे आचार्य श्री का यही स्पष्ट मत है।

समाज में जो अंधविश्वास और आडंबर दिखाई देते हैं अनेक विसंगतियां दिखाई देती है इन सब का एक ही कारण अशिक्षा को मानते है। उनका मानना है कि जब तक समाज का अंतिम नागरिक भी उच्च शिक्षा प्राप्त नहीं करता तब तक राज्य के राजा के कर्तव्य पूरे नहीं माने जा सकते है।

राजा ने ही विधान बनाकर शिक्षा का अधिकार ब्राह्मण वर्ग को दिया था। जिससे शिक्षा और ज्ञान कुछ ही लोगों की बपौती बनकर रह गया था। अब राजा ने ही इस विधान को तोड़कर समस्त नागरिकों के लिए शिक्षा और ज्ञान के मार्ग को प्रशस्त करना चाहिए जिससे सभी नागरिक उच्च शिक्षित और योग्य बने और श्रम विभाजन के तहत अपने-अपनी कर्मों का चुनाव स्वयं कर सके।

यही भगवान श्री कृष्ण की वाणी कहती है। और यही आचार्य श्री का मत है उस संन्यासी ने अपनी बात समाप्त करी।

अब दूसरे संन्यासी ने बोलना शुरू किया आपकी यह शंका बिलकुल निर्मूल है कि उपनयन संस्कार में शूद्र बालकों को दीक्षा दिए जाने के कारण सवर्ण बालक दीक्षा के लिए नही आयेगे। आप स्वयं देखिएगा कि कितने सारे लोग अपने बालकों को लेकर आते हैं जिनके लिए यह स्थान बहुत दूर है वह तो शायद नहीं आ पाएंगे पर जिनके लिए यहां पहुंचना सुगम है वे अवश्य ही अपने बालकों को लेकर यहां पहुंचेंगे।

हम लोग तो प्रतिदिन ही देखते हैं कि समाज के सभी वर्गों से कोई ना कोई आचार्य श्री से मिलने आश्रम में आता ही रहता है और सभी विषयों में आचार्य जी से चर्चा करता ही है। कभी लोगों की संख्या बहुत बढ़ जाती है जो विचार आचार्य श्री के हमने थोड़े बहुत अभी आपके समक्ष रखे है उन पर तो रोज ही आश्रम में श्रद्धालुओं के मध्य आचार्य श्री विस्तृत रूप से चर्चा करते है। उनमें से बहुत से सहमत दिखते है बहुत से नहीं भी। इससे आचार्य श्री को कोई फर्क नहीं पड़ता है श्रीमद् भगवद गीता के उपदेशों का प्रचार और प्रसार आचार्य श्री के जीवन का लक्ष्य है।

तभी घर के भीतर से पंडित रमाकांत की पत्नी ने आवाज दी कृष्णा जलपान तैयार है आकर ले जाओ। यह सुनकर कृष्णा घर की ओर चल चला गया और कुछ ही क्षणों में दो छोटी छोटी थालियो में गर्म गर्म हलवा और दो मिट्टी के पात्रो में गर्म दूध लेकर युवा सन्यासियों के सामने रख दिया।

फिर घर के भीतर से अपने लिए पंड़ित रमाकांत के लिए और अर्जुन शशिकांत के लिए भी जलपान की थालियां ले आया सब ने वहीं पर स्थित कुएं के जल से हाथ पैर धोकर जलपान को खाना शुरू किया और गरमा गरम दूध पीकर सब तृप्त हुए।

कुछ देर चुप रहने के बाद पंडित रमाकांत ने चुप्पी थोड़ी और दोनों सन्यासियों की ओर देखकर पूछा आचार्य श्री ने कौन सा दिन, कौन सा मुहूर्त शुभ कार्य के लिए नियत किया है। इस पर एक संन्यासी ने उत्तर दिया कि आचार्य श्री इन बातो पर विश्वास नही करते है। उन्होंने अपनी सुविधा को ध्यान में रखते हुए कहा है, कि इसी आने वाली शुक्ल पक्ष की दशमीं का दिन उनके लिए उपयुक्त है और यदि आपके लिए भी वह दिन उपयुक्त है तो उसी दिन उपनयन संस्कार के समारोह का आयोजन किया जाएगा क्या आप शुक्ल पक्ष की दशमी के दिन के लिए सहमत है जो आज से दस दिनों बाद ही आने वाली है।

इस पर पंडित रमाकांत जी बोले बिल्कुल सहमत हैं। आचार्य श्री जो भी निर्णय लेंगे हम सब उससे सहमत होंगे।

तो ठीक है उस संन्यासी ने कहा आचार्य श्री ने कहलाया कि आप लोग उपनयन संस्कार के आयोजन में होने वाले व्यय से बिल्कुल निश्चिंत रहे। आचार्य श्री के भक्त सेठ पन्नालाल समस्त व्यय स्वयं वहन करेगे। दशमी से पहले दिन पूर्व नवमी के दिन आवश्यक सामग्री के साथ जिसमें बर्तन अनाज घी तेल साग सब्जियां आदि और पंड़ाल लगाने की साम्रगी बैलगाड़ियो में सेठ पन्नालाल के लोग लेकर यहां पहुंच जाएंगे। साथ ही भोजन करने के लिए पत्तों के पत्तल दोने आदि की व्यवस्था सेठ पन्नालाल ही करेंगे यहां तक की बालकों के मुंडन के लिए नाइयों की व्यवस्था भी सेठ पन्नालाल ही करेंगे आप लोगों के लिए उन्होंने एक दो कार्य बताए है।

वह क्या है पंडित रमाकांत ने उत्सुकता से पूछा।

इस पर संन्यासी ने कहा एक तो आप साफ सुथरा और खुले मैदान का चयन कर लीजियेगा। जहां पानी का अच्छा स्रोत हो या पास में नदी हो दूसरा आपके आसपास काफी जंगल है आप आवश्यक सूखी लकड़ियों का इंतजाम कर लीजियेगा। तीसरा जितना हो सके आज से ही आसपास के सभी गांवो में सभी जातियो के लोगों को उपनयन संस्कार के समारोह की सूचना दे उन्हें बता दे की आने वाली शुक्ल पक्ष की दशमी का दिन नियत किया गया है। और किसी भी वर्ण का हो किसी भी जाति का हो वह नियत स्थान में प्रातः सूर्योदय के समय से ही पहुंचना शुरू कर दे जिससे बालकों का मुंडन समय पर किया जा सके।

और दोपहर तक संक्षिप्त हवन पूजन के बाद गायत्री मंत्र की दीक्षा का आयोजन होगा जिससे लोग समय पर अपने घरो को दोपहर का भोजन करके लौट सके। साथ ही जो लोग यहां अपने बालकों को लेकर आए वे एक साफ सफेद धोती लेकर अवश्य आए जिससे मुंडन के बाद स्नान करके साफ वस्त्र पहन कर दीक्षा समारोह में बालक बैठ सके।

अंत में एक बात और कहनी है आचार्य श्री हम कुछ सन्यासियों के साथ अपने कुछ भक्तों के साथ जिसमें सेठ पन्नालाल, वीर सिंह जी, पंडित कृष्णानंद शास्त्री जी, भी होंगे साथ ही सेट पन्नालाल, के कुछ कर्मचारी, बैलगाड़ियों के गाड़ीवान भी होंगे, पालकी तांगेवाले भी होंगे। करीब पच्चीस से तीस लोग तो हो ही जाएंगे यहां नवमी की संध्या तक पहुंच जाएंगे। संम्भव है कि लोगों की संख्या बढ़ भी सकती है।

आचार्य श्री चाहते है कि इन सभी के रात्रि के भोजन की व्यवस्था और रात्रि विश्राम की व्यवस्था आप लोग करें और दशमी के दिन रसोई की व्यवस्था जल की व्यवस्था पंडाल की व्यवस्था लोगो के बैठने की व्यवस्था आदि की जिम्मेदारी वह सब आप पर छोड़ते है।

उचित है हम सब मिलकर व्यवस्था को संभाल लेंगे सभी एक स्वर में बोले। यहां के विषय में आप निश्चित रहे। फिर सभी हल्के-फुल्के वार्तालाप में डूब गए उन्हें बातों में इतना रस मिला कि पता ही नहीं चला

रात्रि का प्रथम प्रहर शुरू हो गया है। घर के भीतर से पंडित रमाकांत की पत्नी ने भोजन तैयार है की आवाज लगाई। आवाज सुनकर सभी अपने स्थान से उठे कृष्णा ने कुएें से जल निकाल कर सबके हाथ पैर धुलवाऐ भोजन के लिए बैठने की व्यवस्था शशिकांत की पत्नी ने सबके लिए घर के दलान में ही कर दी थी।

सबके दालान में बैठते ही पंडित रमाकांत की पत्नी ने थालियों में भोजन लगाकर सबके सामने रख दिया भोजन के उपरांत दोनों सन्यासियों के रात्रि विश्राम की व्यवस्था घर के भीतर अतिथि कक्ष में की गई थी। दोनों सन्यासी विश्राम के लिए कक्ष में चले गए और कृष्णा अर्जुन को लेकर विश्राम के लिए अपनी कोठरी में चला गया प्रात स्नान आदि से निवृत होकर दोनो सन्यासियों ने घर में बना थोड़ा जलपान ग्रहण किया और फिर घर के सभी सदस्यों से विदा ली। जाते-जाते संन्यासियों ने फिर कहा कि वह जितना जन्म संपर्क कर लोगों को इसकी सूचना देंगे उतना ही उत्तम रहेगा।

हम भी यहां से जाते-जाते अपने सभी परिचितों को सूचना देते जाएंगे। और नगर में सेठ पन्नालाल जी को सूचित करेंगे कि उपनयन संस्कार के संबंध में शीघ्र ही आचार्य श्री से मिलकर पूरी योजना बना ले।

अध्याय 9

आज बादशाह आजम खान के महल के एकांत कक्ष में जहां वह अपने राज्य के उच्च अधिकारियों के साथ विचार विमर्श किया करता था। वहां बादशाह के सामने उसके खुफिया विभाग का मुखिया अफजल, नगर का कोतवाल काले खान, सेनापति नरूल हसन और बादशाह का खास सलाहकार अजमल बैठे हुए थे। काफी देर की चुप्पी के बाद आजम खान ने कहा आप सभी जानते है इस सल्तनत को कायम हुए सौ वर्ष से अधिक का समय हो चला है। हमारे पुरखों ने अरब से आकर इस राज्य को अपने बाजुओं के बल से जीत कर मुगल सल्तनत की नींव डाली थी। जो आज भी फल फूल रही है इन सौ वर्षों में छोटी-मोटी घटनाओं के अलावा सल्तनत के वजूद पर कोई खतरा नहीं आया था।

हमारी सल्तनत को ना बाहर से कभी खतरा हुआ और ना कभी भीतर से।

भीतर से कभी खतरा क्यों नहीं हुआ आजम खान ने स्वयं ही प्रश्न किया और स्वयं उत्तर देने लगा। क्योंकि यह राज्य भी हिंदुओं का था और इससे लगे राज्य भी हिंदुओ के है और जब तक यह लोग जाति धर्म के नाम पर आपस मे बटे रहेंगे तो यह लोग हमारी ताकत बने रहेगे इसलिए ना कभी बाहर से ना कभी भीतर से खतरा हुआ है।

पर अब लगता है इन हिन्दुओं को अक्ल आने लगी है। सैकड़ो साल से जाति के चक्रव्यूह में फंसने के बाद उन्होंने अब जाना है समानता और एकता का महत्व क्या है। और खण्ड खण्ड में बट जाने का बुरा परिणाम

क्या है। खुली मुट्ठी और बंद मुट्ठी में कितना फर्क है आज तक इन हिंदुओं को पता ही नहीं था, कि जिस जाति व्यवस्था और वर्ण व्यवस्था को यह इतना महत्व देते रहे है, वे वास्तव में होती ही नही है। और यह कम अक्ल मूर्ख लोग इस भार को आज तक ढोते आए है जो वास्तव में ही नही है। पर अब इनको अक्ल आने लगी है और यही हमारी चिंता का विषय है इन हिंदुओं में एक धार्मिक रस्म होती है। जिसे यह जनेऊ संस्कार या उपनयन संस्कार भी कहते है। जिसे यह बहुत धूमधाम से मनाते हैं और तीन धागों को मिलाकर बनायी जनेऊ को अपने बालक के गले में पहनाते हैं जिसके बाद यह माना जाता है कि बालक को वह सभी अधिकार मिल गए हैं जो हिंदू संस्कृति मानने वालों को मिलते हैं।

पर इसमें चिंता का विषय क्या है सेनापति नुरूल हसन ने कहा।

यही तो चिंता का विषय है यह लोग इतना आपस में बटे हैं कि हद तक बटे हैं। जिसमें ब्राह्मण के लिए जनेऊ का धागा अलग क्षत्रिय के लिए अलग वैश्य के लिए अलग। ब्राह्मण के लिए उपनयन संस्कार का था मुहूर्त अलग। क्षत्रिय के लिए अलग, और वैश्य के लिए अलग। ब्राह्मण के लिए उपनयन संस्कार का शुभ दिन अलग, क्षत्रिय के लिए अलग और वैश्य के लिए अलग है।

और हिंदुओं की ही एक चौथी जाति है जिससे शूद्र कहा जाता है। उसको उपनयन संस्कार का अधिकार ही नहीं है वे लोग अछूत माने जाते हैं।

आजम खान ने फिर कहा। राज्य के हर कोने से हमारे गुप्तचर खबरें ला रहे हैं कोई सिरफिरा संत इन सबको एक करने के लिए सामूहिक उपनयन संस्कार के समारोह का आयोजन कर रहा है। जिसमें वह सभी उच्च जाति के बालकों के साथ शूद्रों के बालकों को भी एक ही समय में एक साथ बैठा कर एक ही तरह का जनेऊ देकर मंत्र की दीक्षा देगा।

और सभी बालक और उनके परिवारजन जाति व ऊंच नीच को भुलाकर एक ही स्थान पर एक साथ भोजन करेंगे और पानी पियेंगे।

जो आज तक इन हिंदुओं के समाज में प्रचलन में नही था। और हमारी चिंता का विषय यही है अगर यह लोग एक हो गए तो हमारी ताकत कमजोर पड़ जाएगी।

और शायद उनकी एकता हम सबको यहां से भागने पर मजबूर कर देगी। अब आप सब बताएं कि क्या करना चाहिए, क्या हम कोई भी आरोप लगाकर इस आयोजन को रोक दे।

या तब तक इंतजार करें और देखें यह आयोजन सफल होता है या नही। पहला विचार तो बहुत आसान है कि हम कुछ हिंदुओं को धन देकर आयोजन स्थल पर भेजें जो धर्म विरुद्ध कार्य करने के लिए उसे साधु से गाली गलौज और मारपीट करे जिससे उसका आयोजन भंग हो जाए। बाद में अशांति फैलाने के आरोप में साधु और उसके भक्तों को गिरफ्तार कर ले। या फिर पहले देखे और इंतजार करें कि नीति पर कार्य करे।

अब सब सोच में पड़ गए जैसा बादशाह ने बताया था वह डराने वाला था। यदि इस राज्य का सारा हिंदू एक हो गया और उसने बगावत कर दी तो भागने की जगह भी नहीं मिलेगी।

काफी देर मंत्रणा करने के बाद खुफिया विभाग का मुखिया अफजल अपने स्थान से खड़ा हुआ और बादशाह से बोला हुजूर हमारे गुप्तचरों ने खबर दी है कि यह साधु जिसका नाम आचार्य श्री है अकेला नही है उसके साथ दो युवक और भी हैं एक का नाम कृष्णा है। जो किसी दूसरे राज्य का निवासी है। और तीन-चार महीने से इस राज्य में रह रहा है और इसका साथी जिसका नाम अर्जुन है वह इसी राज्य का निवासी है। यह खिचड़ी इन तीनो ने मिलकर पकाई है जहां तक हम चारो ने काफी सोच विचार कर निर्णय लिया है कि अभी देखा जाए कि आयोजन सफल होता है या नही। अभी पक्की तौर पर कोई खबर नही मिली है कि लोग इनके आयोजन में जाएंगे या आयोजन का बहिष्कार करेंगे। और जितनी जानकारी हमने जुटाई है उससे पता चला है कि यहां के लोगो मे इन तीनो का बहुत प्रभाव है।

हम इन्हें अभी गिरफ्तार करते हैं तो कोई बवाल ना खड़ा हो जाए पहले देख लेते है कि आयोजन सफल होता है या नही। मैं कल से ही अपने गुप्तचर इन तीनों के पीछे लगा दूंगा। जो पल-पल की खबरें हमे देते रहेंगे।

इतना कहकर अफजल अपने स्थान पर बैठ गया। फिर नगर कोतवाल काले खान अपने स्थान से उठा और बादशाह आजम खान से उसने कहा हुजूर अगर आयोजन सफल होता है तब भी और असफल होता है तब भी हम इन तीनों को गिरफ्तार कर लेंगे। और जनता की धार्मिक भावनाएं भड़काने का आरोप लगाकर, लोगों की धार्मिक भावनाओं को ठेस पहुंचाने की कोशिश करने का आरोप लगाकर इन तीनों पर मुकदमे चला सकते है। और उसके बाद तीनो को हमेशा के लिए राज्य छोड़ कर जाने का आदेश दे सकते है। पर इन सबके लिए हमे आयोजन के दिन तक रूकना पड़ेगा।

बादशाह ने पूछा इनका उपनयन संस्कार वाला आयोजन कब है।

इस पर अफजल बोला हुजूर गुप्तचरो ने सूचना दी है, कि हिंदुओं की तारीख के हिसाब से आने वाली शुक्ल पक्ष की दशमी को आयोजन किया जाएगा।

फिर आजम खान ने पूछा यह तारीख आज से कितने दिन बाद है।

इस पर अफजल ने बताया है शायद आठ नौ दिन बाद है।

इस पर आजम खान ने कहा आप सब लोग चौकस रहिए। ऐसा कहकर बादशाह अपने स्थान से उठा और कक्ष से बाहर चला गया। उसके जाने के बाद चारों भी कक्ष से बाहर निकल आए। उधर कृष्णा उसके ग्वालें मित्र और सुदामा सहदेव समय मिलने पर भी जहां-जहां जा सकते थे सभी गांव में जाकर समारोह की सूचना दे देते।

सभी उत्साहित थे कृष्णा उनका नायक जो था। वह जो भी कहता सब उसको पूरा करने में जुट जाते थे। इधर आचार्य श्री के शिष्य भी आश्रम के आसपास के गांवो में जाकर इसकी सूचना सभी को दे आते थे।

चर्चाओ का बाजार गर्म था कुछ लोग इस आयोजन के पक्ष में समर्थन में दिखते थे तो कुछ हिंदू धर्म के नष्ट हो जाने की भविष्यवाणी करते थे कुछ लोगों को यह महा पाप दिखता था तो कुछ विशेष सुधारवादी आंदोलन की शुरुआत मानते थे।

इन चर्चाओं के बाजार में इस समारोह की सूचना अधिकांश लोगों तक पहुंच चुकी थी। पंडित रमाकांत जी उनके भाई और गांव के कुछ अन्य लोगों ने जमीदार सूर्य प्रताप सिंह के साथ जाकर मधेपुरा गांव के पास ही गोचर जाने वाले कच्चे मार्ग के किनारे खाली पड़ी जमीन का चुनाव कर लिया था।

जिसके पास पानी एक छोटी सी जलधारा बहती थी जो पहाड़ों से गिरते झरनो के पानी से बनी थी।

आसपास की गांव वालों ने कृष्णा अर्जुन सुदामा सहदेव और ग्वालो के संग जाकर आयोजन वाले स्थान को पत्थरों झाड़िया आदि से साफ कर दिया था। और जगह-जगह पर बने गढ्ढों को मिट्टी से भर दिया था। ऊभरे हुए मिट्टी के छोटे-छोटे टीलो को खोदकर उन्हें समतल कर दिया गया था। जिससे वह स्थान अब एक विशाल मैदान के रूप में लगने लगा था। पंडित रमाकांत और सूर्य प्रताप सिंह ने स्थान भी नियत कर लिए थे कि कहा हवन कुंड बनाया जाएगा। कहा पर पंडाल लगेगा कहा पर रसोई बनेगी किस स्थान पर बैठने की व्यवस्था की जाएगी आदि।

पंडित रमाकांत और उनके भाई ने अपने-अपने घरों मे कई कक्ष खाली कर दिए थे। और उनकी सफाई आदि का कार्य घर की महिलाओं ने आपसी सहयोग से पूरा कर दिया था।

आचार्य श्री, सेठ पन्नालाल, वीर सिंह जी, पंडित कृष्णानंद शास्त्री जी के संगआने वाले लोग और युवा सन्यासी घरो मे कहा ठहराये जाएंगे। और इन सबके साथ महिलाये भी होगी तो उनको कहां ठहराया जाएगा। इसका पूरा इंतजाम पंडित रमाकांत ने कर लिया था।

अतिथियो को असुविधा ना हो इसके लिए आसपास के अपने भाई बंधुओ के घरों में कुछ कक्ष खाली करवा कर उनकी भी साफ सफाई करवा दी गई थी। और अतिथियों के रात्रि विश्राम के लिए बिस्तरों की व्यवस्था आपस में मिलजुल कर कर ली गई थी। निर्णय हुआ रात्रि का भोजन पंडित रमाकांत के घर पर ही बनाया जाएगा और वही दलान में बैठकर सबको खिलाया जाएगा।

सेठ पन्नालाल के कर्मचारी, और बैलगाड़ी के गाड़ीवानो आदी के लिए रात्रि विश्राम के लिए मंदिर के पीछे वाले परिसर में जहां शशिकांत अपना विद्यालय चलता था वहां दो कक्ष बने हुए थे उन कक्ष में उन्हें ठहराने का निर्णय हुआ इस प्रकार सभी व्यवस्थाएं पूरी कर ली गई थी।

अब अतिथियो के आने का इंतजार था रोज रात्रि में पंडित रमाकांत के घर पर सभा जुटती जिनमे अधिकांश उनके ही गांव के भाई बंधु होते थे। और कुछ आसपास गांव के भी लोग भी आते थे सभी चर्चाओं में रत रहते थे। क्या सुनाई पड़ रहा है, लोग आएंगे या नहीं। कितने लोगों के आने की संभावना है। इन्तजाम मे कोई कमी तो नहीं रह गई है, क्षेत्र के आसपास के गांवो में आयोजन की सूचना पहुंची या नही आदी।

लगता था पूरे गांव ने आयोजन को सफल बनाने के लिए कमर कस ली है आखिर शुक्ल पक्ष की नवमी तिथि की शाम को पंडित रमाकांत के घर के बाहर छः बैलगाड़ियां आकर रुकी जिन में अनाज सब्जियां बड़े-बड़े बर्तन पंडाल का सामान दरिया आदि सामान थे। गांव के युवकों ने गाड़ीवानों के साथ जाकर आयोजन स्थल पर बैलगाड़ियों को पहुंचा दिया था।

जहां बैलगाड़ी वालो ने बैलों को गाड़ी से खोलकर हरी घास चरने के लिए छोड़ दिया था। कुछ देर बाद रमाकांत जी के घर के आगे चार तांगे आकर रुके जिसमं एक तांगे में सेठ पन्नालाल का परिवार था जिसमें सेठ पन्नालाल उनकी पत्नी उनकी बड़ी बेटी उनके दोनों पुत्र और दो महिलाएं थी और दूसरे तांगे में आचार्य श्री, वीर सिंह जी, पंडित

कृष्णानंद शास्त्री और चार युवा संन्यासी बैठे थे तीसरा और चौथे तांगे में सेठ पन्नालाल के तीन कर्मचारियों के संग कुछ पुरुष महिलाएं व बालक बैठे थे। यह पुरुष और महिलाएं वीर सिंह जी के गांव के थे। जो अपने अपने बालकों को उपनयन संस्कार के लिए लेकर आए थे करीब सभी को मिलाकर चालिस की संख्या में लोग हो गए थे।

अनुमान से दस बारह लोग ज्यादा ही आए थे। आचार्य श्री के पहुंचने की खबर पल भर में पूरे मधेपुरा गांव में फैल गई थी। गांव के लोग तो सुबह से ही उनका इंतजार कर रहे थे। गांव के स्त्री पुरुष भाग भाग कर आचार्य श्री के दर्शनों को आने लगे।

अभी तांगे से उतरकर सभी लोग पंडित रमाकांत के घर के बाहर खड़े ही हुए थे तभी पंडित रमाकांत जी की पत्नी एक टोकरी में फूल लेकर आ गई और पंडित रमाकांत के संग सभी ने आचार्य श्री के ऊपर पुष्प वर्षा कर उनका स्वागत किया।

शशिकांत की पत्नी एक थाली में जलता हुआ दीपक के लिए खड़ी थी। जिससे सभी ने आचार्य श्री की आरती उतारी और सभी उपस्थित समुदाय ने आचार्य श्री के चरणों को छूकर उनका आशीर्वाद लिया इस तरह घर के बाहर ही आचार्य श्री और उनके साथ आये अतिथियों का स्वागत हुआ। स्वागत करने में कृष्णा अर्जुन भी सम्मिलित थे उन्हें देखकर आचार्य श्री, सेठ पन्नालाल, पंडित कृष्णानंद शास्त्री, वीर सिंह जी, और आचार्य श्री के सन्यासी शिष्य बहुत प्रसन्न हो गए।

फिर आचार्य श्री और अन्य अतिथियों को चार दिवारी के द्वार से अंदर लाया गया। घर का दालान काफी बड़ा था जहां आचार्य श्री और अतिथियों के बैठने की व्यवस्था की गई थी। मोटे मोटे गद्दो के ऊपर साफ चादरें बिछाई गई थी। आचार्य श्री और अतिथियो को उन पर बैठाया गया कुछ देर बाद जलपान की थालियां भी सज गई। और सभी ने जलपान ग्रहण किया। जलपान के बाद गांव के अधिकांश स्त्री पूर्व आचार्य के सामने बैठकर उनसे वार्तालाप करने लगे।

आचार्य श्री सभी का हाल-चाल पूछते, बात करते इसी तरह समय गुजरने लगा। उधर कृष्णा और अर्जुन वीर सिंह जी सेठ पन्नालाल जी के साथ बैठकर सारी व्यवस्था की जानकारी दे रहे थे। अतिथियों के साथ आई महिलाओं को घर के भीतरी कक्ष में बैठाकर जलपान कराया गया।

घर की महिलाएं उनसे बातचीत कर उनका परिचय और उनके हाल-चाल पूछ रही थी। घर के अंदर गांव की कई महिलाएं पहले से ही आ गई थी वह अतिथियों के रात्रि भोजन की व्यवस्था में जुटी थी। कुल मिलाकर आचार्य श्री के आने से घर में उत्सव जैसा वातावरण था। पंडित रमाकांत और शशिकांत आचार्य के सामने बैठकर पूरी व्यवस्था की जानकारी दे रहे थे।

जिससे आचार्य श्री काफी संतुष्ट दिख रहे थे। रात्रि का दूसरा प्रहर शुरू होने वाला था वार्तालाप में कितना समय गुजर गया पता ही नहीं चला। शांशिकात ने आचार्य श्री के हाथ पैर धुलवाए इसके बाद सभी अतिथियों ने भी अपने हाथ पैरो को धोकर भोजन के लिए दलान में ही स्थान ग्रहण किया सभी गांव वाले भी आचार्य श्री को प्रणाम कर अपने अपने घर को लौटने लगे। अब दलान और आंगन खुला खुला दिखने लगा था।

गांव के कुछ लोग ही अतिथियों की सेवा में लगे थे। भोजन के उपरांत सभी को निर्धारित स्थान में रात्रि विश्राम के लिए ले जाया गया। सभी के लिए पंडित रमाकांत ने और उन के भाई बंधुओ ने अतिथियों के विश्राम के लिए अच्छी व्यवस्था की हुई थी।

कृष्णा और अर्जुन सूर्योदय के समय ही आयोजन स्थल पर पहुंच गए थे तब तक वहां पर बहुत से कृष्णा के ग्वाले मित्र पहुंच चुके थे और आसपास के गांवो के बहुत से गांववासी पहुंच गए थे। कृष्णा ने कुछ ग्वालो को पास के जंगल में जलाने के लिए सूखी लकड़ी लाने के लिए भेज दिया था। कुछ युवको को पंडाल लगाने के कार्य पर लगा दिया गया तो कुछ को बैलगाड़ियों से सामान उतारने के लिए। इतने में मधेपुरा

गांव से बहुत युवक गांव की ही कुछ महिलाओं के साथ वहां पहुंच गए थे उनके साथ पंडित कृष्णानंद शास्त्री भी थे।

पंडित जी ने हवन स्थान का चयन किया आनन फानन में युवको ने वहां पर खोद कर उसके चारो ओर पत्थरो को मिट्टी गोबर से लीप कर हवन वेदी बना दी जिसके चारो ओर महिलाएं सुंदर रंगोली बनाने लगी। कुछ पुरुषों ने रसोई का काम संभाल लिया।

मतलब सब कार्य पूर्व निर्धारित थे और सभी को उनकी जिम्मेदारी पहले इसे समझा दी गई थी। नगर से चार नाई भी आए थे जो एक किनारे बैठे बालकों के आने का इंतजार कर रहे थे। कृष्णा के मित्र सुदामा और सहदेव भी अपने गांव सिद्धपुर से चलकर वहां पहुंच गए थे और उत्साह के साथ हास परिहास करते हुए अपने कामों में जुटे थे। इतने में सबसे पहले अर्जुन अपने दोनो बालकों के साथ उसकी पत्नी और अर्जुन के पिता नंदलाल आते दिखे।

कृष्णा ने उन्हें देखकर प्रसन्नता से अभिवादन किया, और उन्हें पंडाल में बैठने को कहा। अर्जुन अपने दोनों बालकों को मुंडन के लिए नाइयों के पास ले गया, सुबह का प्रथम प्रहर समाप्त होते होते वहां सब कुछ व्यवस्थित हो चुका था। वीर सिंह जी के साथ आए गांव के महिला पुरुष भी वहां पहुंच कर अपने-अपने बालकों का मुंडन करा रहे थे।

सूर्य नारायण भी ऊपर चढ़ आए थे मध्यान्ह काल शुरू होते-होते तो वहां स्त्री पुरुष की भीड़ नजर आने लगी थी। जो अपने अपने बालकों को लेकर आई थी नाई भी तेजी से हाथ चला कर बालकों के मुंडन में जुटे हुए थे।

कृष्णा अर्जुन सुदामा सहदेव आने वालों का प्रसन्नता से स्वागत करते उन्हे बताते की नाई कहां पर बैठे है। कहां पर बालकों स्नान कराना है। और स्नान के बाद बालकों को पंडाल में कहां पर बैठाना है। आदि, इतने में रामभजन मेहत्तर अपने साथ एक दस वर्षीय बालक को लेकर

के आता दिखा उसे देखते ही कृष्णा अर्जुन सुदामा और सहदेव के चेहरे पर प्रसन्नता छा गई। राम भजन भी इन्हें देखकर प्रसन्न हो गया।

कृष्णा ने पूछा रामभजन कैसे हो।

बिल्कुल ठीक हूं। और आप लोग कैसे हो रामभजन ने कहा।

हम लोग बहुत अच्छे से हैं अर्जुन ने उत्तर दिया।

परसो मेरे घर सुदामा और सहदेव आए थे। इन्होंने मुझे कहा कि तुमने उपनयन संस्कार में अपने बालक को लेकर अवश्य आना है रामभजन ने बताया।

इस पर कृष्णा ने मुस्कुराकर सुदामा और सहदेव की ओर देखा और वह दोनों भी मुस्कुरा पड़े।

अब मेहत्तर राम भजन ने कहा भैया मैं तो नहीं आने वाला था। मेरी तो हिम्मत भी नही हो रही थी यहां आने की, पर इन दोनों ने बहुत जोर किया तो मैंने सोचा देखे क्या होता है भगवान का नाम लेकर यहां चला आया हूं। और अब आप सब मिल गये हो तो मेरा भय दूर हो गया है।

पर तुम नगर से इतनी जल्दी यहां कैसे आ गए कृष्णा ने पूछा।

आज तो सुबह से ही तांगे वाले नगर से इधर को अपना तांगा चला रहे है इतने लोग दूर से वैसे ही थोड़े आ गए है सभी तांगे मे आए है ऊपर मुख्य मार्ग पर सवारी उतार रहे हैं वहां से यहां सब पैदल आ रहे है। थोड़ा ही तो चलना है।

अर्जुन ने रामभजन से कहा कि देखो उधर कोने में नाई बैठे हैं तुम बालक का मुंडन करा लो,

रामभजन नाईयो को कुछ भी धन मत देना। यह सब आयोजन का खर्च पन्नालाल जी कर रहे है वैसे भी उन्होंने नाइयों को समझा दिया था कि वह किसी से कुछ भी काम के बदले ना ले।

बस अपने काम से काम रखे। लोग आपस में आचार्य जी की महिमा का ही गुणगान कर रहे थे स्वयं कृष्णा अर्जुन सुदामा और सहदेव ने भी सोचा भी नहीं था कि आयोजन मे इतने लोग आएंगे।

सभी मान रहे थे कि यह आचार्य श्री के व्यक्तित्व का प्रभाव है। उन पर आस्था और विश्वास जो इस राज्य के लोगो को है वह इन सब को यहां खींच लाया है।

सूर्य देव आसमान में चढ़ने लगे थे। मध्यकाल शुरू हुए कुछ घड़ी बीत चुकी थी। पंडाल में पैर रखने की जगह नहीं थी हवन वेदी के सामने एक ओर उन बालकों को बैठाया गया था जिनका संस्कार होना था और दूसरी और महिलाएं बैठी थी उनके पीछे पुरूष बैठे थे बाकी जिन्हैं पंडाल में जगह नहीं मिली थी वह बाहर मैदान में बैठ गए थे हवन वेदी की दूसरी ओर दरियों के के ऊपर ऊनी आसन बिछाए गए थे।

जिनमें आचार्य श्री, पंडित रमाकांत, शशिकांत, आचार्य श्री के चार शिष्यों और सेठ पन्नालाल, वीर सिंह जी, जमीदार सूर्य प्रताप सिंह आदि के बैठने की व्यवस्था की गई थी।

हवन सामग्री के लिए आम की लकड़ी, शहद, दूध, पानी आदि की व्यवस्था पहले से ही कर ली गई थी। महिलाओं ने रंगोली के साथ-साथ फूलों से वेदी को सजा दिया था। कुछ ही देर में आचार्य श्री पंडित रमाकांत, शशिकांत व दोनो पुत्र सेठ पन्नालाल, सूर्य प्रताप सिंह आदि के साथ आते दिखे उनके साथ बहुत से पुरुष और महिलाएं भी थी। शशिकांत ने अपने दोनो पुत्रों को कृष्णा के हवाले कर दिया जिससे कृष्णा उन दोनो बालकों को मुंडन के लिए नाईयों के पास ले गया। जहां पर मुंड़न के बाद शशिकांत की पत्नी अपने दोनो पुत्रों को स्नान के लिए समीप बह रही जलधारा के पास ले गयी।

महिलाएं अपने सिर पर मंगल कलश लिए हुए मंगल गीत गाते हुए आ रही थी पूरा वातावरण वहां का उल्लास से भरपूर था आचार्य श्री उनके शिष्य पंड़ित रमाकांत शशिकांत और वीर सिंह जी सूर्य प्रताप सिंह

जी सेठ पन्नालाल आदि ने हवन वेदी के पास उनके लिए नियत किये गये स्थान पर जाकर स्थान ग्रहण किया।

पंडित कृष्णानंद शास्त्री ने कहा आप सब आ गए है इसलिए पूजा शुरू कर दी जाए।

आचार्य श्री ने सहमति में सर को हिलाया पंडित कृष्णानंद शास्त्री ने हवन कुंड के पास धूप और दीप जलाकर शंख ध्वनि के साथ भगवान श्रीगणेश जी नवग्रह आदि की पूजा शुरू करी। और पूजा समाप्त होने के पश्चात हवन कुण्ड़ में आम की लकड़ियों को कपूर से प्रज्जवलित कर वैदिक मंत्रो के साथ आहुति देना शुरू किया।

उनके साथ साथ हवन सामग्री से आचार्य श्री उनके सन्यासी शिष्य, पंड़ित रमांकात, शशिकांत, सेठ पन्नालाल, सूर्य प्रताप सिंह आदि भी हवनकुण्ड़ में आहुती डालने लगे। हवन समाप्त हो जाने के बाद बालकों को जनेऊ धारण करवाने के साथ साथ गायत्री मंत्र की दीक्षा देने का कार्यक्रम शुरू हुआ। आचार्य श्री अपने स्थान से खडे हुए और उन्होने उन सभी बालकों को खड़ा होने के लिए कहा। जिन्हें मंत्र दीक्षा दी जानी थी। सभी बालक अपने स्थान से खड़े हो गये। आचार्य श्री ने पूरे पंडाल को शान्त हो जाने को कहा। और अपने संन्यासी शिष्यों को जनेऊ लाने को कहा। और उन्हें बालकों को धारण करवाने को कहा।

आचार्य श्री के शिष्यो ने एक एक जनेऊ को खोलकर बालकों के बाएं कंधे से डालकर दाहिनी ओर कमर में लटका दिया यह तीन धागों से बनी जनेऊ स्वयं आचार्य श्री के शिष्यों ने बनाए थे।

हवन के बाद इन सभी जनेऊ की पूजा भी पंडित कृष्णानंद शास्त्री ने कर दी थी। जब सभी बालकों को जनेऊ पहनाये जा रहे चुके थे।

आचार्य श्री ने मंत्र दीक्षा देना आरंभ किया उन्होंने कहा मैं जैसे जैसे मंत्र बोलूंगा तुम सब बालक उसे वैसे वैसे उस दोहराना। आचार्य श्री ने गायत्री मंत्र का पहले पूर्ण उच्चारण किया।

ओम भूर्भवः स्वः तत्सवितुर्वरेण्यं भर्गो देवस्य धीमहि धियो यो नः प्रचोदयात्।।

फिर पवित्र गायत्री मंत्र का आचार्य श्री ने तीन बार धीरे-धीरे एक-एक शब्द का उच्चारण किया और सभी बालकों ने उसे दोहराया। आचार्य श्री ने सभी बालकों को आशीर्वाद दिया और अपने स्थान पर बैठने को कहा। इसके बाद आचार्य श्री ने कहना शुरू किया यह गायत्री मंत्र एक महामंत्र के रूप में जाना जाता है इसके बहुत से अर्थ विद्वान करते है पर मुख्य रूप से सरल भाषा में हम इस मंत्र का भावार्थ इस प्रकार समझते है।

प्राणस्वरूप, दुखनाशक, सुखस्वरूप, श्रेष्ठ तेजस्वी, पापनाशक, परमात्मा के तेज का हम ध्यान करते है। वह परमात्मा हमारी बुद्धि को सन्मार्ग की ओर ले जाए।

हमारी महान हिंदू संस्कृति हिंदू परंपरा के महान विचारों में से एक विचार यह भी है जिसमे परमात्मा से अपने द्वारा हुए पापों की क्षमा याचना करने के साथ सदबुद्धि और सन्मार्ग पर चलने की प्रेरणा मांगी जाती है।

आप जब आज से इस भारतीय संस्कृति की ऋषि परंपरा के महान विचारों में से एक प्रमुख विचार से दीक्षित हुए हैं तो इसे आप कभी न भूले और सन्मार्ग से कभी ना भटके इसलिए प्रतिदिन दिन में दो बार प्रातः और सायःकाल इस महान मंत्र को जपने की परंपरा है। पर यदि आप प्रतिदिन प्रातः सूर्योदय से पूर्व उठकर भी स्नान आदि से निवृत होकर पूर्व दिशा की ओर मुंह करके इस मंत्र का एक सौ आठ बार जप करते है। तो परमात्मा की कृपा को अपने जीवन में स्वयं उतरते हुए देखेंगे। प्रतिदिन कम से कम एक सौ आठ बार इस मंत्र का जप भावार्थ को ध्यान में रखते हुए करना आपको प्रतिदिन सन्मार्ग में चलने की प्रेरणा देगा और यही हमारी हिंदू संस्कृति की महानता है कि हम ईश्वर से इस संसार में भौतिक वस्तुओं की कामना ना करके विवेक बुद्धि ज्ञान और सन्मार्ग की प्रार्थना करते है। दूसरा जो यह तीन धागो बना

जनेऊ आपको पहनाया गया है। वह इस बात का प्रतीक है कि आप हिंदू संस्कृति में दीक्षित हो चुके है। और ऋषि परंपरा से चली आ रही हिंदू संस्कृति के आप एक अंग है। और इस परंपरा के महान विचारो का आप आजीवन पालन करते रहेंगे। इसलिए यह जनेऊ आजीवन धारण किया जाता है।

अंत में आप सभी बालकों और उनके माता-पिता अभिभावकों से यही कहना चाहूंगा कि जिस तरह से इस समारोह में सभी वर्ण सभी जातियों के बालकों को समान रूप से दीक्षित किया गया है उसी प्रकार आप सभी इस समानता की भावना से, बिना किसी उच्च नीच के अपनी और अपने हिंदू समाज की एकता और उन्नति के लिए हमेशा कार्य करेंगे।

ऋषि परंपरा से चली आ रही हमारी हिंदू संस्कृति को मानने वाले सभी हम एक कुटुंब की तरह है। इसलिए जातिगत अभियान व छुआछूत की बुराई के आडंबर से अपने को मुक्त रखना पहला कर्तव्य है। इसके बाद आचार्य श्री ने बालकों के कल्याण की कामना करी, उनके उज्जवल भविष्य के लिए उन्हे आशीर्वाद दिया और सभी को नमस्कार किया।

आयोजन सम्पन्न हो चुका था। दिन का तीसरा प्रहार समाप्त होने में अभी समय बाकी था सभी लोग उठकर मैदान में उसे स्थान में जाने लगे जहां रसोई की व्यवस्था थी और भोजन बनकर तैयार था। स्वंयसेवी युवको ने सभी को पंगत में बिठाना शुरू किया और उनके सामने पत्तलो को रख भोजन परोसना शुरू किया।

आचार्य श्री ने भी पंगत में बैठकर ही भोजन किया। ऐसे उपयुक्त समय में जब सभी एक स्थान पर उपस्थित थे तो आचार्य श्री के सन्यासी शिष्यो ने दीक्षा प्राप्त बालकों की गणना करी जो कि की संख्या में दो सौ सत्तर बालकों का उपनयन संस्कार इस आयोजन में किया गया।

भोजन के उपरांत पंड़ित रमाकांत से आचार्य श्री ने कहा कि वे और उनके साथ आए सभी लोग अब वापस लौटेंगे।

इस पर पंडित रमाकांत की आंखों से अश्रुपात होने लगा, भरे गले से हाथ जोड़कर पंडित रमाकांत ने कहा आचार्य कुछ दिन और रुक जाते। हमारे बड़े भाग्य जो हम सबको आपका साथ मिला।

हां आचार्य श्री ऐसा कहते हुए बहुत लोगों ने उन्हे घेर लिया।

आचार्य श्री ने कहा नहीं हमें तो अब वापस जाना ही है यहां ज्यादा दिन रुकने पर आश्रम के दैनिक कार्यक्रमों में अवरोध हो जाएगा।

और आज तो हम पहली बार मिले हैं आपस में पहला परिचय हुआ है अब तो हमेशा आना-जाना लगा रहेगा। यह कहकर आचार्य श्री मैदान से लगे कच्चे मार्ग की ओर चल पड़े जो आगे जाकर पंडित रमाकांत के घर के पास मुख्य मार्ग में जुड़ जाता था। उनके पीछे पीछे सभी स्त्री पुरुषो की भीड़ चल पड़ी जो आयोजन में आए थे।

कुछ देर में आचार्य श्री पंडित रमाकांत के घर के आगे खड़े थे लोग उनके चरण स्पर्श कर आशीर्वाद ले रहे थे और अपने-अपने घरो को अपने बालकों के साथ लौटने लगे। जो आसपास के नजदीक के थे वे लोग पैदल ही निकल गए पर जो नगर के आसपास या उससे भी आगे से आए थे वह लोग तांगो में बैठकर अपने घरो को लौटने लगे। तांगे वाले दिन से ही उनका इंतजार कर रहे थे कुछ ही देर में भीड़ वहां से जा चुकी थी।

अब आचार्य श्री सेठ पन्नालाल वीर सिंह जी आदि और युवा सन्यासियो के साथ आए कुछ पुरुष और महिलाएं रह गई थी। और इन सबको विदा करने बाद कृष्णा अर्जुन नंदलाल पंडित रमाकांत और उनके परिवार वालो के अलावा सुदामा सहदेव जमीदार तेज प्रताप सिंह कुछ ग्वालो और गांव के निवासी ही शेष रहे गये थे।

आचार्य श्री और सेठ पन्नालाल जी ने पंडित रमाकांत और गांव के निवासियों के द्वारा किए गए इन्तजाम की भूरी भूरी प्रशंसा करी और आयोजन को सफल बनाने मे उनके योगदान को अविस्मरणीय बताते हुए उन सब की प्रशंसा की।

आचार्य श्री ने सभी उपस्थित लोगो को हिंदू संस्कृति का ध्वजावाहक कहकर संबोधित किया और कहा कि जब तक आप जैसे लोग इस संस्कृति का स्तंभ बने रहेंगे तब तक ऋषि परंपरा से चली आई हिंदू संस्कृति फलती फूलती रहेगी। फिर तांगे में बैठने के लिए आचार्य श्री उद्यत हुए सभी उपस्थित समुदाय के स्त्री पुरुष और बालक बालिकाओं ने आचार्य श्री के चरण स्पर्श किए।

कृष्णा को देख आचार्य श्री मुस्कुराए और बोले कृष्णा फिर कभी मिलने आश्रम अवश्य आना।

कृष्णा ने कहा अब जब भी अवसर मिलेगा अवश्य आऊंगा। सभी अतिथि तांगो में बैठकर वापस लौट गए। वहां अब बैलगाड़ियां उनके गाड़ीवान और सेठ पन्नालाल के तीन कर्मचारी ही रह गए क्योंकि उन्होंने अपने साथ लाये सामान बर्तन पंडाल दरी आदि को समेट कर वापस भी ले जाना था।

अर्जुन भी आज काफी थक गया था इसलिए उसने कृष्णा से विदा मांगी और अपने पिता नंदलाल पत्नी और दोनों बालकों के साथ अपने गांव लौट गया। सुदामा सहदेव और बहुत से ग्वालो ने भी कृष्णा से गले मिलकर विदा ली आयोजन की सफलता से सभी के चेहरे खिल उठे थे। पंडित रमाकांत के घर के भीतर उत्सव का माहौल था।

पंडित रमाकांत के साथ मधेपुरा गांव के सभी स्त्री पुरुष घर के आंगन में बैठे थे और आयोजन की सफलता से उनके चेहरे खिले हुए थे। जोर-जोर से आपस में वार्तालाप कर दिनभर घटनाओं को आपस में सुना कर खूब हास परिहास कर रहे कर आनंदित हो रहे थे।

इसी बीच पंडित रमाकांत ने खड़े होकर कहा मैं आप सभी लोगो का हृदय से आभारी हूं आपके किए प्रयासो से यह आयोजन इतना सफल हो पाया है। मैं आप सभी का हृदय से धन्यवाद करता हूं सभी उपस्थित लोगो ने हर्ष ध्वनि कर अपनी खुशी जाहिर करी।

बहुत देर तक सभी लोग वहां बैठे रहे और प्रसन्नता से हास परिहास करते हुए चर्चा मे मगन रहे पता भी नही चला कि कब सूर्यास्त हो गया और रात गहराई लगी है। बाद में उन्हें कुछ समझ आया की रात्रि का प्रथम प्रहर खत्म होने वाला है और उन्हें अपने-अपने घरो को भी जाना है धीरे-धीरे लोग उठकर जाने लगे। अब सिर्फ घर के ही सदस्य रह गए हल्का-फुल्का भोजन पंडित जी की बहू ने बनाया था उसे खाकर सभी रात्री विश्राम चले गए।

सुबह सूर्योदय से पूर्व कृष्णा स्नान आदि से निर्वत होकर घर लौटा तो देखा शशिकांत के दोनो पुत्र चबूतरे पर बैठकर पूर्व दिशा की ओर मुंह करके अपने हाथ में तुलसी की माला से मंद स्वर में गायत्री मंत्र का जाप कर रहे थे। हल्की मुस्कान के साथ कृष्णा भी उसकी बगल में बैठ गया और कुछ ही क्षणों में गहरे ध्यान में डूब गया। दिन में गोचर में अर्जुन कृष्णा को मिला तो उसने भी बताया कि उसकी पत्नी ने दोनों बालकों को सूर्योदय से पहले ही उठाकर स्नान कराकर घर में ही पूर्व दिशा में गायत्री मंत्र का जाप करने के लिए बैठा दिया था। और दोनों ने बड़े मनोयोग से उंगलियों पर गिनकर एक सौ आठ बार गायत्री मंत्र का जाप किया था।

अब इन दोनों के लिए तुलसी की माला नगर में जाकर खरीद कर लानी है इसी तरह से जिन ग्वालो के बालकों का उपनयन संस्कार किया गया था उन्होंने भी बताया कि उनके बालकों ने भी आज सुबह स्नान आदि से निवृत होकर गायत्री मंत्र का जाप किया है।

शाम को गायों को घर लेकर जाते समय कृष्णा अर्जुन ने एक व्यक्ति को देखा जो एक पेड़ के नीचे बैठा उन्ही को देख रहा था और कृष्णा अर्जुन के पास पहुंचने पर मुंह घुमाकर दूसरी ओर देखने लगा। देखने पर बहुत गरीब लगता था उसके वस्त्र भी मैले कुचैले थे। कृष्णा अर्जुन उसे व्यक्ति को देखते हुए आगे बढ़ गए फिर कुछ आगे जाकर अर्जुन ने कृष्णा से कहा आजकल कुछ दिनो से मैं देख रहा हूं कि दो-तीन नये चेहरे यहां दिखाई पड़ रहे है।

पहले इन्हें कभी नहीं देखा है, गोचर में भी दिखते हैं मधेपुरा गांव में भी दिखते है कभी-कभी मैंने अपने गांव में भी आते है जाते देखा है। तुमने कभी ध्यान दिया है कृष्णा, अर्जुन ने कृष्णा से पूछा।

हां मैं भी अनजान दो-तीन लोगों को इन पांच सात दिनों से देख रहा हूं। कि दो तीन नए चेहरे यहां दिखाई पड़ रहे है। अवश्य ही यह लोग हमारी निगरानी कर रहे है कृष्णा ने कहा।

कौन करवा रहा होगा हमारी निगरानी अर्जुन ने पूछा।

यह तो इन्ही से पूछ कर पता चलेगा कृष्णा ने उत्तर दिया।

तो इनसे पूछे अर्जुन ने कहा।

नही पहले पक्का कर ले कि सच में यह लोग हमारी निगरानी कर रहे है कही ऐसा ना हो कि गांव के किसी व्यक्ति के मिलने जुलने वाले हो और आजकल ही यहां आए हो। कृष्णा ने कहा।

तो ठीक है। एक काम करते है यह हमारी निगरानी कर रहे है हम इनकी निगरानी करते है अर्जुन ने कहा।

यही उचित रहेगा कृष्णा बोला।

दोनों गायों के साथ पंडित रमाकांत के घर के बाहर पहुंच गए थे। अर्जुन कृष्णा से विदा लेकर आगे बढ़ने वाला था तभी उसने पीछे मुड़कर देखा उसने कृष्णा से भी पीछे देखने को कहा दोनो ने देखा वही गरीब सा आदमी उन दोनो को मुख्य मार्ग के किनारे उगी झाड़ियो के पास से खड़ा होकर देख रहा था।

और अर्जुन कृष्णा के मुड़कर देखने पर वह तेजी से मुख्य मार्ग में नगर की ओर बढ़ गया। कुछ समझे क्या अर्जुन ने पूछा।

हां कृष्णा ने कहा।

तो चले इसके पीछे अर्जुन ने कहा।

ना अभी गायों को गौशाला में बांधना है कल देखेंगे तुम सतर्क रहना कृष्णा ने कहा।

और चार दिवारी का दरवाजा खोलकर गायो को हांककर अंदर ले गया।

और दूसरे दिन कृष्णा गायों को लेकर गोचर की ओर चला तो उसे कोई संदिग्ध व्यक्ति घर के आसपास नहीं दिखा। गोचर पहुंचने पर कृष्णा ने गायों को चरने के लिए छोड़ दिया। और टीले मे जाकर पेड़ों के नीचे बैठ गया।

इतने में अर्जुन भी आ गया और आते ही उसने कृष्णा को बताया कि अभी कुछ देर पहले जब वह यहां आने के लिए घर से बाहर निकल ही रहा था तो घर के बाहर से एक आदमी जो देखने में मजदूर सा दिखता था गुजरा और झरने की ओर चला गया था। खैर यह तो मुख्य मार्ग है कोई भी आ जा सकता है। पर कुछ चेहरे यहां भी दिखते और गौचर में भी कभी कभी दिखते है। इसलिए मुझे इन लोगो पर शक है।

उसे मैंने गांव में आज से पहले कभी नहीं देखा था। कृष्णा कुछ सोच में डूब गया फिर बोला अर्जुन कोई तो है जो हम दोनों की निगरानी करवा रहा है पर वह है कौन कृष्णा ने अपने दिमाग में जोर देकर अर्जुन की ओर देखते हुए कहा।

और उसका उद्देश्य क्या हो सकता है।

फिर अर्जुन ने कहा।

कृष्णा एक बात और है यह अजनबी पहले नही दिखते थे पर पांच सात दिनो से दिख रहे है। जब से हमने उपनयन संस्कार का आयोजन किया है और आयोजन की तैयारी शुरू करी थी।

समझा अब कुछ कुछ समझ मे आने लगा है कृष्णा ने कहा। कोई ऐसा व्यक्ति है जो उपनयन संस्कार के आयोजन की पूरी सूचना इन से ले रहा है। कृष्णा ने कहा।

पर अब तो आयोजन खत्म हो गया है सारी स्थिति अब सामान्य है फिर कौन सी जानकारी वह चाहता है। यदि वह आयोजन में कुछ गड़बड़ करवाना चाहता तो इन लोगों से उसी दिन गड़बड़ करवाता जिस दिन उपनयन संस्कार का आयोजन हुआ था।

पर ऐसा नहीं हुआ। ऐसा क्यो नही हुआ अर्जुन ने कहा।

अब समझ में सब आ गया है कृष्णा बोला ऐसा इसलिए नही हुआ क्योंकि वह व्यक्ति यह देखना चाहता था कि आयोजन सफल होता है या नही।

और दूसरा यह देखना चाहता था कौन-कौन इसमे सक्रिय भाग ले रहे है।

अर्जुन ने कहा हमारा आयोजन तो सफल हुआ है वह गड़बड़ी फैला कर आयोजन को असफल भी तो करवा सकता था।

नही अर्जुन अब सारी स्थिति साफ हो गई है। वह व्यक्ति यह देखना चाहता था कि आयोजन सफल होता है या नहीं। यदि असफल होता है तो इसे कोई चिंता नही थी पर आयोजन सफल हुआ तो उसकी चिंता बढ़ गई है। उसे आयोजन की सफलता से उसे खतरा महसूस हो रहा है। कृष्णा ने कहा।

पर उसे आयोजन की सफलता से खतरा क्यों लग रहा है यह तो एक छोटा सा धार्मिक आयोजन ही तो था अर्जुन ने कहा।

हां यही तो मुख्य बात है कि यह एक धार्मिक आयोजन था और उसे इस आयोजन से खतरा पैदा हो गया है। यह धार्मिक आयोजन था पर था महत्वपूर्ण, इसमे हिंदू जाति के सभी वर्णों के बालकों को दीक्षा दी गई थी। उन बालकों को भी जो शूद्र वर्ण से आते थे सभी को समान रूप से दीक्षा दी गई थी। हिंदू जाति के सभी वर्णों के लोगों ने पंगत में बैठकर एक साथ भोजन भी किया था। ऐसा पहले कभी नहीं हुआ था पर

जो हुआ उसने आपस में बटी हिंदू जाति ने एकता की सीढ़ी पर पहला कदम रख दिया है।

अब बताओ अर्जुन कृष्णा ने पूछा आपस में बटी हिंदू जाति से किसको सबसे ज्यादा लाभ है।

सीधा उत्तर है हिन्दुओ के बटे होने से सबसे ज्यादा लाभ यहां की मुगल सल्तनत को है। अर्जुन ने उत्तर दिया।

और हिंदुओ की एकता से सबसे ज्यादा हानी किसे है। यह भी सीधी सी बात है हिन्दुओ की एकता से सबसे ज्यादा हानी भी मुगल सल्तनत को ही है।

यदि सभी हिंदू आपस की छुआछूत, आपस की उच्च नीच भुलाकर एक ही हो गए तो उन मुगलो को भगाने की जगह भी नही मिलेगी अर्जुन ने कहा।

तुम ठीक समझे पर अब तुम इस विषय की गंभीरता को भी समझ लो आज आयोजन के बाद भी हमारी निगरानी हो रही है तो इसका अर्थ है कि मुगल सल्तनत कुछ ऐसा जरूर करना चाहती है कि हम दोनों उनके मार्ग से हट जाए। हमेशा के लिए हट जाए।

फिर कुछ सोचते हुए कृष्णा ने कहा हम दोनों ही नही हम तीनो।

हम तीनो कौन अर्जुन ने पूछा।

मैं तुम और आचार्य श्री इस आयोजन के मुख्य कर्ता धर्ता रहे है। यह तो बात बिल्कुल सही है अर्जुन ने कहा।

फिर कुछ देर सोचते हुए कृष्णा ने कहा मुझे लगता है सेठ पन्नालाल को वह नही छेड़ेंगे क्योंकि पन्नालाल इस राज्य के बहुत बड़े व्यापारी है उनसे कर के रूप में बहुत सा धन सल्तनत को मिलता है साथ ही समय-समय पर सेठ पन्नालाल यहां के बादशाह को और अधिकारियो को कीमती उपहार देते रहते है।

आचार्य श्री पर भी खतरा है अर्जुन ने पूछा।

हां बिल्कुल सही कहा अर्जुन हमने शीघ्र ही आचार्य श्री को सचेत करना होगा जितनी जल्दी हो सके वह आश्रम को छोड़कर किसी सुरक्षित स्थान पर चले जाएं।

तो क्या करे अर्जुन ने पूछा।

चलो और इसी समय सुदामा और सहदेव के पास सिद्धपुर गांव चलते है। और उन दोनो को आचार्य श्री के आश्रम जाने को कहते है जिस पर समय रहते आचार्य श्री सतर्क हो जाए और भूमिगत हो जाए। कृष्णा ने कहा।

परंतु हम दोनों क्यों नहीं अर्जुन ने कहा।

हम दोनों भी तो आश्रम जा सकते है।

नही, हम दोनों आश्रम नहीं जा सकते है। यदि हम तीनो एक साथ आश्रम में मिल गए तो उनकी मुंह मांगी मुराद पूरी हो जाएगी। गुप्तचर हमारे पीछे लगे है और इनकी सूचना पर बादशाह के सिपाही हम तीनों को इकट्ठा देखकर कुछ भी कर सकते है। कृष्णा ने कहा।

और यहां सभी ओर हमारे परिचित हैं शायद इसी वजह से यहां यह लोग हमसे नही टकरा रहे हैं कि कोई बवाल ना खड़ा हो जाए। सिद्धपुर यहां से पांच कोस की दूरी पर है और मार्ग सुनसान है। यदि कोई हमारा पीछा करता है तो हमारा शक पक्का हो जाएगा कि सच में हमारी निगरानी हो रही है। और फिर इनका इलाज कर हम इनसे उगलवा लेगं कि सल्तनत की चाल क्या है।

ठीक है चलो अब जल्दी से यहां से चलो आचार्य श्री खतरे में है। कृष्णा ने कहा और अपने ग्वालें मित्रों से गायों का ध्यान रखने को कहा और कहा कि सूर्यस्त से पहले ही हम लौट आएंगे। हम दोनो को किसी आवश्यक कार्य से जाना है।

इसके बाद कृष्णा अर्जुन तेजी से सिद्धपुर गांव की ओर बढ़ चले। मार्ग सुनसान था कुछ दूर चलने के बाद अर्जुन ने पीछे मुड़कर देखा उन से सौ कदमों की दूरी से तीन लोग उनके पीछे आ रहे थे।

अर्जुन ने कृष्णा को बताया।

हां मैंने भी ने पहले ही देख लिया है सीधे चलते रहो अगर यह सीधे नगर की ओर चले जाते है तो कोई बात नहीं लेकिन सिद्ध बाबा की समाधि के सामने से सिद्धपुर गांव को जो मार्ग जाता है हमारे पीछे पीछे वो भी इस मार्ग में आते है तो फिर इनको रोकना ही पड़ेगा।

और थोड़ा इनका इलाज भी करना पड़ेगा कृष्णा ने कहा।

ठीक है अर्जुन ने कहा फिर दोनो तेजी से मार्ग पर चलने लगे कुछ देर चलने के बाद दूर से ही बरगद का पेड़ दिखने लगा था जिसके नीचे सिद्ध बाबा की समाधि थी सिद्ध बाबा की समाधि के सामने से मुख्य मार्ग से कटकर सिद्धपुर गांव की ओर एक कच्चा मार्ग जाता था।

यहां से आधा कोस दूरी पर सिद्धपुर गांव बसा हुआ था। मार्ग के दोनों और घना जंगल था कृष्णा और अर्जुन सिद्ध बाबा की समाधि के सामने पहुंच कर सिद्धपुर गांव की ओर जाने वाले रास्ते पर चलने लगे। इस मार्ग पर कुछ आगे चलने पर अर्जुन ने पीछे मुड़कर देखा।

वह तीनों आदमी उस जगह पर खड़े थे जहां से सिद्धपुर गांव का मार्ग शुरू होता था। और अब उनके साथ एक चौथा आदमी भी उनसे आ मिला था जो घोड़े पर सवार था। उससे उन तीनो ने कुछ बात करी और चौथा आदमी जो घोड़े पर सवार था तेजी से नगर की ओर बढ़ गया फिर तीनो भी सिद्धपुर गांव की ओर बढ़ने लगे अर्जुन ने कृष्णा को यह सब बताया।

कृष्णा ने कहा ठीक है अर्जुन मुलाकात का समय आ गया है मार्ग से दाहिनी और कुछ दूरी पर जो बहुत मोटा पेड़ दिख रहा है उसके मोटे तने के पीछे छुप कर उनका इंतजार करते है।

मार्ग के दोनों और झाड़ियां थी उनके बीच से रास्ता बनाते हुए दोनो उसे बड़े और मोटे तने वाले पेड़ के पीछे जाकर छुप गए और छिपकर उन तीनो को देखने लगे वह तीनो इधर को ही आ रहे थे। नजदीक पहुंचकर तीनो रुक गए और इधर-उधर देखने लगे फिर उनमें से एक बोला कहां गायब हो गए यहां तक तो दिख रहे थे शायद जंगल के अंदर जाकर छुप गए है लगता है उन्हे हम पर शक हो गया है।

कोई जरूरी नही है कि शक ही हुआ हो किसी कारण से जंगल के अंदर चले गए हो, हम लोग यही पर खड़े होकर उनका इंतजार करते है अब दूसरे आदमी ने कहा।

हां यही ठीक रहेगा पहले वाला बोला।

उनका बोलना कृष्णा अर्जुन को साफ सुनाई पड़ रहा था। कृष्णा ने अर्जुन को इशारा किया और दोनो पेड़ के पीछे से निकलकर उन तीनो के सामने आ खड़े हुए। किसे ढूंढ रहे हो भाई कृष्णा ने उनसे पूछा।

कृष्णा अर्जुन को सामने देख तीनों चौंक पड़े। उनमें से एक बोला जो उन तीनो में कुछ ज्यादा ही लंबा और हृष्टपुष्ट था। नही किसी को भी नही। हम किसी को नही ढूंढ रहे है। वो व्यक्ति बोला।

कृष्णा ने फिर उससे कहा क्यो हमैं नही ढूढ़ रहे थे। अब वह आदमी सकपका गया। फिर बोला हमें तुमसे क्या मतलब हम तुम्हें क्यों ढूंढेंगे हम तो तुम्हें जानते भी नही है।

कृष्णा और अर्जुन उन तीनों में से दो को पहचान गए। यह दो व्यक्ति वही थे जिनमें से एक कल गोचर से लौटते वक्त में पेड़ के नीचे बैठा मिला था। और दूसरे को अर्जुन ने सुबह ही अपने घर के सामने से जाते हुऐ देखा था और तीसरा उनके लिए नया था।

पर हमैं तुमसे मतलब है। कृष्णा ने कहा और आगे बढ़कर लंबे आदमी के दाहिने और खड़े आदमी के मुंह पर अपना एक दमदार मुक्का

मार दिया। कृष्णा को देखकर अर्जुन ने भी उस लंबे आदमी के बाईं ओर खड़े आदमी के मुंह पर अपना दमदार मुक्का दे मारा।

हाय मर गया कहकर दोनो अपना मुंह पकड़ कर जमीन पर गिर पड़े उनके मुंह और नाक से खून का फवारा फूट पड़ा। और कुछ ही क्षणो में अपने होशो हवास खो बैठे।

अपने साथियों का यह हाल देख तीसरा बहुत घबरा गया और कांपने लगा। अर्जुन ने आगे बढ़कर उस तीसरे व्यक्ति का गिरेबान पकड़ लिया और कहा जो पूछूंगा सही-सही बताना नही तो तुम्हारा इन दोनों से भी ज्यादा बुरा हाल करूंगा। वह आदमी बहुत बुरी तरह से घबरा गया था बोला नही नही मुझे मत मारो सब बताता हूं। अर्जुन ने उसका गिरेबान छोड़ दिया और कहा बताओ तुम तीनों कौन हो और हमारा पीछा क्यों कर रहे थे। झूठ बोला तो देख लो इन दोनो का क्या हाल किया है। दोनो आदमी अचेत हो चुके थे ऐसा लगता था मर गए हो उन्हे देखकर वह लंबा आदमी डर गया और तोते की तरह बोलने लगा। हम तीनो सल्तनत के खुफिया विभाग के गुप्तचर है।

पिछले कई दिनों से तुम दोनों के पीछे लगे हुए है तुम दोनों के सभी क्रिया कलापो पर हम नजर रखते रहे है और सारी जानकारी अपने विभाग के मुखिया अफजल तक पहुंचाते रहे है।

हम लोग तुम्हारे आयोजन में भी शामिल थे।

वह आयोजन तो पूरा हो चुका है। पर इसके बाद भी तुम हम पर निगरानी रख रहे हो इसका क्या कारण है अर्जुन से पूछा।

बादशाह आजकल तुम्हारे इस आयोजन से बुरी तरह बौखला गया है। उस लंबे गुप्तचर ने कहा। तुम हिंदुओं की एकता से वह चिड़ गया हैं। और सारे उपद्रव की जड़ तुम दोनो के साथ आचार्य श्री को भी मानता है। जहां तक मुझे पता चला है बादशाह आजम तुम तीनो को गिरफ्तार

करके तुम पर मुकदमा चला कर इस राज्य से हमेशा के लिए बाहर निकाल देना चाहता है।

तो बादशाह आज़म ने हमैं अब तक गिरफ्तार क्यो नही किया कृष्णा ने पूछा।

उस लंबे गुप्तचर ने बताया दरअसल नगर कोतवाल काले खान इससे पहले भी तुम दोनो से टकरा चुका है। तुमने कर अधिकारी और उसके साथ के सिपाहियों के जो हाल किया था, उसे सब याद है। और दूसरे दिन तुम्हारी गिरफ्तारी के लिए जब नगर कोतवाल काले खान अपने साथ सिपाहियों को लेकर तुम्हारे घर पहुंचा था तो पूरा गांव तुम्हारी मदद को आ गया था इसी कारण कहीं कोई उपद्रव ना हो वह तुम दोनो को ऐसी जगह गिरफ्तार करना चाहता है जहां तुम्हारी मदद को कोई नही आ पाए।

और वह अवसर तुम्हे आज मिल ही गया क्यो कृष्णा ने कहा।

उस लंबे गुप्तचर ने कहा ऐसे ही अवसर की हमे तलाश थी।

अपने गांव से दूर हम दोनों इस सुनसान क्षेत्र मे है यह सूचना तुम काले खान तक कैसे पहुंचाओगे अर्जुन ने पूछा।

इस पर उस लंबे गुप्तचर ने कहा।

हमारे साथ एक चौथा साथी भी है जो कुछ देर में नगर में पहुंच जाएगा। और तुम्हारी खबर नगर कोतवाल काले खान और अफजल को मिल जाएगी। और काले खान जितनी जल्दी हो सकेगा अपने साथ घुड़सवार दस्ते को लेकर यहां पहुंच जाएगा। अभी-अभी कुछ देर हुऐ हमने उसे तुम्हारी सूचना देने के लिए नगर कोतवाल के पास भेजा है। उसके पास घोड़ा भी है। इसलिए वह अब नगर पहुंचता ही होगा।

ठीक कह रहे हो हमने सिद्ध बाबा की समाधि के पास तुम चारो को आपस में बात करते देख लिया था। और उसको घोड़े पर सवार होकर नगर की ओर जाते हुऐ देख लिया था तुम सच कह रहे हो। कृष्णा ने

मुस्कुराते हुए कहा। कृष्णा को मुस्कुराते हुए देख लम्बा गुप्तचर काफी सहज हो गया था। उसे देखकर लगता था कि उसका डर भी कम हो गया है उस लंबे गुप्तचर ने कृष्णा और अर्जुन को देखते हुए कहा तुम दोनो के बारे में मैंने सुना था और आज देख भी लिया है। तुम दोनो बहुत बहादुर और ताकतवर हो और साथ ही चतुर भी हो।

मैं जानता हूं काले खान तुमसे डरा हुआ है और तुम दो लोगों को गिरफ्तार करने के लिए वह कम से कम पच्चीस तीस हथियार बंद घुड़सवार सिपाहियों को लेकर यहां आएगा और मैं अंदाजा लगा सकता हूं कि तुम दोनों की बहादुरी और चतुराई के सामने तुम्हें गिरफ्तार करना तो दूर वह और उसके सिपाही तुम से पिटकर ही जाएंगे। इस पर कृष्णा अर्जुन मुस्कुरा पड़े।

तुम्हारा नाम क्या है अर्जुन ने पूछा।

शकील उस लंबे गुप्तचर ने बताया।

अच्छा शकील बताओ कि आचार्य श्री को कब गिरफ्तार किया जाएगा कृष्णा ने पूछा।

जैसे ही सिपाहियो का एक दल यहां को आएगा उसी समय दूसरा दलआचार्य श्री को गिरफ्तार करने उनके आश्रम की ओर चल देगा।

अरे यह तो बहुत गड़बड़ हो गई है अर्जुन ने कहा अब तक तो हम उन्हें सूचना भी नही दे पाएंगे और वह गिरफ्तार हो चुके होंगे।

अर्जुन ने कृष्णा से कहा यह तो बहुत चिंता की बात है और अब तो हम कुछ कर भी नही सकते है।

अर्जुन ने कहा अभी ज्यादा देर नहीं हुई है क्यों ना हम दोनो आश्रम की ओर निकल जाए।

कृष्णा से कहा नहीं अब ऊधर की ओर जाना व्यर्थ है जब तक हम नगर तक ही पहुंचेंगे वह गिरफ्तार होकर लाये जा चुके होंगे।

कृष्णा ठीक कह रहा है शकील ने कहा तुम दोनो यहां से वापस मधेपुरा की ओर निकल जाओ वहां किसी की हिम्मत नही है कि तुम्हें तुम्हारे इलाके से गिरफ्तार कर सके।

फिर ठंडे दिमाग से सोच कर आचार्य को छुड़ाने की योजना बनाना। अच्छा है तुम मधेपुरा गांव को लौट जाओ शकील ने कहा फिर उसने जो कहा उसे सुन कृष्णा और अर्जुन दोनो आश्चर्य में पड़ गये। शकील ने बताया उसके पुरखे पहले हिंदू ही थे पर उसके दादा ने अपना धर्म छोड़कर इस्लाम स्वीकार कर लिया था।

अच्छा तुम दोनो जितनी जल्दी हो सके यहां से निकल जाओ और अर्जुन तुम एक काम करते जाओ अपना एक हाथ मेरे मुंह पर भी मार दो पर इतनी जोर का नही जितना जोर से तुमने इन दोनों को मारा है। जमीन पर पड़े अपनी साथियों की ओर इशारा करते हुए शकील ने कहा।

अर्जुन मुस्कुराया और उसने अपना एक हाथ उल्टा करके शकील के मुंह पर दे मारा शकील का ऊपरी हां ठ एक जगह से कट गया था। और उसमे से खून बहने लगा था। और वह होंठ सूज भी गया था। कृष्णा ने शकील को देखा और कहा अब ठीक है तुम इन दोनो के साथ यही पर बैठकर कोतवाल काले खान के आने का इंतजार करो।

सुदामा और सहदेव से मिलना अब व्यर्थ ही था इसलिए देर ना करके कृष्णा अर्जुन ने तेजी से मधेपुरा की ओर राह पकड़ ली। जाते जाते शकील ने कहा, तुम चिन्ता न करना मैं कोतवाल काले खान और उसके सिपाहियों को सामने जंगल की ओर भेज दूंगा।

अध्याय 10

कृष्णा और अर्जुन शीघ्र ही वापस गोचर लौट आए और उन्होंने अपने सभी ग्वाले मित्रों को अपने साथ हुई घटना को बताया। और यह भी संभावना जताई कि अब तक आचार्य श्री गिरफ्तार हो चुके होंगे। यह सुन सभी ग्वालें क्रोंध में आ गए और कृष्णा से पूछने लगे कि अब आगे क्या करना है।

इस पर कृष्णा ने कहा कि वह अपनी गायों को वापस घर को ले जा रहा है। आप सब भी शीघ्र ही अपनी गायों को घर में बांधकर मधेपुरा गांव के शिव मंदिर में आ जाना। वहीं पर सोचेंगे आगे क्या करना है। ऐसा कहकर कृष्णा और अर्जुन ने अपनी गायों को मधेपुरा की ओर हांकना शुरू कर दिया।

और घर पंहुचकर गायो को खूंटे से बांधने के बाद उसने पंडित रमाकांत से कहा जो उस वक्त घर पर ही थे। आप शीघ्र ही मंदिर परिसर में पहुंचे और जो भी आपको राह में मिले उसे भी मंदिर पहुंचने के लिए कहना। पंडित रमाकांत वैसे भी कृष्णा के गायों को इतनी जल्दी गोचर से वापस ले आने के कारण आश्चर्य में थे। उन्होंने कृष्णा से पूछा आखिर बात क्या है, कृष्णा ने कहा। आप शीघ्र ही मंदिर में आ जाइए मैं भी वही जा रहा हूं कृष्णा और अर्जुन तेजी से मंदिर की ओर चल दिए राह में गांव का कोई भी युवक जवान अधेड़ मिलता उसे भी मंदिर में आने के लिए कहते जाते। मंदिर पहुंचकर कृष्णा ने अर्जुन से कहा कि वह भी अपने गांव जाकर सभी को मंदिर में आने को कहे।

अपने पिता को अवश्य ही लेते आना। इस पर अर्जुन ने हमें हामी भरी और तेजी से अपने गांव की ओर बढ़ गया। कुछ ही देर बाद गांव के सभी लोग मंदिर परिसर में जमा हो गए उस वक्त शशिकांत भी विद्यालय में था उसने भी उपस्थित विद्यार्थियों को घर जाने के लिए कह दिया। और सभी के साथ परिसर में आकर मिल गया। आखिर क्या बात है कृष्णा क्यो हम सबको यहां इक्कठा होने को कह रहा है। सभी पूछ रहे थे।

कृष्णा एक ही उत्तर देता की बात बहुत गंभीर है सबको इकट्ठा हो जाने दीजिए फिर बताता हूं। कृष्णा ने गांव के कुछ लोगों को आसपास के गांव में भी भेज दिया और उनसे कहा कि जो भी पुरुष गांव में है उन्हें शीघ्र ही मंदिर में आने को कहो और एक युवक को सूर्य प्रताप सिंह के पास भेजा कि आपका आना आवश्यक है इसलिए जितना जल्दी हो सके मंदिर में पहुंच जाइए। कुछ ही देर में आसपास के गांवों से लोग आने लगे जिसमें युवक अधेड़ और वृद्ध सभी लोग मंदिर परिसर में पहुंचने लगे। सूर्य प्रताप सिंह और कृष्णा के ग्वाले मित्र भी पहुंच गए थे मंदिर परिसर लोगो से खचाखच भर गया था मंदिर के बाहर मार्ग में भी लोगों की भीड़ जमा हो गई थी।

तब कृष्णा मंदिर की चार दिवारी के ऊपर चढ़ गया जिससे सभी लोग उसे देख सके। सभी लोग उत्सुक थे। कि आखिर बात क्या है कृष्णा ने सभी को यहां इकट्ठा क्यों किया है सभी कृष्णा को देखने लगे।

कृष्णा ने सभी को शांत रहने के लिए कहा। और फिर कहना शुरू किया भाइयों अब जो मैं बताने जा रहा हूं वह बहुत दुखद है और गंभीर भी है। फिर उसने पूरा किस्सा सुनाया जो उन दोनों के साथ हुआ था। और गुप्तचर शकील की आशंका को भी बताया जिसमें उसने कहा था कि अब तक तो आचार्य श्री को गिरफ्तार किया जा चुका होगा।

आचार्य श्री की गिरफ्तारी की बात सुनकर सभी सन्न रह गए। कृष्णा जो बातें बताई थी उस पर उन्हें जरा शक नहीं था।

कृष्णा अर्जुन ने जो पहले भी मुगल सिपाहियों के साथ जो किया था वह सब उनके सामने ही हुआ था आज कृष्णा और अर्जुन तीन गुप्तचरों को धराशाई करके आए हैं इससे उनके मन में अपने नायकों के प्रति सम्मान की भावना और बढ़ गई थी।

परंतु आचार्य की गिरफ्तारी की सूचना ने उन सबको झंझोड़ दिया था। अभी दो दिन पूर्व ही आचार्य श्री यहां आकर सब से मिले थे। सभी लोग भीतर से अपने को आहत महसूस करने लगे थे। आचार्य श्री की गिरफ्तारी ने उन सबके आत्म सम्मान को चोट पहुंचा दी थी। सबके भीतर क्रोध का लावा फूटने को तैयार था। इतने में सूर्य प्रताप सिंह चार दिवारी के ऊपर चढ़ गए और उन्होंने क्रोध में भरकर कहना शुरू किया यह बादशाह आजम खान होता कौन है। यह खूनी दरिंदा है जिनके पुरखों ने हमारे सैकड़ो लोगों की हत्या की है मां बहनों से बलात्कार किये है हमारी संस्कृति को मिटाने के लिए हमारे मंदिर तोड़े पुस्तकालय जलाएं शिक्षण संस्थानों को आग के हवाले कर दिया।

आंतक के बल पर यहां की सत्ता को हटा कर खुद को यहां का बादशाह घोषित करने वाले की औलाद इस आजम खान की इतनी हिम्मत बढ़ गई है कि हमारे संतो, धर्म गुरुओं को भी गिरफ्तार करने लगा है। पहले से ही हम अपनी ही राज्य में अपनी ही जन्मभूमि में दूसरे दर्जे के नागरिक है। राज्य के सारे अधिकार हमसे छीने जा चुके हैं।

हमें अपने ही राज्य में गुलामों की तरह जीना पड़ रहा है। अब हमारी धार्मिक आजादी भी इस आजम खान को फूटी आंख नही सुहा रही है। हमारे एक छोटे से धार्मिक समारोह के आयोजन से यह इतना चिड़ गया है कि इसने हमारे श्रेष्ठ और पूजनीय संत को गिरफ्तार कर लिया है। यह होता कौन है आचार्य श्री को गिरफ्तार करने वाला। उनका अपराध ही क्या है।

इस आजम खान को सबक सिखाना ही पड़ेगा हमें हर हाल में आचार्य श्री को बादशाह की कैद से छुड़ाना ही होगा। अब हम इसके अत्याचार को चुपचाप सहन नही करेगे।

फिर भीड़ से आवाज उठने लगी आजम का अत्याचार नही सहेगें। नही सहेगें। तभी अर्जुन मंदिर की चार दिवारी के ऊपर चढ़कर बोला सूर्य प्रताप सिंह जी ने जो भी कहा है। मैं उससे सहमत हूं। इस आजम खान को सबक सिखाना ही पड़ेगा।

समय आ गया है ईश्वर हमारे साथ है। तभी उसने यह सारी लीला रची है। हमे अपने स्वाभिमान की रक्षा के लिए अपने आत्मसम्मान की रक्षा के लिए शस्त्र उठाना ही होगा।

हम सबको अपनी मातृभूमि की स्वतंत्रता के लिए बादशाह से टकराना होगा। हमारी लड़ाई तभी खत्म होगी जब तक हम इन मुगल लुटेरों का नाश नहीं कर देते है। अपने शस्त्रों में धार लगा लो यदि हम सब एक होकर इन मुगलों पर टूट पड़ेंगे तो मैं आप सबको विश्वास दिलाता हूं कि ये एक दिन में भाग खड़े होंगे।

एक हो जाओ जन्मभूमि बलिदान मांग रही है परतंत्रता की बेड़ियां से हमें अपनी जन्मभूमि को अपने शीश का बलिदान देकर भी स्वतंत्र कराना है। ताकि आने वाली हमारी पीढ़ियो के लिए हमारा बलिदान प्रेरणा बन सके। क्या तुम लोगों को अपनी पुरखे याद नही आते है।

जो अपनी मातृभूमि की रक्षा के लिए इन लुटेरों के हाथों मारे गए थे। क्या तुम्हें अपनी वे मां बहने याद नहीं आती है जो इन लुटेरों की हवस का शिकार बनी बहुत सी मर गई और बहुत सी अरब देशों में ले जाकर बेच दी गई। उन सब पर हुए अत्याचार का बदला लेने का समय उपस्थित हो गया है। आज से अभी से अपने शस्त्रों में धार लगना शुरू कर दो। क्या तुम तैयार हो अर्जुन ने पूछा।

भीड़ से गगन भेदी स्वर गूंजने लगे हम तैयार है, हम तैयार है।

इसके बाद कृष्णा ने कहना शुरू किया जो भी करना है बहुत जल्दी करना है इतनी जल्दी कि आजम खान को सोचने का मौका भी ना मिले।

देरी होने पर वह पूरी कोशिश करेगा कि हिंदुओं की आपसी समझ और एकता को तोड़ दे उसके पास धन की कोई कमी नहीं है और आप सब लोग जानते हो की धन में कितनी बड़ी ताकत है। सही कह रहे हो भीड़ से आवाज़े आने लगी फिर कृष्णा ने कहा, मैं अर्जुन सूर्य प्रताप सिंह, नंदलाल जी, पंडित रमाकांत और शशिकांत मिलकर आगे की रणनीति पर विचार कर अभी आपको शीघ्र ही सूचित करते है। तब तक आप सभी यही पर रुके रहेंगे।

हां हम यहीं रुके है आप विचार कर हमें बताइए। भीड़ से आवाज आई।

ठीक है कृष्णा ने कहा और पंडित रमाकांत और शशिकांत, सूर्य प्रताप सिंह, नन्दलाल को इशारा कर मंदिर के पीछे वाले परिसर में आने को कहा वे लोग मंदिर के पीछे परिसर में जाकर बैठ गए तब कृष्णा ने कहा आप लोगों की क्या राय है।

रमाकांत ने उत्तर दिया मेरी राय क्या हो सकती है। जो तुम दोनों की राय होगी वही मेरी राय होगी।

सूर्य प्रताप सिंह नंदलाल और शशिकांत ने भी यही उत्तर दिया। शशिकांत ने कहा यदि तुम दोनो कहो तो हम अभी इस समय बादशाह से टकराने के लिए तैयार है।

कृष्णा के चेहरे पर मुस्कान आ गई यदि इस मातृ भूमि की सभी संताने इस तरह सोचेंगी तो मुगलो को भगाने की जगह नहीं मिलेगी इस पर सब हंस पड़े।

चलिए जब आप लोगों ने हमें भार सौप ही दिया है तो मैं अपनी योजना आप सब की ओर से सबको बताता हूं। इस पर सब हंस पड़े और मंदिर के सामने वाले परिसर में आ गए। कृष्णा फिर से मंदिर की चार दिवारी के ऊपर चढ़ गया और फिर उसने उपस्थित जन समुदाय को शांत रहने को कहा। भीड़ के शांत हो जाने पर कृष्णा ने कहना शुरू किया।

हम सभी इस बात पर राजी है, कि जो किया जाए शीघ्र किया जाए। इसीलिए परसो पूर्णमासी है। पूर्णमासी की रात को हम सब अपने-अपने गांव से नगर की ओर कूच करेंगे आपके पास जो भी शस्त्र है वह जैसे तलवारे, कुल्हाड़ी गड़ासा, फरसा आदि जिसके पास जो हो वह अपने साथ लेकर आएगा। और हम सब अर्धरात्रि तक नगर में किले के सामने वाले मैदान के पास बह रही चंद्रभागा नदी के तट पर इकट्ठा होंगे। सूर्योदय होने से पहले ही हम सबको वहां इकट्ठा हो जाना है दूसरी बात समय कम है अभी से सब लोगों ने दिन रात जितना हो सके जनसंपर्क कर अधिक से अधिक लोगो को मुगल सत्ता के विरुद्ध संघर्ष में शामिल होने के लिए आह्वान करना है।

उनको पूरी योजना समझानी है हमारी कोशिश यही रहनी चाहिए कि एक भी व्यक्ति इस मुगल सत्ता के विरुद्ध संघर्ष में पीछे ना रहे। इसीलिए इस क्रांति की खबर सभी तक पहुंचाने की जिम्मेदारी आप सब की है। जिसकी शुरुआत अभी से इसी समय से करनी है। और अंत में हम सब ने निर्णय लिया है कि इस क्रांति का नायक अर्जुन होगा।

यह स्वतंत्रता की लड़ाई अर्जुन के नेतृत्व में लड़ी जाएगी। आप सभी ने अर्जुन के साहस को भली भांति देखा है और परखा है बुद्धि चातुर्य की अर्जुन में कोई कमी नहीं है इसलिए अर्जुन जैसे वीर को इस क्रांति के नेतृत्व की बागडोर सौपना सर्वथा उचित है। क्या आप सब क्रांति की इस लड़ाई में अर्जुन के नेतृत्व में लड़ने के लिए तैयार है।

अर्जुन हमारा नायक है हम सब सहमत हैं भीड़ से जोरदार आवाजे अर्जुन के समर्थन में आने लगी।

फिर पूरा मंदिर परिसर नायक अर्जुन की जय के नारो से गूंज उठा। फिर कृष्णा ने कहा कि स्वतंत्रता की अलख जगाने के लिए आप सभी अभी इसी समय अपने घरो से निकल पड़िए। हम दोनो भी अभी इसी समय नगर की ओर जा रहे है। जहां वीर सिंह जी सेठ पन्नालाल आदि को इस क्रांति की योजना को बता सके।

राह में सहदेव सुदामा को लेकर योजना की पूरी की रूपरेखा आचार्य श्री के शिष्यों तक पहुंचानी है। जिससे पूरे राज्य में क्रांति की ज्वाला फैल जाए।

याद रहे पूर्णमासी की अर्धरात्री को नगर की ओर कूच करना है। और सबको किले के सामने चन्द्रभागा नदी के तट पर एकत्र होना है। जिससे सूर्य भगवान की पहली किरण के साथ ही क्रांति की शुरुआत हो जाए। कृष्णा और अर्जुन सभी उपस्थित लोगो के गले मिले।

कृष्णा ने पंडित रमाकांत और शशिकांत से गले मिल कर विदा ली। फिर अर्जुन ने अपने पिता के चरण स्पर्श कर विदा ली मातृभूमि के लिए शीश कटाने की सर्वोच्च बलिदान की भावना से पूरा जन समुदाय ओतप्रोत हो चुका था। जो सर्वथा उचित और सत्य भी था। अर्जुन ने कहा कृष्णा पहले मेरे घर चलते है वहां मेरी बनाई हुई बहुत उम्दा फौलाद की दो तलवारें है उन्हे भी साथ ले लेंगे और मैं अपने बच्चो से भी मिल लूंगा। इस पर कृष्णा ने कहा पहले पंडित रमाकांत के घर चलते है मैं भी वहां सभी से मिल लूंगा। इस पर दोनो पंडित रमाकांत के घर पर पहुंच गए। पंडित रमाकांत की पत्नी और शशिकांत की पत्नी शशिकांत का पुत्र और बूढ़ा सेवक घर पर थे। उन सभी को पूरे घटनाक्रम की जानकारी लोगो द्‌वारा हो चुकी थी।

कृष्णा ने पंडित रमाकांत की पत्नी के चरण स्पर्श किये और उनसे विदा मांगी। माता विजय का आशीर्वाद दो। पंडित रमाकांत की पत्नी रूआसीं हो चली थी मुश्किल से अपने आंसू रोके हुई थी। उन्होंने कृष्णा के सिर पर अपना दाहिना हाथ रखकर कहा बेटा भगवान तुम्हारी रक्षा करे।

तुम्हें इस लड़ाई में विजय दे। फिर अपने आंसुओं को रोक नहीं पाई फफ्क फफ्क कर रो पड़ीं। उधर शशिकांत की पत्नी की आंखों में से भी आंसू बह रहे थे इतना ही कह पाई भैया भगवान आपकी रक्षा करे। अर्जुन ने भी पंडित रमाकांत की पत्नी के चरण स्पर्श कर आशीर्वाद लिया और

शशिकांत की पत्नी को कहा बहन तुम निश्चिंत रहना हम जीतकर ही वापस आएंगे। और दोनों ने शशिकांत के बालक और बूढ़े सेवक की पीठ को थपथपाया और सब से विदा लेकर घर से बाहर आ गए।

दोनो तेजी से अर्जुन के गांव की ओर बढ़ गए। गांव पहुंच कर सीधे अर्जुन के घर में पहुंचे अर्जुन के पिता नंदलाल अभी मधेपुरा गांव से वापस नहीं आए थे पर घर में अर्जुन की मां अर्जुन की पत्नी और अर्जुन के दोनों पुत्र थे। अर्जुन को देखते ही उसकी मां खिसकने लगी क्रांति का नायक लोगों ने अर्जुन को चुना है यह खबर कृष्णा और अर्जुन के गांव पहुंचने से पहले ही पहुंच चुकी थी। कृष्णा और अर्जुन को आते बहुतो ने देख लिया था और अब सभी गांववासी अर्जुन के घर के भीतर और बाहर जमा हो गए थे।

मां को सिसकता देख अर्जुन बहुत भावुक खो हो गया था। अर्जुन से मां के आंसू नही देखे गये, आगे बढ़कर उसने मां की धोती के पल्ले के किनारे से मां के आंसू पोछे और मां से कहा आशीर्वाद दो माता तेरा पुत्र आज अपनी इस मातृ भूमि की स्वतंत्रता के लिए रण में जा रहा है। विजय होने का आशीर्वाद दो। मां कुछ बोल नही पाई और अपने कलेजे के टुकड़े को गले से लगा लिया।

कुछ क्षण बाद अर्जुन पलटा और अपनी पत्नी की ओर देखकर बोला तुम बिल्कुल निश्चिंत रहो हम जीत कर ही वापस आएंगे।

इतना सुनते ही उसकी पत्नी की आंखों से आंसुओं की धारा वह चली अपने आंसुओं को पोछती हुई वह घर के भीतर वाले कक्ष में चली गई। अर्जुन ने अपने दोनो बालकों को प्रेम से थपथपाया, दोनो बालक अर्जुन से लिपट गए अर्जुन खुद बहुत भावुक हो चला था। पर किसी तरह से उसने स्वयं पर नियंत्रण बनाए रखा। बालकों को धीरे से अपने से अलग कर वह घर के भीतर कक्ष में चला गया। और कुछ ही देर में बाहर आया तो उसके हाथों में दो तलवारे थी जो म्यान के भीतर थी।

अर्जुन ने म्यान से एक तलवार बाहर निकाल कर कृष्णा को दिखाई। मजबूत फौलाद से बनी लंबी तेज धार वाली तलवार चमचमा रही थी। देखो कृष्णा कितनी शानदार तलवार है यह दोनो तलवारे मैंने स्वयं बनाई है। फिर उसने तलवार को म्यान के भीतर डाल दिया। और कृष्णा की ओर बढ़ाते हुए कहा यह एक तलवार तुम रख लो।

कृष्णा ने एक तलवार अर्जुन से ले ली। अर्जुन ने एक बार फिर मां के चरण स्पर्श किए कृष्णा ने भी मां के चरण स्पर्श किये, और दोनों घर से बाहर आ गए उसके पीछे-पीछे गांव वासी भी बाहर आ गए बाहर भी गांव के स्त्री पुरुषों की भीड़ जमा थी। यह सभी लोग अर्जुन के रिश्ते के भाई बहन आदि लगते थे।

यह क्षण बहुत भावुक कर देने वाला था। अर्जुन सभी को यथा योग्य चरण स्पर्श और प्रणाम करने लगा। महिलाओं ने कृष्णा और अर्जुन को आशीर्वाद दिया। अब अर्जुन और कृष्णा ने सभी पुरुष वर्ग के गले मिल कर विदा ली। इतने मं एक अधेड़ ने आगे बढ़कर कहा। अर्जुन तुम निश्चिंत रहना हम सब तुम्हें रणभूमि में मिलेंगे। और फिर कृष्णा की जय अर्जुन की जय के उद्घोष से आसमान गूंजने लगा।

सभी से विदा लेकर कृष्णा और अर्जुन मधेपुरा गांव की ओर बढ़ गए सांझ का समय हो चला था सूर्यास्त होने में अभी कुछ समय ही बचा था राह चलते-चलते अर्जुन ने कृष्णा से पूछा अब आगे का तुम्हारा क्या विचार है।

सबसे पहले सिद्धपुर गांव को चलते हैं। सुदामा और सहदेव से मिलना और उन्हें इसी समय आचार्य श्री के आश्रम के लिए भेजना। वहां सन्यासी बेचारे किंकर्त्वयमूढ़ से बैठे होगें। उन्हें क्रांति का संदेश देना है। कृष्णा ने कहा।

यही उचित रहेगा अर्जुन बोला।

और दोनो मुख्य मार्ग से सिद्धपुर की ओर बढ़ने लगे। अभी एक कोस की दूरी तय ही की थी। सामने से सुदामा और सहदेव आते दिखे पास आकर कृष्णा अर्जुन को देखते ही बोले तुम लोगो ने कुछ सुना उनके चेहरे पर हवाइयां उड़ रही थी। हम दोनों तुम लोगों से ही मिलने आ रहे थे। आचार्य श्री को आजम खान के सिपाहियों ने आश्रम से गिरफ्तार कर लिया है।

सुदामा ने बताया उनके साथ गिरफ्तारी का विरोध करने पर सिपाहियों द्वारा बहुत मारपीट की गई है। साथ ही तीन-चार सन्यासियों को भी चोटें आई है वह लोग भी घायल है।

आचार्य श्री गिरफ्तार हो गए होंगे यह तो हमें पता था पर उन्हें मारपीट कर घायल किया है यह अभी तुम लोगो से पता चला है। फिर अर्जुन ने सुबह से लेकर अभी तक जो हुआ उसे संक्षिप्त में उन दोनों को बता दिया। और कहा सुबह भी हम तुमसे ही मिलने आए थे और अभी भी हम तुम दोनो से मिलने आ रहे थे। आचार्य श्री की गिरफ्तारी की सूचना घाटी में जंगल की आग की तरह फैल चुकी थी। और फैलते ही जा रही थी।

सुदामा ने बताया कि लोगों में बहुत आक्रोश है लोग आजम खान की तरह-तरह से आलोचना कर रहे है। जैसे ही हमने सुना सहदेव और मैं तुम दोनों को यह सब बताने के लिए निकल पड़े थे।

दोनो युवक थे आक्रोश उनके चेहरे पर साफ झलक रहा था। इस पर कृष्णा ने कहा तुम दोनो इसी समय आचार्य श्री के आश्रम को चले जाओ और वहां संन्यासियों को बताओ की क्रांति का सूत्रपात हो चुका है। मातृभूमि बलिदान मांग रही है मुगल सल्तनत को उखाड़ फेंकने का समय आ चुका है। उनसे कहना कि ऐसी समय में आचार्य श्री की शिक्षाओं को शिरोधार्य कर उन्हें व्यवहार में परिणीत करने का अवसर आ गया है। जिसमें उन्होंने अपने शिष्यों को शिक्षा दी है की आवश्यकता

पड़ने पर साधु संत संन्यासियों ने भी धर्म की रक्षा और मातृभूमि की रक्षा हेतु शस्त्र उठाने चाहिए।

कृष्णा ने कहा आश्रम में इस समय अनुमान से बीस युवा संन्यासी रहते है उनसे कहना कि सभी दो-दो के दल बनाकर अभी रातो-रात अलग अलग गांवो की ओर निकल जाएं सबको सूचना दे कि क्रांति का दिन चुन लिया गया है। सभी युवा जवान अंधेड़ मातृभूमि की स्वतंत्रता के लिए अपने घरो से इसी पूर्णमासी की रात्रि को नगर की और कूच करे और अर्ध रात्रि को किले के सामने बहने वाली चन्द्रभागा नदी के तट पर इक्ठठा हो जाए।

सभी लोग अपने साथ शस्त्र के रूप में जो भी उनके पास है। जैसे तलवार कुल्हाड़ी फरसा गड़ासा आदि जो भी उनके पास हो उसे लेकर पहुंचे। उन सभी से कहना कि समय बहुत कम है सभी ओर जनसंपर्क किया जा रहा है। वे लोग बिना रुके बिना थके अनवरत राज्य के सुदूर गांवो तक हमारे इस संदेश को पहुंचाएं और राज्य वासियो को प्रेरित करें कि इस शुभ और महान घड़ी में मातृभूमि की स्वतंत्रता के लिए आगे आए। अपना जीवन मातृभूमि के लिए समर्पित कर स्वंतत्रता की देवी का आर्शीवाद ले।

यह सुनकर सुदामा और सहदेव के चेहरे पर छाया विषाद चला गया। दोनों प्रसन्न होकर बोले कब से इस घड़ी का इंतजार था। पर तुम दोनो की आगे की योजना क्या है सुदामा ने पूछा।

तब अर्जुन ने कहा हम दोनो अभी वीर सिंह जी के गांव अमृतपुर जा रहे है। वीर सिंह जी ने उपनयन संस्कार के आयोजन के समय हमें अपने गांव आने का न्योता दिया था।

आज उनसे मिलने का मौका आ गया है उन्हे पूरी योजना समझानी है। तुम दोनो को हमें यदि कुछ आवश्यक सूचना देनी होगी तो वीर सिंह जी के गांव आ जाना। अर्जुन और मैं पूर्णमासी की मध्य रात्रि तक वीर सिंह जी के सम्पर्क में ही रहेगें।

और उसके बाद अन्य क्रांति वीरों के दल के साथ तुम्हे किले के सामने चंद्रभागा नदी के तट पर मिलेंगे समझ गए तुम दोनो।

कृष्णा ने पूछा।

हां हम समझ गये है सुदामा और सहदेव ने उत्तर दिया।

फिर चारों तेजी से नगर की ओर बढ़ चले।

सूर्यास्त हो होने वाला था वे चारो मार्ग में आगे बढ़ते हुये सिद्ध बाबा की समाधि के पास पहुंचे। वहां पहुंचने पर सुदामा ने कहा, पास ही हमारा गांव है तुम दोनों के लिए एक-एक चादर लेकर आते हैं जिससे तुम चादर ओढ़ कर गुप्तचरों की नजरो से बच सको। तुम यहीं पर हमारा इंतजार करो हम अभी आते है।

कह कर सुदामा और सहदेव लगभग दौड़ते हुए सिद्धपुर गांव की ओर बढ़ गए और कुछ ही देर में वे दो चादरें लेकर वापस आ गए। कृष्णा अर्जुन ने चादरों से अपने को ढ़क लिया सिर्फ उनका आधा मुंह ही खुला रहा। फिर चारो ने तेजी के साथ नगर की ओर बढ़ना शुरू किया।

नगर पहुंचते पहुंचते रात्रि का काफी समय हो गया था। नगर सुनसान था कारोबारी अपना कारोबार समेटकर अपने घरां को जा चुके थे दुकानों में ताले लटक रहे थे इक्का-दुक्का लोग ही इधर-उधर आते जाते दिख जाते थे।

एक स्थान पर चार-पांच सिपाही बैठे दिखे एक बारगी तो चारो टिठके पर फिर चारो सामान्य व्यक्ति की तरह चलकर उनके सामने से गुजर गए उन सिपाहियों ने उनसे कोई पूछताछ नही करी। वे अपनी बातों में मग्न थे। कुछ आगे चलकर वह सेतु आ गया जिसे पार कर नगर के दूसरे हिस्से में जाया जाता था।

सेतु पर चारों रुके फिर कृष्णा ने कहा यहां तक तो हम ठीक-ठाक आ गए है अब तुम लोग आश्रम की ओर जाओ और हम सेतू पार करके अमृतपुर की ओर जाते है।

फिर कृष्णा ने सहदेव को अपनी कमर पर लटकी तलवार देते हुए कहा इसे तुम रख लो। जंगली जानवरों से अपनी रक्षा करने के लिए काम आएगी। सहदेव ने तलवार अपने हाथ में ले ली फिर विदा लेकर सहदेव और सुदामा आश्रम की ओर बढ़ गए।

यद्यपि रात्रि का दूसरा प्रहर शुरू हो चुका था पर पूर्णमासी नजदीक होने के कारण चंद्रमा का प्रकाश फैला हुआ था जिससे चंद्रमा के प्रकाश से मार्ग अच्छी तरह से दिख रहा था।

कृष्णा और अर्जुन ने भी सेतु पार किया। पर आगे का मार्ग उन्हें पता नहीं था संयोग से उन्हें एक व्यक्ति दिख गया जो अभी-अभी घर से बाहर आकर लघु शंका के लिए बैठा था। अर्जुन और सहदेव उस व्यक्ति के पास पहुंचे तब तक वह व्यक्ति उठकर घर के भीतर जाने ही वाला था। अर्जुन ने उसे आवाज दी भाई जरा रुको।

वह व्यक्ति रुक गया और कृष्णा अर्जुन को देखने लगा फिर पूछा क्या काम है।

कृष्णा ने कहा हमने अमृतपुर गांव जाना है गांव जाने का मार्ग पता नही है।

अच्छा तुम्हे मार्ग पता नही है कहकर वह व्यक्ति बोला चलो आओ मेरे साथ।

कृष्णा और अर्जुन उनके पीछे-पीछे चल दिए नगर की कुछ गलियों को पार कर वह तीनो एक खुले स्थान पर पहुंचे जहां से उस व्यक्ति ने एक मार्ग की ओर इशारा किया और कहा यहां से अमृतपुर गांव दो कोस से भी कम दूरी पर है। सामने दिख रहे कच्चे मार्ग में आगे बढ़ते जाना। राह में तीन-चार गांव और मिलेंगे और कहीं भी लगे तुम्हें राह ढूंढने में परेशानी हो रही है तो किसी का भी दरवाजा खटखटा लेना अभी रात्रि का दूसरा प्रहर ही शुरू हुआ है। कोई ना कोई जगा हुआ मिल ही जाएगा।

व्यक्ति बहुत भला लगता था। कृष्णा और अर्जुन ने उसका बहुत आभार जताया और उस कच्चे मार्ग पर आंगे बढ़ गए जो उस व्यक्ति ने बताया था। चांदनी रात थी मार्ग चलने में ज्यादा असुविधा नही हो रही थी। मार्ग दिख ही रहा था कभी-कभी दोनो ठोकर खा जाते थे। राह में तीन चार गांव मिले जो मार्ग से थोड़ी-थोड़ी दूरी पर बसे हुए थे। अनुमान से दो कोस चलने के बाद एक स्थान पर दोनो रुक गए।

अर्जुन ने कृष्णा से कहा हम लोग दो कोस के आसपास चल चुके है। सामने दाहिने हाथ की ओर एक गांव दिखाई दे रहा है शायद यही अमृतपुर गांव है। और यही से कच्चा मार्ग गांव की ओर जा रहा है।

तुम्हारा अनुमान मुझे लगता है सही है एक बार फिर से उन्होंने पीछे मुड़कर देखा कही कोई नजर नही आया पूरे रास्ते में मुड़कर पीछे देखते हुए ही यहां तक आए थे।

परंतु उनका पीछा करता उनको कोई नजर नहीं आया था। वह दोनो गांव के मार्ग में आगे बढ़ने लगे। आधा कोस चलने पर ही उन्हें गांव में बने घर मिलने शुरू हो गए थे। वह दोनों गांव के अंदर और बढ़े तो अनजान लोगों की आहट पाकर गांव के कुत्तों ने भौंकना शुरू कर दिया था। एक दो आवारा कुत्ते तो भौंकते हुए उनके पीछे-पीछे आ गए थे। जिन्हें अर्जुन ने पत्थर मार कर भगाया पर कुत्ते कुछ पीछे हटकर भौंकते रहे। इन कुत्तों के भौंकने की वजह से घरों के अंदर से भी कुत्ते भोंकने लगे थे। उन्हें भी बाहर अजनबियो के आने की आहट मिल गई थी। इस तरह कुत्तों ने भौंक भौंककर आसमान सिर पर उठा लिया था।

तभी उन्हें सामने के घर से किसी व्यक्ति की आवाज सुनाई दी जो अपने घर के भीतर अपने कुत्ते को डांट रहा था और उसे चुप होने को कह रहा था। लेकिन कुत्ता लगातार भौंकता ही जा रहा था।

कृष्णा और अर्जुन किसी मनुष्य की आवाज सुनकर उसके घर के सामने खड़े हो गये। उन्होंने उस व्यक्ति से वीर सिंह जी का घर का पता पूछने का निर्णय लिया। वह उस घर के स्वामी को आवाज देने ही वाले

थे इतने में घर का दरवाजा खोलने की आवाज आई और एक व्यक्ति घर से बाहर आया। शायद यह देखने कि बाहर क्या है। जो गांव के कुत्तों ने आसमान सिर पर उठा रखा है। उसके पीछे-पीछे एक काला कुत्ता भी भोंकते हुए बाहर आया और कृष्णा और अर्जुन को देखकर भौंकने लगा।

उसे व्यक्ति ने जब घर के सामने दो अनजान लोगों को खड़े पाया तो उसने अपने कुत्ते को डांटकर चुप कराया और फिर कृष्णा और अर्जुन से पूछा कौन हो तुमऔर इतनी रात्रि यहां क्या कर रहे हो।

इस पर कृष्णा ने उत्तर दिया भाई वीर सिंह जी का घर ढूंढ रहे है उनके जानने वाले है।

अच्छा कह कर वह व्यक्ति उन दोनों के पास आया। कुत्ता रह रह कर अभी भी हल्के-हल्के गुर्रा रहा था। उस व्यक्ति ने उसे फिर डांटा और चुप रहने को कहा।

कृष्णा अर्जुन के पास आकर उसने कहा इसी राह से आगे बढ़ाना करीब सौ कदम चलने के बाद एक बड़ा दो मंजिला मकान मिलेगा जिसके आंगन में केले का पेड़ लगा हुआ है वही वीर सिंह जी का मकान है।

कृष्णा ने उसका आभार व्यक्त किया और कृष्णा और अर्जुन दोनों आगे को चल पड़े कुछ देर चलने के बाद उन्हें घर के आंगन में केले का पेड़ नजर आया। यही घर वीर सिंह जी का लगता है कृष्णा ने कहा।

यही घर हो सकता है अर्जुन ने कहा।

वीर सिंह जी कहकर आवाज देते है कोई ना कोई तो सुनेगा कृष्णा ने कहा।

इसके बाद अर्जुन ने घर के बाहर से वीर सिंह जी कहकर तीन-चार बार आवाज लगाई कुछ देर बाद दरवाजा खोलकर एक व्यक्ति बाहर बरामदे में आया और उसने बाहर आंगन में खड़े दो व्यक्तियो को देखकर पूछा कौन हो तुम लोग।

कृष्णा और अर्जुन दोनों वीर सिह जी की आवाज को पहचान गये थे।

उन दोनों के प्रसन्नता से चेहरे खिल उठे यह वीर सिंह जी की ही आवाज थी। इस पर कृष्णा ने उत्तर दिया हम दोनों कृष्णा और अर्जुन है शायद वीर सिंह जी भी कृष्णा की आवाज को पहचान गए थे।

अरे कृष्णा इतनी रात को यहां साथ में अर्जुन भी है क्या।

हां कृष्णा ने उत्तर दिया।

ठहरो मैं नीचे आता हूं वीर सिंह जी ने कहा कुछ क्षण बाद मकान का मुख्य प्रवेश द्वार खुला और वीरसिंह जी बाहर आए कृष्णा और अर्जुन को देखकर प्रसन्न हो गए बोले आओ अंदर चले तीनो मकान के मुख्य द्वार से मकान के भीतर प्रवेश कर गए। वीर सिंह जी ने दिया जला दिया था जिससे कक्ष में उजाला हो गया था।

घर के अंदर प्रवेश करते ही पहला कक्ष बैठक का था। जहां पर दो अच्छे से लकड़ी के तख्त रखे थे। जिन पर मोटे गद्दो के ऊपर ऊनी कालीन बिछे थे। कक्ष के बीचों-बीच एक लकड़ी की मेज रखी थी जिसके ऊपर फूलदान रखा था। जमीन पर दरी बिछी हुई थी कक्ष बहुत साफ सुथरा था जो गृह स्वामी की रुचि को प्रदर्शित कर रहा था। एक तख्त पर बैठते हुए वीर सिंह जी दूसरे तख्त की ओर इशारा करते हुए कृष्णा अर्जुन को बैठने के लिए कहा। दोनो तख्त के ऊपर बैठ गए।

तुम दोनों को यहां देखकर मुझे इतनी प्रंसन्नता हुई है जिसका वर्णन नहीं कर सकता हूं। वीर सिंह जी बोले, फिर अचानक से उनके चेहरे पर विषाद् झलकने लगा बोले मैं समझ सकता हूं इतनी रात्रि को मेरे घर पर तुम दोनो क्यों आए हो। आचार्य श्री को जालिम बादशाह ने कैद कर किले में बने कैदखाने में कैद कर के रखा है।

इस खबर ने मुझे बहुत आहत किया है पता नहीं कैसे आचार्य श्री कैदखाने में रह रहे होंगे सुना है उनके साथ सिपाहियों ने बहुत मारपीट

करी है और उन्हें काफी चोटे आई है। कृष्णा जब से मैंने यह सुना है तब से मैं बहुत हताश हूं आचार्य श्री पर मेरी ह्रदय से श्रद्धा है।

मैं समझ नहीं पा रहा हूं कि यह सब कैसे हो गया दो दिन पूर्व तो आचार्य श्री हम सब के साथ आयोजन स्थल में थे। इस जालिम बादशाह का नाश कौन करेगा कैसे हम आचार्य श्री को उसे जालिम की कैद से छुड़ाएं मेरा तो मस्तिष्क ही काम नही कर रहा है।

मैं भीतर से क्रोध में जल रहा हूं पर ऐसे क्रोध का क्या लाभ जो परिणाम ना दे सके। इस जालिम आजम खान का इतना साहस इतना बढ़ गया है, कि यह हमारे श्रेष्ठ पूजनीय संतों से भी मारपीट करने लगा है।

वीर सिंह जी के स्वर में हताशा और निराशा साफ झलकने लगी थी वह बोले इतना अधर्म इतना पाप इन मुगल आक्रमणकारियों ने राज्य में पिछले सौ वर्षों में किया है जिसे देखकर कृष्णा तुमसे सच कहता हूं भगवान श्रीकृष्ण की वाणी पर मुझे कभी-कभी संदेह होने लगा है। जिसमें उन्होंने कहा है कि अधर्म का नाश और धर्म की स्थापना करने के लिए मैं समय समय पर इस धरा में जन्म लेता हूं।

मुगल लुटेरों का अत्याचार बढ़ता जा रहा है। इनके दमन का कोई मार्ग सूझ ही नहीं रहा है कौन करेगा इनका नाश।

काश कृष्णा तुम फिर से अवतार लेकर इस धरा मे आते कृष्णा तुम कब आओगे हां कृष्णा तुम कब आओगे कहकर वीर सिंह चुप हो गए निराशा उनके चेहरे पर झलक रही थी इस पर कृष्णा ने अपनी चिर परिचित मुस्कान के साथ कहा धैर्य रखिऐ वीर सिंह जी जो कुछ हो रहा है कही वह भगवान श्री कृष्ण की लीला तो नहीं है। क्या मतलब है तुम्हारा वीर सिंह जी चौककर बोले।

मैंने तो यही कहा है कि जो कुछ भी वर्तमान में हो रहा है कही भगवान श्री कृष्ण की लीला तो नही। कृष्णा ने कहा।

तुम कैसी बालकों सी बात करते हो। कृष्णा

वीर सिंह जी ने कृष्णा से कहा।

लेकिन हम दोनों तो इसी संदर्भ में आपसे मिलने आए है अर्जुन ने कहा।

हम तीनों मिलकर इस बादशाह आजम के विरुद्ध क्या कर लेंगे वीर सिंह जी ने कहा।

यही तो हम बताने आए है। अर्जुन ने कहा।

अच्छा बताओ तुम दोनो क्या योजना बना कर आए हो वीर सिंह जी को अब उनकी बातो में कुछ गंभीरता नजर आने लगी थी।

तब कृष्णा ने बोलना शुरू किया वीर सिंह जी क्रांति का सूत्रपात हो चुका है। हम आपको यही सूचना देने इतनी रात्रि में आपके पास आए है। फिर कृष्णा ने सिद्धपुर गांव के मार्ग में गुप्तचरों से हुई मुठभेड़ से लेकर वीर सिंह जी के घर आने तक का जो भी घटनाक्रम हुआ था उसे पूरे विस्तार से वीर सिंह जी को बता दिया।

यह सुनकर वीर सिंह की खुशी से उछल पड़े और बोले यह तो बहुत अच्छा हुआ। फिर अर्जुन की ओर देखकर बोले क्रांति के ध्वजवाहक के रूप में तुम्हारा चयन सही समय पर उठाया गया शत प्रतिशत अच्छा कदम है।

तुम ही हमारे नायक होगे। तुम्हारे बुद्धि चातुर्य और साहस को इस राज्य का हर निवासी जानता है। पहले भी तुमने इन मुगलो को धूल चटाई है और अब भी इनका नाश तुम ही करोगे। बताओ इस क्रांति में मेरी क्या भूमिका है।

वीर सिंह जी बोले मुझे क्या करना है मुझे बताओ ताकि जिस तरह से सभी अपने शस्त्रो में धार देने लगे है मैं भी इस रण में कूदने की तैयारी शुरू कर दूं। इस पर हंसते हुए अर्जुन ने कहा समय बहुत कम

है कल आप सेठपन्नालाल जी से मिलने जाइयेगा, और उन्हें इस क्रांति की सूचना दीजिए।

जिससे वह नगर में घर-घर संपर्क कर इस क्रांति की सूचना हर व्यक्ति तक पहुंचा दे।

दूसरी बात जितने भी लोग पूर्णमासी की रात्रि को किले के सामने इकट्ठा होंगे उनके भोजन व्यवस्था का भार सेठ पन्नालाल जी अपने स्तर से उठाएं यही हम लोग उनसे आशा रखते है।

अब हम दोनों यही आपके घर पर रहेंगे और यहां रहकर जनसंपर्क करेंगे आवश्यकता पड़ी तो हम दोनों जनसंपर्क करने इस क्षेत्र के गांवों को निकल पड़ेंगे पर हम जहां भी जाएंगे पूर्णमासी की रात्रि को यहां अवश्य पहुंच जाएंगे और यहीं से क्रांतिकारी के दल के साथ पूर्णमासी की मध्य रात्रि के बाद किले की ओर जाएंगे।

अच्छा यह सब तो ठीक है पर मुगलों से लड़ाई की तुम्हारी रणनीति क्या रहेगी वीर सिंह ने पूछा। बहुत सरल है अर्जुन ने कहा हमने दो दिन बाद पड़ने वाली पूर्णमासी रात्री का चयन इसीलिए किया है कि बादशाह आजम खान को संभलने का भी मौका ना मिले।

किले के सामने जमा लड़ाई के लिए तत्पर जन समुदाय को देखकर या तो समझौते के लिए वह खुद हमारे पास आएगा या अपना कोई दूत भेजेगा। पर हमारा एक ही उत्तर होगा या तो मुगल राज्य छोड़कर चले जाएं या हमसे युद्ध करे।

यदि वह अपनी पूरी सेना को भी किले के भीतर सुरक्षित रखकर किले का मुख्य द्वार बंद भी कर लेता है तो हम उसे स्पष्ट कर देंगे कि राज्य में जितनी भी चौकिया हैं उन पर आक्रमण कर उसमें रह रहे मुगल सैनिको को मार दिया जाएगा। इस समय पूरे राज्य में करीब दस चौकिया सुदूर सीमा पर चारो ओर है, जहां पर उसके बीस सैनिक हर चौकी में नियुक्त हैं।

कल शाम तक आजम खान के पास गुप्तचरों के से द्वारा सभी क्षेत्रों से क्रांति की सूचना पहुंच जाएगी। आजम खान इतनी जल्दी उन सब मुगल सैनिकों को किले पर बुला नही सकता है। किले तक आने पर या तो वह मारे जाएंगे या भाग खड़े होंगे। बस यही एक दाव है जो आजम खान जैसे चूहे को बिल से बाहर निकाल कर लायेगा। या तो सभी मुगल भाग खड़े होंगे या हमसे लड़कर मारे जाएंगे इसीलिए क्रांति का दिन इतनी नजदीक का हमने रखा है।

तुम्हारा कहना बिल्कुल उचित है मैं सहमत हूं पर उसके पास सशस्त्र सेना है घुड़सवार सैनिक है प्रशिक्षित धनुर्धर है ऐसे में हमारे लोग जिन्होंने कभी हथियार तक नहीं उठाए हैं क्या टिक पाएंगे वीर सिंह जी ने कहा।

अवश्य टिक पाएंगे बल्कि उनकी सेना को भागने पर मजबूर कर देंगे।

वह कैसे वीर सिंह जी ने पूछा।

पाषाण युद्ध करके अर्जुन ने कहा।

समझ गया वीर सिंह जी बोले पूर्णमासी की मध्य रात्रि से जितने भी दल वहां पहुंचने लगेंगे वे सब नदी के किनारो में बिखरे हुए गोल पत्थरों को मैदान में अपने सामने जमा कर उनके पहाड़ खड़े कर देंगे। और लड़ाई शुरू होते ही उनकी सेना का स्वागत पत्थरों की वर्षा से करेंगे ऐसे में ना उनके घुड़सवार आगे बढ़ पाएंगे ना उनके धनुर्धर निशान साध पाएंगे ना उनके पैदल सैनिक आगे बढ़ पाएंगे उनमें मची भगदड़ का हम फायदा उठाकर अपने साथ लाये हथियारों से उन पर टूट पड़ेंगे।

फिर प्रसन्न होकर वीर सिंह जी बोले टिड्डी दल की तरह हम उनके ऊपर टूट पड़ेंगे तब उनके सामने मरने या भागने के अलावा कोई रास्ता नही होगा।

मातृभूमि बलिदान मांग रही है इस राज्य का युवा जवान बूढ़ा सभी को अपनी स्वतंत्रता की लड़ाई में अपना योगदान देना है। इसे कल सुबह से जनसंपर्क कर इस क्षेत्र के सभी गांव में एक-एक व्यक्ति तक पहुंचना है।

इतना कहकर वीर सिंह जी ने अर्जुन से कहा।

तुम जैसा योद्धा नायक हो तो यह लड़ाई हम अवश्य ही जीतेंगे। वर्षों से दबी चिंगारी को अब शोला बनने से कोई रोक नहीं सकता है फिर कुछ देर इधर-उधर की बातें होती रही फिर वीर सिंह जी बोले तुम दोनों थक भी गए होगे भोजन भी नहीं किया होगा मैं तुम दोनों के लिए भोजन का बंदोबस्त करता हूं।

इस पर कृष्णा अर्जुन दोनों ने एक स्वर में कहा भोजन रहने दीजिए रात काफी गहरा गई है दिनभर के थके हैं अब थोड़ा विश्राम कर लें तो अच्छा है।

अच्छा ठीक है कहकर वीर सिंह जी बोले ये दो तख्त लगे हैं इन पर विश्राम करो अब कल प्रातःही मिलेंगे कहकर वीर सिंह जी अपने कक्ष में जाने के लिए घर के भीतर बनी सीढ़ियो को चढ़ने लगे।

अध्याय 11

कृष्णा प्रातः ब्रह्म मुहूर्त में ही उठ जाया करता था आज भी कृष्णा ब्रह्म मुहूर्त में ही उठ गया था। कृष्णा ने उठकर बाहर जाने वाला द्वार खोला बाहर अंधेरा था पर चांदनी सभी और बिखरी हुई थी। कृष्णा ने बैठक का द्वार खुला रहने दिया वहां से ताजी हवा का झोंका अंदर आने लगा कृष्णा वापस अपने तख्त पर आकर बैठ गया। फिर उसने ध्यान करने के लिए अपने पैरों को मोड़कर आसन लगाया और घुटनों पर दोनों हाथों को ज्ञान मुद्रा में रखकरआंखें मूंद ली कुछ ही क्षणों में वह ध्यान की गहराई में डूब गया।

काफी देर ध्यान में बैठे रहने के बाद वह ध्यान की गहराई से बाहर आया तो उसने देखा अर्जुन भी उठ चुका है। और उसके साथ वीर सिंह जी भी तख्त पर बैठे है। दोनो कृष्णा के ध्यान से बाहर आने का इंतजार कर रहे थे। कृष्णा को आंखे खोलता हुआ देखकर दोनो प्रसन्न हो गए थे।

तुम तो कोई तपस्वी मालूम पड़ते हो। कृष्णा वीर सिंह जी ने कहा इस पर कृष्णा मुस्करा दिया। और बोला अर्जुन चलो स्नान आदि से निवृत हो लेते है। हां चलो मैं भी साथ चलता हूं कहकर वीर सिंह जी उनके साथ घर से बाहर आ गए। सूर्य उदय होने वाला था दोनों वीर सिंह जी के साथ गांव में स्थित पानी की एक बावड़ी के पास पहुंचे।

वीर सिंह जी ने बताया, इस का बावड़ी निर्माण उनके पुरखों ने कराया था। इस बावड़ी का पानी साल भर एक समान रहता है। ना कम होता है और न ज्यादा बढ़ता है। तीनो स्नान आदि से निवृत होकर

वापस घर की ओर चल पड़े घर के बाहर पहुंचने पर वीर सिंह जी ने कहा, तुम दोनो भीतर बैठक में जाकर बैठो मैं सभी गांव वालो को यहां आने को कहता हूं।

कृष्णा और अर्जुन दोनों घर के भीतर बैठक में चले गए। कुछ ही देर में वीर सिंह जी के साथ बहुत से लोग आकर घर के आंगन में जमा हो गए इसे देख कृष्णा और अर्जुन भी बाहर आ गए धीरे-धीरे गांव वासियो से आंगन भर गया था।

बहुत सारे लोग जमा हो गए थे। कृष्णा और अर्जुन से मिलकर सभी रोमांचित थे इन दोनों के बारे में उन्होंने सुना बहुत था पर आज पहली बार उन्हें अपने सामने देखकर सभी गांव वाले बहुत प्रसन्न थे।

कृष्णा अर्जुन से बाते करने को उत्सुक लग रहे थे तभी ऊंची आवाज में वीर सिंह जी ने कहा भाइयो यह दोनो कृष्णा और अर्जुन हैं और उन्होंने अर्जुन का एक हाथ पकड़ कर ऊपर उठाते हुए कहा यह अर्जुन है इसे ही क्रांति का नायक चुना गया है।

अब अर्जुन स्वयं आपको अपनी रणनीति के बारे में बतायेगा। उपस्थित समुदाय शांत होकर अर्जुन की ओर देखने लगा इस पर अर्जुन ने बोलना शुरू किया। भाइयों जैसा कि थोड़ा बहुत वीर सिंह जी ने आपको अवगत कराया होगा मुगल सल्तनत के विरुद्ध क्रांति का सूत्रपात हो चुका है इन मुगलों के विरुद्ध लड़ाई अब निर्णायक मोड़ पर आ चुकी है गांव-गांव से बलिदानी जत्थे मुगल सल्तनत को उखाड़ फैंकने के लिए तैयार हो रहे हैं। इन अत्याचारी आक्रांताओं को इस राज्य से भगाकर ही हम सब चैन से बैठेंगे।

हमारी ही जन्मभूमि पर कब्जा कर हमे ही दास या उनके शब्दो में कहूं तो गुलाम बनाकर जो अत्याचार इन्होंने हम पर किए है उन्हें आप सब जानते है।

हमारे सभी मूलभूत और जन्म से प्राप्त अधिकारों का हनन कर यह हम पर राज कर रहे है। वर्तमान बादशाह आजम खान के पुरखों ने हमारे श्रद्धा के स्थल मंदिरों को तोड़ा था हमारे धर्म ग्रंथो को जलाया था।

अब वर्तमान बादशाह आजम खान ने भी अपने पुरखों की परंपरा पर चलते हुए हम हिंदुओं के साधु संतों को प्रताड़ित करने का कार्य शुरू कर दिया है।

आचार्य श्री के बारे में आप सबको पता ही चल गया होगा उन्हें बिना कारण मारपीट कर कैद कर लिया गया है। इस घटना ने हम सभी को आहत किया है। अब हम किसी भी हालत में इन मुगलो का अत्याचार सहन नहीं करेंगे। हमारी मातृभूमि बलिदान मांग रही है स्वतंत्रता की देवी हमारा बलिदान मांग रही है अपना बलिदान देकर भी हम अपने राज्य को स्वतंत्र कराएंगे। क्या आप सब इस शुभ कार्य के लिए तैयार है।

उपस्थित समुदाय से आवाज़ आने लगी हम सब तैयार है हम सब तैयार हैं। फिर उन सब आवाजों ने एक सामूहिक स्वर का रूप ले लिया हम सब तैयार है।

कृष्णा अर्जुन की जय, कृष्णा अर्जुन की जय से वीर सिंह जी के घर का आंगन गूंज उठा।

फिर अर्जुन ने उन सभी को हाथ उठाकर शांत कराया और अपनी योजना को बताना शुरू किया। हम सब पूर्णमासी के अर्थरात्रि के बाद किले के सामने बह रही चन्द्रभागा नदी के तट पर इकट्ठा होंगे।

हर कोई अपने साथ कोई ना कोई शस्त्र लेकर आयेगां। चाहे वह तलवार कुल्हाड़ी या फरसा हो जिसके पास जो भी हथियार उपलब्ध हो वह अपने साथ लेकर आएगा। वहां पहुंचकर हम सबसे पहले कार्य नदी के तट से पत्थरों को एकत्र कर किले के सामने के मैदान के किनारे पर एकत्र करेंगे और इतना पत्थर इकट्ठा करेगें कि पत्थरो का एक छोटा

मोटा पहाड़ खड़ा हो जाये। बादशाह आलम को हमारी एक ही चुनौती होगी कि वह इस राज्य से भाग जाए या हमसे लड़कर मारा जाये।

आप सबको अभी इसी समय से आसपास के और सुदूर के गांव में जाकर क्रांति की ज्वाला को प्रज्वलित करना है। एक एक व्यक्ति को मातृ भूमि की स्वतंत्रता के लिए पूर्णमासी की अर्धरात्रि के बाद किले के सामने बह रही चंद्रभागा नदी के तट पर पहुंचने का आह्वान करना हैं।

सब अपने साथ शस्त्र लेकर वहां पहुंचे इस बात को विशेष रूप से उन्हें बताना है चाहे वह तलवार हो कुल्हाड़ी हो फरसा हो उसे लेकर ही वहां पहुंचे।

आप लोग अभी इसी समय दो दो तीन तीन के दल बनाकर आसपास और दूरस्थ गांवो को निकल जाइए। हमारे पास समय बहुत कम है आप लोग निश्चित मानिए जीत हमारी ही होगी।

जीत सत्य की होगी ईश्वर हमारे साथ है।

वहां पर उपस्थित लोगों ने अर्जुन से कहा कि आप निश्चिंत रहिए हम लोग अभी दल बनाकर पूरे क्षेत्र में बिखर जाते है। अब हम कल पूर्णमासी की रात्रि के समय प्रथम प्रहर तक ही यहां पहुंचेंगे। इस तरह कृष्ण अर्जुन और वीर सिंह जी से विदा लेकर उस गांव के जवान अधेड़ सभी अपने लक्ष्य को पाने के लिए निकल पड़े। सबके चले जाने के बाद वीर सिंह जी ने कहा अर्जुन हम भी यहां क्यों रुके, हम तीनों भी जनसंपर्क करने के लिए निकल पड़ते है। जगह-जगह गांव के वासी तुम दोनो को अपने बीच पाकर जोश में भर जाएंगे।

उनका उत्साह दुगना हो जाएगा। वीर सिंह जी बोले नगर यहां से पास ही है। मैं शीघ्र ही सेठ पन्नालाल से मिलने जाता हूं और तुम्हारी सारी योजना उन्हें समझा कर वापस आता हूं। फिर उन्होंने सामने की ओर बसे एक गांव की ओर इशारा कर कहा कि तुम दोनों उस गांव से जनसंपर्क का अभियान शुरू करो उसके बाद तुम जिस गांव की ओर

बढ़ोगे उसे वहां के निवासियों को बताते जाना मैं पूछते पूछते बहुत शीघ्र ही तुमको मिल जाऊंगा।

ऐसा कहकर वीर सिंह जी नगर को जाने के लिए उद्धत ही हुए थे कि सामने से सुदामा और सहदेव आते दिखे। कृष्णा अर्जुन और वीर सिंह जी के पास आकर उनके चेहरे प्रसन्नता से खिल उठे। पूरी रात्रि चलने के श्रम से और रात्रि के जागरण से उनका शरीर थकान से क्लान्त अवश्य था पर मुंह प्रसन्नता से भरा हुआ था।

कृष्णा और अर्जुन को देखकर प्रसन्नता से उन्होंने बताया कि मध्य रात्रि के आसपास वे दोनो आश्रम में पहुंच गए थे उन्होंने आवाज देकर संन्यासियों को जगाया था उनके पास जाकर उन्हें क्रांति का संदेश दिया और तुम्हारी पूरी योजना उन्हें समझाई थी जिस पर वहां उपस्थित युवा सन्यासी उत्साह में भर गए थे।

वे लोग आचार्य के साथ मुगल सिपाहियो द्वारा की गई मारपीट और उन्हें कैद में डाले जाने के कारण बहुत आहत थे और निराशा से भरे हुए थे। पर तुम्हारी योजना सुनकर उन निराश युवा सन्यासियो में फिर से उत्साह का संचार हो गया था। कुछ ही देर में दो-दो के दल में क्रांति का आह्वान करने भिन्न-भिन्न दिशाओं को सभी युवा संन्यासी निकल गए थे।

और उन्होंने कहा वे दूरस्थ गांवो में भी जनसंपर्क कर ग्राम वासियों के समूह के साथ पूर्णमासी की अर्धरात्रि तक वह नगर में चंद्रभागा नदी के तट पर पहुंच जाएंगे।

यह सुन कृष्णा अर्जुन और वीर सिंह जी की प्रसन्नता का कोई ठिकाना न रहा। वीर सिंह जी बोले अब इस क्रांति को सफल होने से कोई रोक नहीं सकता है। लगता है ईश्वर हमारे साथ है।

फिर सुदामा ने पूछा अब हम दोनों के लिए क्या आज्ञा है।

इस पर अर्जुन ने कहा वीर सिंह जी सेठ पन्नालाल से मिलने और हमारी योजना को बताने नगर जा रहे है हम लोग सामने दिख रहे गांव से जनसंपर्क अभियान शुरू करने जा रहे है हमारे पीछे-पीछे सेठ पन्नालाल से मिलकर वीर सिंह जी भी आगे किसी भी गांव में हमें मिल जाएंगे।

अब तुम दोनो अपने गांव सिद्धपुर को जाओ और अपने गांव के लोगों को क्रांति की योजना से अवगत कराओ और लोगों के छोटे-छोटे दल बनाकर आसपास और सुदूर गांवों तक जनसंपर्क कर क्रांति का आह्वान करो। इसके बाद सभी आपस में गले मिले और अपने-अपने गंतव्य को निकल पड़े।

उधर किले के भीतर तूफान सा आ गया था। राज्य के कोने कोने से गुप्तचर खबरें ला रहे थे, उसने बादशाह आजम खान और उसके सहयोगियों को बहुत डरा दिया था। कल ही पूर्णमासी है और आज का दिन कुछ करने को बचा है पर क्या करे आजम खान कुछ समझ नही पा रहा था उसके मस्तिष्क ने काम करना बंद कर दिया था।

किले के भीतर रहने वाले मुगल सरदारो को और उनके परिवारो को विद्रोह की सूचना ने बहुत डरा दिया था। बादशाह आजम खान को रह रहकर क्रोध आ रहा था, कि कृष्णा अर्जुन जैसे चूहों को पहले ही मार देना चाहिए था।

पर उन्हें गिरफ्तार करने की कोशिश तो की थी लेकिन हमारे ही आदमियों को घायल कर दोनो भाग खड़े हुए थे। अब इन दोनो के नाम से ही डर लगने लगा था।

क्या इतनी अकूत धन संपदा जो उसके दादा के समय से जुड़ती आई थी और आज तक बढ़ती गई थी अब उसे छोड़नी पड़ेगी। तीन पीढियां से चली आ रही मुगल सल्तनत का अंत निकट आ गया है। ये ऐशो आराम ऐश्वर्य अब उससे दूर हो जाएंगे। वह और उसका परिवार क्या अब इस धरती पर मारा मारा फिरेगा यह सब सोच-सोच कर उसकी आंखो

के सामने अंधेरा छा जाता था। उसे बहुत बार लगता था कि आचार्य श्री को गिरफ्तार करने का उसका फैसला गलत था।

उसे आचार्य श्री को गिरफ्तार नही करना चाहिए था। पर फिर लगता था आचार्य श्री को गिरफ्तार करने का उसका फैसला उचित ही था। हिंदुओ के उपनयन संस्कार ने जिस एकता को जन्म दिया था उसे शुरू में ही खत्म कर देना उसका सही फैसला था। पर इन दो चूहो कृष्णा और अर्जुन ने सारा खेल बिगाड़ दिया था। इतनी कोशिशों के बाद भी दोनों हाथ नही आए थे उसे आश्चर्य हो रहा था कि दोनो कितने धूर्त थे कि पूरे राज्य में इतनी तेजी से विद्रोह की आग उन दोनो ने भड़कायी थी, कि कोई नया पैंतरा सोचने तक का अवसर मुझे नही दिया। पूरा दिन इसी उठापट्क में आजम खान का गुजर गया था क्या करें क्या ना करें उसकी समझ में कुछ नही आ रहा था। क्या रातो रात गुप्त तरीके से अपने स्वर्ण भंडार कीमती हीरे जवाहरात के साथ अपने परिवार और वफादार सरदारो को लेकर यहां से भाग जाए, पर भागे भी कैसे चारो ओर विद्रोही बैठे है पूरा दिन उपापोह में बीत गया। उसके मुगल सल्तनत के सरदार और उसके रिश्तेदार दिनभर उससे मिलने आते रहे। सभी के मुंह उतरे हुए थे कुछ समझ में नहीं आता था कि क्या करे।

विद्रोह की खबर ने उन सभी के हृदयो की धड़कनों को बहुत बड़ा दिया था। उन दोनों चूहों के लिए उनके मुंह से गालियां निकाल रही थी जिन्होंने उनके इस सुंदर राज्य में लोगो को भड़काकर आग लगा दी थी।

रात भर आजम खान सो नही पाया था। दूसरे दिन सुबह होते ही उसने अपने सभी वफादार, सरदारो को और खुफिया विभाग के मुखिया अफजल, कोतवाल काले खान, सेनापति नूरुल हसन और अपने खास सलाहकार अजमल को और अपने धार्मिक सलाहकार मौलवी मौलानाओ को महल के विशेष कक्ष में बुला लिया।

कुछ देर में जब आजम खान वहां पहुंचा तो सभी लोग उससे पहले ही वहां पहुंच चुके थे।

बादशाह आजम खान ने अपना स्थान ग्रहण किया कुछ देर शांत बैठने के बाद उसने कहना शुरू किया। आप सब से कुछ छुपा नही है आप सभी को पता चल ही गया होगा कि इस राज्य की जनता विद्रोह पर उतर आई है जगह-जगह से खबरे आ रही है की आज पूर्णमासी की आधी रात से विद्रोही किले के सामने बह रही चंद्रभागा नदी के तट पर इकट्ठा होनें शुरू हो जाएंगे।

इसका सीधा मतलब है कि विद्रोहियों ने बिना देर किए हमसे लड़ाई करने की ठानी है। और यदि ऐसा होता है तो हमारे पास एक ही रास्ता बचता है कि उनसे उनकी मांगे पूछी जाए और समझौता किया जाए।

दूसरी अपनी पूरी शक्ति से विद्रोह को कुचल दिया जाए।

इस पर अफजल बोला हुजूर हमारे गुप्तचर जो भी खबर ला रहे है वह सल्तनत को परेशान करने वाली है। उन्होंने अपना मुखिया अर्जुन को चुना है और सुना है वह इस जिद पर अड़ा है कि मुगल राज्य को छोड़कर चले जाएं या फिर हमसे युद्ध करे। गुप्तचरो ने बताया है कि आज आधी रात से किले के सामने हजारों की तादाद में विद्रोही इकट्ठा होने शुरू हो जाएंगे इसमे सबसे परेशान करने वाली बात यह है कि यह सब हिंदू अपनी जातिगत छुआछूत को भुलाकर एक हो गए है। और उन्होंने अपना मुखिया शूद्र अर्जुन को चुना है।

इस पर सेनापति नूरुल हसन ने खड़े होकर बोलना शुरू किया हुजूर यह सच है कि हजारो की संख्या में हिंदू विद्रोही यहां आएंगे यदि इस समस्या का कोई और हल नहीं निकलता है तो मैं आपको विश्वास दिलाता हूं हमारे वफादार सिपाही सल्तनत की रक्षा के लिए अपनी जान की बाजी लगा देंगे।

इस समय हमारे पास सतरह सौ की संख्या में वफादार मुगल सिपाहियों की सेना है जिसमें दो सौ सशस्त्र घुड़सवार सैनिक है। अचूक निशाना लगाने वाले दो सौ धनुर्धर है शेष प्रशिक्षित पैदल सिपाही है। जिनमें से दो सौ सिपाही हमारे राज्य की सीमाओ पर बनी चौकिया

में तैनात है। उन्हें संदेशा भेजा जा चुका है कल सुबह तक वे भी यहां पहुंच जायेगें।

इसलिए यदि युद्ध की स्थिति बनती है तो मैं आप सबको विश्वास दिलाता हूं कि हजारो की तादाद में आए विद्रोहियो को कुचलने में हम सक्षम है। हमारा पक्ष इसलिए मजबूत है कि वह लोग किसी प्रशिक्षित सेना का हिस्सा नही है। इस राज्य के आम नागरिक है जिन्होंने कभी हथियार उठाये ही नही है। और उनके पास हथियार के नाम पर घरेलू कुल्हाड़ी, फरसा, गड़ासा आदि ही होंगे।

कुछ के पास तलवारे भी होगीं पर कभी उन्होंने प्रयोग तक नही किया होगा।

इसलिए सेना की ओर से आप निश्चिंत रहिए।

इसके बाद मौलवी साहब अपने स्थान से उठकर खड़े हो गए यह मौलवी साहब कुछ समय पूर्व ही अरब से आए थे बादशाह ने इन्हें विशेष धार्मिक सलाहकार का औहदा दिया था। और बादशाह को समय-समय पर धार्मिक कर्मकांड की सलाह देते रहते थे।

अब सभा में खड़े होकर इन्होंने बोलना शुरू किया। बादशाह हुजूर मैं सेनापति नूरूल हसन की बात से पूरी तरह से सहमत हूं। हमारे बहादुर जांबाज इन सभी हिंदू विद्रोहियों को चींटी की तरह मसल कर रख देगें पर मैं इस मौके को इस्लाम की जीत के रूप में देख रहा हूं।

अब सही मौका अल्लाह ने हमें दे दिया है। यह सही वक्त है जब हम इस राज्य को इस्लामी राज्य बना सकते है। और इस्लामी कानून पूरे राज्य में लागू कर सकते है। और यहां के हर निवासी को इस्लाम कबूल करवा सकते है। मेरा तो मानना है कि इन विद्रोहियों ने खुद विद्रोह करके हमारा रास्ता आसान कर दिया है। इस पर वहां बैठे एक एक दो सेना के सरदारो ने इस्लाम जिंदाबाद के नारे लगाए।

उस पर तुरंत खड़े होकर बादशाह के खास सलाहकार अजमल ने उन्हें चुप कराया और सभा को संबोधित कर कहा जितनी भी सूचनाऐं हमें अभी तक मिली है उससे ऐसा प्रतीत होता है कि विद्रोहियों की संख्या हमारी सेना से कई गुना ज्यादा होगी।

हमे यह नहीं भूलना चाहिए कि हमारे दो सौ के करीब मुगल सिपाही इस राज्य के कोने-कोने में बनी सुरक्षा चौकी में तैनात है। संभव है उनके यहां आते समय उन की मुठभेड़ हजारों की संख्या में आ रह विद्रोहियों से हो जाए। हमें उनकी भी फिक्र है यह बात बिल्कुल सही है कि विद्रोहियों के पास कोई उन्नत हथियार नहीं है और ना ही वे कभी इस तरह से लड़े है वह अनुभव हीन भी है पर वे उन्मादी हो चुके है।

वे हर सूरत में हमसे लड़ना चाहते हैं मैं तो बादशाह हुजूर से यही कहूंगा कि पहले समझौते का रास्ता निकाला जाये। आधी रात से किले के सामने मैदान पर हम भी अपनी सेवा को तैनात कर देंगे पर जहां तक मेरा मानना है हमने कोई जल्दबाजी नहीं करनी चाहिए।

पूर्णमासी की रात्रि के दूसरे दिन की सुबह ही पहले हमे खुद जाकर सुलह की बात करनी चाहिए हमें कृष्णा और अर्जुन को लालच देना चाहिए धन का, स्वर्ण का, जमीन का, उन्हें इस राज्य में अच्छी खासी बड़ी जागीर देने की पेशकश हम कर सकते है। साथ ही उनके साथ खड़े सहयोगियों को धन का लालच देकर तोड़ा जा सकता है। आचार्य श्री को भी सम्मान के साथ रिहा कर उन्हें कृष्णा और अर्जुन के हवाले कर देना चाहिए। और अपने सिपाहियो की गलती का खेद प्रकट हम कर सकते है जो उन्होंने आचार्य श्री को गिरफ्तार करके की थी। मेरी समझ में खुद बादशाह हुजूर उनसे बात करे तो यह मुसीबत यहीं पर खत्म हो जाएगी। वह दोनो तो सुलह की बातचीत के लिए बुलाने पर भी नहीं आएंगे। इसलिए सुलह की पहल हमने खुद जाकर करनी चाहिए।

इस पर काले खां अपनी जगह से उठा और अजमल की ओर देखकर बोला आपका कहना सही है कि आचार्य श्री को इज्जत के साथ रिहा कर

देना चाहिए। पर गिरफ्तारी के समय उनके और सन्यासियों के विरोध के चलते हमारे सिपाहियो को ताकत का प्रयोग करना पड़ा था जिससे आचार्य श्री के शरीर पर और मुंह पर काफी गंभीर चोटे आई थी।

और उसका मुंह और शरीर कई जगह से सूजा हुआ है ऐसी हालत में अपने आचार्य को देखकर विद्रोही और ज्यादा भड़क तो नही जाएंगे।

इस पर अजमल ने कहा पर अब क्या किया जा सकता है आचार्य श्री का इलाज कराया जा रहा है। पर उन्हे पूरी तरह ठीक होने में चार-पांच दिन और लगेंगे और इधर आज की रात ही विद्रोही यहां पहुंच जाएंगे।

इसलिए आचार्य श्री को इसी हालत में सम्मान के साथ विद्रोहियों को सौंप देना चाहिए। शायद इस तरह कोई हल निकल जाए। और यदि सुलह समझौता नहीं होता है तो हमारी सेना तो है जिसे हम आज रात्रि को ही किले के सामने तैनात कर देंगे।

अब बादशाह आजम बोला अफजल ने जो कहा है मुझे लगता है इस पर अमल करना ही सही है। पर हमे सतर्क रहना चाहिए। फिर उसने सेनापति नूरुल हसन को कहा कि सेना को पूरी तरह से तैयार रहने को कहे।

इसके बाद पूरा दिन चर्चाओं में बीत गया उधर सैनिक छावनी में सैनिको को लड़ाई के लिए तैयार रहने को कहा गया। सूर्यास्त हो गया था कुछ देर बाद ही पूर्णिमा का चांद आसमान में दिखने लगा था।

रात्रि के दूसरे प्रहर में सेना को आदेश दिया गया कि वे छावनियो से निकलकर किले के सामने मैदान में तैनात हो जाए। सेनापति नूरुल हसन ने अपनी सेना के सरदारों के साथ मिलकर व्यूह रचना करी और उन्हें उनकी जिम्मेदारी समझा दी।

बादशाह की पूरी सेना अस्त्र शस्त्रों से सुसज्जित होकर किले के सामने मैदान में डट गई।

आधी रात होते-होते किले के सामने बह रही चंद्रभागा नदी के तट पर बलिदानी जत्थों का आना शुरू हो गया था। सबसे पहले कृष्णा और अर्जुन के साथ वीर सिंह जी और उनके गांव के लोग और उनके गांव के आसपास के गांव वासियो का जत्था वहां पहुंचा था।

उनको देखते ही सेठ पन्नालाल और उनके सहयोगियों का दल उनसे मिलने चला आया सभी बहुत प्रसन्नता से गले मिले।

सेठ पन्नालाल ने बताया था कि क्रांतकारियों के लिए हलवा बनाया जा रहा है। दूर से आने वाले क्रांतिकारियों के जत्थें यहां भूखे प्यासे पहुंचेंगे इसलिए हलवे का इंतजाम किया गया है। ऐसे समय में सबसे सरल खाद्य पदार्थ हलवा ही है जिसे जल्दी और आसानी से बनाए जा सकता है। फिर सेठ पन्नालाल ने बताया कि नदी के दूसरे तट पर सैकड़ो चारपाईयों का इंतजाम किया गया है। जिसमें घायल बलिदानी क्रांतिकारियों का समुचित इलाज किया जा सके। नगर के जितने भी वैद्य है सभी आवश्यक उपचार सामग्री के साथ वहां उपस्थित है। यह व्यवस्था जानकर सभी को बहुत हर्ष और संतोष हुआ।

धीरे-धीरे सभी बलिदानी जत्थे आने शुरू हो गए थे। और सेठ पन्नालाल के साथ आए स्वयंसेवक उन्हें बन रही रसोई की ओर ले जाते थे, और पत्तलों में हलवा रखकर उनको देते थे। साथ ही सेठ पन्नालाल ने भुने हुए चने की व्यवस्था कर रखी थी जिसे बलिदानी अपनी धोतिया के किनारों में बांध रहे थे। कुछ कुछ अपने कुरते की जेब में भर रहे थे ताकि भूख लगने पर उनसे भूख मिटाई जा सके।

पानी के लिए तो नदी पास ही थी। रात्रि का अंतिम प्रहार शुरू हो गया था कृष्णा और अर्जुन के ग्वाले मित्र शशिकांत, अर्जुन के पिता, नंदलाल, पंडित रमाकांत, सूर्य प्रताप सिंह, सुदामा, सहदेव आदि अपने गांव व आसपास के गांव के जत्थों को लेकर पहुंच गए थे।

इधर युवा संन्यासी भी सैकड़ो की संख्या में बलिदानी जत्थों को लेकर पहुंचने लगे थे नगर से भी सैकड़ो की संख्या में बलिदानी

क्रांतिकारी भी चन्द्रभागा नदी के तट पर इकट्ठा होने लगे थे। अर्जुन ने सुदामा सहदेव वीर सिंह जी शशिकांत सूर्य प्रताप सिंह पंडित रमाकांत नंदलाल और अपने सभी ग्वालों मित्रों और युवा संन्यासियों को अपने पास बुलाया और अपनी रणनीति समझायी अर्जुन ने उनसे कहा कि सभी लोगों को बता दो कि वह नदी से उन पत्थरों को चुन चुन कर लाये जो जो हाथों से आसानी से फेंके जा सकते है।

और सूर्योदय तक हमने किले के मैदान में अपने सामने उनकी इतनी ढ़ेरिया बना लेनी है कि पत्थरों की ये ढ़ेरियां छोटे-मोटे पहाड़ का रूप ले ले। पर ध्यान रहे हमने तभी पत्थर मुगल सेना पर फेंकने हैं। जब मैं कहूं।

सभी अर्जुन के आदेश पर पत्थर जमा करने के कार्य में जुट गए। चलने के श्रम से थके हुए लोगों की थकान न जाने कहां गायब हो गई थी, मातृभूमि की स्वतंत्रता के लिए अपने प्राणों का उत्सर्ग करने की उत्कृष्ट भावना ने उन्हें मतवाला बना दिया था। फिर जिन्होंने सर पर कफन बांध लिया हो उनके लिए क्या भूख क्या प्यास क्या थकान।

सूर्योदय होने तक सब जगह पत्थरों के छोटे-मोटे पहाड़ नजर आने लगे थकान की परवाह न कर बलिदानी एक-एक कोस दूर जाकर भी अपने कपड़ों में, धोतिया में, पत्थर बांधकर लाते रहे।

बादशाह किले की प्राचीर से अपने सहयोगियो के साथ समय समय पर जाकर यह तमाशा देख रहा था। चांदनी रात थी लोगों की हलचल उसे साथ दिखाई दे रही थी यह सब देखकर बादशाह आजम का हृदय बैठ जा रहा था। सेनापति नूरुल हसन मन ही मन दुआ कर रहा था कि विद्रोहियों से समझौता हो जाए वह सेनापति जरूर था पर ना उसने ना उसकी सेना ने कभी युद्ध का सामना किया था और ना खुद बादशाह आज़म खान ने।

नूरुल हसन ने कहने को तो कह दिया था कि उसकी सेना विद्रोह को कुचल देगी पर जो तमाशा वह किले की प्राचीर से देख रहा था उससे उसे अपनी सेना की काबिलियत पर शक होने लगा था।

कि कही लड़ाई शुरू होते ही सब भाग न जाए। मुगलो ने इस राज्य पर अपने आतंक के कारण और हिंदुओ की आपसी फूट के कारण अधिकार बनाया हुआ था। पर आज आतंक काम नही आने वाला था। और ना ही हिन्दूओ की आपसी फूट काम आने वाली थी।

धीरे-धीरे रात्रि का अंतिम प्रहर भी गुजर गया धीरे धीरे भोर का उजाला फैंलने लगा था कुछ ही देर में भगवान सूर्य नारायण उदित होने वाले थे दोनों पक्ष अपने-अपने स्थान पर खड़े होकर एक दूसरे का जायजा ले रहे थे।

किले की प्राचीर से सेनापति नूरुल हसन ने सामने की ओर देखा तो उसका कलेजा मुंह पर आ गया सामने इंसानो की भीड़ ही भीड़ दिख रही थी इतने सारे विद्रोही जमा थे, उसने अंदाजा लगाया कि अंदाज से नौ हजार विद्रोही तो जरूर होंगे। भारी कोलाहल की आवाजें सामने से आ रही थी।

तभी बादशाह आजम का बुलावा आ गया बादशाह के साथ नगर कोतवाल काले खान गुप्तचर विभाग का मुखिया अफजल बादशाह का खास सलाहकार अजमल खड़े थे साथ ही बीस की संख्या में बादशाह के निजी अंगरक्षक अस्त्र-शस्त्र से सुसज्जित होकर बादशाह के पीछे खड़े थे।

बादशाह के आगे दो अंगरक्षक एक-एक सफेद झंडा उठाए हुए थे। जो शांति का प्रतीक था सेनापति नूरुल हसन को देखते ही आजम खान ने कहा अब देरी करना उचित नही है चलिए विद्रोहियों के सरदार से बात करते है।

किले का द्वार खुला धीरे धीरे बादशाह आजम और उसके अंगरक्षक समेत अफजल अजमल नूरुल हसन काले खां भी किले के बाहर मैदान

में आ गए। मैदान की इस और बादशाह की फौज तैनात खड़ी थी। तो मैदान की दूसरी और हजारो की संख्या में बलिदानी क्रांतिकारी वीर खड़े थे। जहां तक नजर जाती वहां बलिदानी ही दिखाई देते इन दोनों पक्षों के बीच सौ कदमो का ही फासला था। मैदान के बींचो-बीच अर्जुन, सुदामा, सहदेव, वीर सिंह जी और सूर्य प्रताप सिंह अपनी अपनी तलवारों को कमर में बांधे हुऐ खड़े थे। कृष्णा निहत्था खड़ा था, उसके पास कोई हथियार नही था। अर्जुन की दी हुई तलवार तो वह पहले ही सुखदेव को दे चुका था।

बादशाह के दल के साथ आगे दो सिपाहियो को बड़े से सफेद झंड़ों के साथ आता देख बलिदानो की भीड़ का कोलाहल शांत हो गया। और वह उत्सुकता से आगे की कार्रवाई का इंतजार करने लगे। बादशाह और उसका दल धीरे-धीरे आगे बड़ा और अर्जुन कृष्णा आदि के सामने जाकर रुक गया। अफजल ने बादशाह को अर्जुन की और हल्के से इशारा करके बताया कि यही अर्जुन है।

अर्जुन को देखकर बादशाह आज़म ने अपने स्वर में बहुत नम्रता लाते हुए कहा। भाई अर्जुन यदि आपको मुझसे और सल्तनत के किसी अधिकारी कर्मचारी से कोई शिकायत है तो मुझे बताइए।

राज्य के निवासियों को सल्तनत के किसी कानून से कोई आपत्ति है तो भी मुझे बताइए। मुझे बहुत खेद है कि मेरे सिपाहियो ने आकर आचार्य श्री को गिरफ्तार किया है। उन्हें इसी समय रिहाकर सम्मान सहित आश्रम भिजवाने की व्यवस्था की जाएगी।

फिर आजम खान ने कहा आप और हम इसी राज्य के निवासी है। आपका और हमारा टकराव कहां तक जायज है ना मैं आपका दुश्मन हूं, और ना आप मेरे दुश्मन है। इसलिए सभी आए हुए इस राज्य के नगर वासियों और गांव वासियो को वापस अपने घरों को लौट जाने के लिए कहिए।

अर्जुन बहुत शांति के साथ चुपचाप बादशाह आजम की बाते सुन रहा था फिर बादशाह आज़म ने कहा आपकी जो भी समस्या हो वह इसी वक्त दूर की जाएगी आप बताइए।

इस पर अर्जुन जोरो से हंसा फिर उसने बादशाह से कहा हमारी एक ही समस्या और एक ही मांग है। वह क्या है बादशाह ने अर्जुन से पूछा।

अर्जुन ने कहा सभी मुगल इसी समय राज्य को छोड़कर चले जाए या हमसे लड़कर यही मारे जाए। फैसला आपका है इन दो बातों में से एक का चुनाव आप कर सकते है। अर्जुन के इस अड़ियल रूख को देखकर आजम खान बोला क्यो ना हम समझौता कर ले।

मैं आपको और आपके साथ खड़े इन सभी सहयोगियों को इस राज्य में जहां आप चाहे पांच-पांच गांव की जमींदारी देता हूं जिसका सारा राजस्व आपका ही होगा साथ ही स्वर्ण से भरी एक-एक थैली भी आप और आपके सहयोगियो को देने का वादा करता हूं। आपको कुछ और चाहिए तो वह भी आपको देने का वादा करता हूं।

इस पर अर्जुन जोर जोर से हंसने लगा फिर बोला ये जो हजारो की संख्या में बलिदानी यहां जमा हुए हैं यह तुम्हारे मेरे बीच में समझौते को देखने नही आए है। यह लोग सिर पर कफन बांधकर आए हैं। मैंने तुम्हारे सामने दो शर्तें रखी है सारे मुगल इसी वक्त हमारे राज्य को छोड़कर यहां से चल जाए या फिर हमसे युद्ध करें। मैं तुम्हें चेतावनी दे रहा हूं कि यदि दोपहर तक तुमने किला खाली नहीं किया तो हम तुम पर आक्रमण कर देंगे। तुम्हारे दो सौ मुगल सिपाही मार्ग में ही हैं सबसे पहले वह ही मारे जाएंगे।

बादशाह आजम खान निरुत्तर हो गया था। फिर बोला अर्जुन एक बार फिर सोच लो।

अर्जुन ने कहा। अब क्या सोचना और तुम्हें एक चेतावनी और दे रहा हूं यदि आचार्य श्री का बाल भी बांका हुआ तो आजम खान तुम्हारे

परिवार के साथ तुम सब मारे जाओगे। जो तुम्हारे पुरखो ने हमारे पुरखों के परिवारों के साथ किया था, वही हम तुम्हारे साथ करेगें।

इसलिए सावधान रहना।

आजम खान निरुत्तर था उसने एक गहरी दृष्टि विद्रोहियों की भीड़ पर डाली।

धोती कुर्ता पहने लोग, किसी का तो ऊपरी बदन बिना वस्त्रों के था। कई उसमें अधेड़ और वृद्ध भी दिख रहे थे। ना कोई उन्नत हथियार उनके पास दिख रहे थे। उनके हाथों में घरेलू हथियार जैसे कुल्हाड़ी गड़ासा फरसा, आदि ही दिख रहे थे। आजम सोचने लगा संख्या में तो ये आठ नौ हजार लोग दिख रहे है। पर तलवारें किसी किसी के हाथों में दिख रही है। आजम सोच रहा था कभी इन्हौंने तलवारे उठाई भी है। क्या खाकर ये मुझसे लड़ने आये है। अपने सामने पत्थरो का ढ़ेर लगाकर ये क्या सोचते है कि ये पत्थरां से ही लड़कर लड़ाई जीत जायेंगे। इनके पत्थर फेंकने से पहले ही मेरा घुड़सवार दस्ता इन्हें कुचलकर यहां से भागने पर मजबूर कर देगा। फिर उसने दृष्टि अपनी सेना की ओर डाली तो उसका आत्म विश्वास अपनी सेना को देखकर बहुत बढ़ गया। आठ नौ हजार विद्रोहियों के सामने मेरी सेना कम जरूर है। पर अनुशासित और अस्त्र शस्त्रों से सुसज्जित उसकी सेना युद्ध की पोशाक पहने इटी हुई थी। उसके सैनिक लड़ाई के लिए तत्पर दिखते थे। उसका घुड़सवार दस्ता और अचूक निशाना लगाने वाले तीरंदाज विद्रोहियों का सीना चीरने के लिए तत्पर दिखते थे। पहला ही आक्रमण सभी विद्रोहियों को तितर बितर कर देगा। ऐसा आजम को लगने लगा था।

उसने अर्जुन को देखकर कहा अच्छा तो तुम नहीं मानोगे।

इस पर अर्जुन जोरों से खिलखिला कर हंस पड़ा। अर्जुन को हंसता देखकर आजम खान गुस्से में भर कर वहां से मुड़ा और किले की ओर चल दिया। उसके पीछे-पीछे उसके अंगरक्षक और साथ आए काले खान अफजल अजमल और सेनापति नूरुल हसन भी चल दिए। किले के मुख्य

द्वार पर बादशाह आजम रुका और सेनापति नूरूल हसन से बोला इन विद्रोहियों को ऐसा सबक सिखाओं कि आने वाली इनकी सात पुश्तं भी याद करे। और अपने अंगरक्षकों को भी उसने वही युद्ध के मैदान में छोड़ दिया और सेनापति नूरूल हसन से कहा। मैं अपने ये जाबांज अंगरक्षक भी यही छोड़कर किले में जा रहा हूं। ये शत्रु की गर्दन धड़ से अलग करने में माहिर है।

ऐसा कहकर आजम खान किले के मुख्य द्वार से भीतर चला गया और उसके सेवको ने किले का द्वार भीतर से बंद कर उसमें सांकले लगा दी।

वहां से चलकर आजम खान सीधा किले की प्राचीर पर चढ़ गया और रणभूमि का निरीक्षण करने लगा उसे चिन्ता हो रही थी कि उसके दो सौ सैनिक जो राज्य की विभिन्न चौकिया में तैनात थे सहायता के लिए अभी तक नहीं पहुंच पाए थे।

आजम खान नगर की ओर आने वाले मार्गों पर दृष्टि दौड़ा रहा था। मन में कई तरह की शंकायें उठ रही थी। उसने कुछ देर रूकना उचित समझा शायद कही से सैनिक आते दिख जाए। तुरही बजाने वाले किले की प्राचीर पर उसके पीछे खड़े थे उन्हें बादशाह के इशारे का इंतजार था तुरही बजते ही युद्ध प्रारंभ हो जाना था।

सामने विद्रोहियों के आसमान गं जाने वाले नारे गूंज रहे थे।

हर हर महादेव।

इधर से अल्लाह हू अकबर के नारे बुलंद हो रहे थे। दोनों पक्ष युद्ध के लिए तैयार खड़े थे। आजम की सेना को तुरही बजने का इन्तजार था। इतने में ही विद्रोहियों के पक्ष से कान के पर्दे हिला देने वाली शंख ध्वनि बजने लगी।

यह शंख कृष्णा बज रहा था।

अर्जुन आश्चर्य चकित था।

कि ऐसे समय में कृष्णा के हाथो में यह शंख आया कहां से। पर यह समय सोचने का नही था। अर्जुन जोर से चीखा पत्थर मारो, पत्थर मारो और मुगल सेना पर पत्थरो की बरसात शुरू हो गई। बलिदानी क्रांतिकारी आगे बढ़कर बढ़कर पत्थर फेंक रहे थे।

जिससे पहले दोनों पक्षों के बीच जो फासला सौ कदमो के आसपास था वह घटकर साठ सत्तर कदमो के आसपास पहुंच गया था कृष्णा ने सोची समझी रणनीति के तहत मुगल सेना के आक्रमण शुरू करने से पहले शंख बजा कर स्वयं आक्रमण शुरू करा दिया था। जिससे मुगलो की सेना में आक्रमण के लिए तैयार तीरंदाज और घुड़सवारों को मौका ही ना मिला। कि वे तीर चला सके और घुड़सवारो को ये यह मौका ही नही मिला कि वह पैदल आ रहे विद्रोहियों को अपने घोड़े की टापू से कुचल सके। और उन्हें तितर बितर कर सके। भयंकर पत्थरों की वर्षा क्रांतिकारियों की ओर से शुरू हो गई थी लगता था पत्थरों की ओला वृष्टी हो रही है।

क्रा तिकारी बलिदानी आगे बढ़कर निशाना ले लेकर पत्थर मार रहे थे। घोड़े घुड़सवार और तीरंदाज सबसे आगे थे वह बुरी तरह चोटिल हो गए थे किसी के मुंह में किसी की आंख पर किसी की हाथों की उंगलियों पर किसी के घुटनों पर किसी के पैरो पर पत्थरों की चोट लगने लगी थी वह लोग दर्द से बिलबिला उठे थे।

उनके शरीर से रक्त बहने लगा था घोड़ों को इतने पत्थर लगे कि पत्थरो से बचने के लिए वे उल्टे भागने लगे और अपनी ही सेना को कुचलने लगे थे।

एक और से किले की दीवारे थी बाकी तीन ओर से क्रांतिकारी पत्थरो की बरसात कर रहे थे भयानक कोहराम मुगल सेना में मच गया था। अधिकतर सैनिक पत्थरो से बचने के लिए जमीन पर लेट गए थे। पर बचना कहां संभव था इस भयानक पत्थर की बरसात में सभी मुगल सिपाहियो को बुरी तरह घायल कर दिया था। मुगल सेना के ऊपर से

उनकी सेना के घोड़े अपने बचाव के लिए इधर उधर भाग रहे थे। जिससे वह अपनी सेना को ही कुचल रहे थे। मुगल सेना में भगदड़ मच गई थी पर वे क्रांतिकारियों का घेरा तोड़कर भाग भी नही पा रहे थे। और सभी पत्थरो के सामने बेबस हो गये थे। एक बार फिर से पत्थरों की जबरदस्त वर्षा क्रांतिकारी बलिदानियों की ओर से हुई जिससे मुगल सेना पूरी तरह से पस्त हो गयी थी।

क्रांतिकारियों के पास पत्थर भी खत्म हो गए थे।

उधर मुगल सेना बचाव की स्थिति में नही थी आक्रमण तो दूर की बात थी।

मौका अच्छा देखकर अर्जुन चिल्लाया आगे बढों और मारो। सभी क्रातिकारी हाथो में अपने हथियार लेकर अर्जुन के पीछे मुगल सेना की ओर दौड़ पडे। पर तभी मुगल सेनापति नूरुल हसन अर्जुन के सामने अपने शस्त्र फेंक कर दोनों हाथ उठाकर खड़ा हो गया। और इस तरह उसे करते देख सभी मुगल सैनिक आत्म समर्पण की मुद्रा में आ गए।

उन्होंने भी अपने शस्त्र फेंक दिए और अपने दोनों हाथ खड़े कर दिए। मुगल सेना को आत्म समर्पण करता देख क्रांतिकारी वीर भी रुक गए उनके हथियार पकड़े उठे हाथ रुक गए। और उन्होंने भी अपने हाथ नीचे कर लिए।

किले के प्राचीर से बादशाह आजम खान ने यह लड़ाई शुरू से देखी थी। अब उसके पैर कॉपने लगे थे मुंह सूखने लगा था कुल दो तीन घड़ी यह लड़ाई चली थी।

और बादशाह खान यह लड़ाई हार चुका था। उसे अपनी मौत सामने नजर आ रही थी उसे अपने परिवार अपने खजाने की फिक्र हो चली थी।

वह तुरंत किले की प्राचीर से उतरा और अपने महल की ओर भाग चला। मुगल सैनिको से उनके शस्त्र क्रांतिकारियो द्वारा छीन लिए गए थे सभी घोड़ो को क्रांतिवीरो ने अपने कब्जे में ले लिया था। और सभी

मुगल सैनिकों को मैदान में निहत्था कर किले की ओर मुंह करके जमीन में बैठने को कहा गया था।

अर्जुन सहदेव सभी मिलकर विचार कर रहे थे कि किले के अंदर प्रवेश कैसे किया जाए।

किले का मुख्य द्वार बहुत बड़ा और बहुत मजबूत लकड़ी और फौलाद से बनाया गया था। जिस पर मोटी मोटी लोहे की सांकले भीतर से लगी थी इस द्वार को इतना मजबूत बनाया गया था कि हाथी भी ना तोड़ सके।

तभी एक व्यक्ति अपने शरीर के ऊपरी भाग को चादर से लपेट कर अर्जुन के पास आया उसने अपना चेहरा चादर से आधा ढका हुआ था। अर्जुन के पास आकर उसने मुंह से चादर हटाई अर्जुन पहचान गया यह गुप्तचर शकील था जो उन्हें कुछ दिन पूर्व सिद्ध बाबा की समाधि के पास मिला था। जिसके दो साथियों को कृष्णा और अर्जुन ने मुक्के की मार से अचेत कर दिया था।

पर शकील का सहयोग पूर्ण रवैया देखकर इसे मारा नही था। उसे छोड़ दिया था दोनों एक दूसरे को देखकर प्रसन्न हो गये। अर्जुन को देखकर शकील ने कहा तुम यही खड़े सोचते रहोगे और उधर आज़म ने भागने की तैयारी कर ली है मेरे साथ आओ मैं तुम्हें किले से निकलने के गुप्त रास्ते के पास ले चलता हूं।

अर्जुन ने सभी अपने ग्वालें मित्रों को, वीर सिंह जी, सूर्य प्रताप सिंह, सुदामा, सहदेव युवा सन्यासियों शशिकांत के साथ-साथ अपने पिता और पंडित रमाकांत को अपने पास बुलाया। और उन्हें मुगल सेना से छीने गए शस्त्र घोड़े और बंदी बनाए गए मुगल सैनिको को सुरक्षित रखने की जिम्मेदारी सौंप कर उनसे कहा कि यह वह लोग अपने-अपने गांव वालो के साथ और अन्य क्रांतिकारी वीरो के सहयोग ये कार्य करे और बंदी बनाए गए सैनिकों के चारों ओर ऐसा मजबूत सुरक्षा घेरा बनाएं की जिससे एक भी सैनिक भागने न पाये।

सेठ पन्नालाल भी अर्जुन के पास पहुंच गए थे अर्जुन ने सेठ पन्नालाल से कहा कि वह शीघ्र नगर से ढेर सारी रस्सियों की व्यवस्था करें जिनसे घोड़े के पैरों को बांधा जा सके और बंदी बनाए गए मुगल सैनिको के हाथो को पीठ के पीछे ले जाकर बांधा जा सके।

सभी क्रांतिकारी किले के सामने के मैदान में बैठकर सुस्ता रहे थे और मुगल सैनिको के चारों ओर घेरा डाल कर बैठ गये थे। पूरा मैदान क्रांतिकारियों से भर गया था आपस में प्रसन्न मुद्रा में एक दूसरे को बधाईयां दे रहे थे।

आपस में चर्चा कर रहे थे कि ईश्वर की कृपा से बिना भारी रक्तपात के उन्होंने अपनी मातृभूमि को स्वतंत्र कर लिया था।

वह भी कुछ ही देर में।

यह ऐतिहासिक जीत उनकी मातृभूमि से प्रेम की उत्कृष्ट भावना और आपसी एकता से ही संभव हो पाई थी। अब वे अर्जुन के अगले आदेश का इंतजार कर रहे थे। तभी अर्जुन ने सहदेव से कहा कि वह अपने साथ दो सौ के आसपास लोगों को साथ लेकर उसके पीछे-पीछे आए।

सहदेव ने दो सौ क्रांतिकारियों के आसपास लोगो को उनके हथियारों सहित इकट्ठा किया और वह सभी अर्जुन और शकील के पीछे-पीछे चल दिए।

और इन सब से दूर मैदान के किनारे एक पेड़ के नीचे कृष्णा खड़ा था जिसने इस लड़ाई में एक भी पत्थर नही फेंका था और युद्ध शुरू करने के लिए प्रचण्ड़ शंखनाद कर वह तबसे पेड़ के नीचे खड़ा अपनी प्रिय बांसुरी से मधुर स्वर निकालकर बांसुरी बजा रहा था।

अर्जुन शकील के साथ सुखदेव और अन्य क्रांतिवीरों को संग लेकर किले के पूर्वी छोर से होता हुआ किले के पीछे की ओर आ गया। किले

का पिछला हिस्सा बिल्कुल उजाड़ था धनी पेड़ों झाड़ी और पत्थरों की चट्टानों युक्त किले का पिछला हिस्सा आबादी गांव आदि से अलग था।

यहां से घने जंगल शुरू होते थे जो आगे जाकर पहाड़ियों में लगे जंगलों से मिल जाते थे। शायद सुरक्षा कारणों से किले के पीछे आबादी नही बसने दी गई थी। किले की दीवार से लगे ऊबड़ खाबड़ झाड़ां से भरे छोटे से पैदल मार्ग से होता हुआ उनका दल एक स्थान पर रुक गया है।

जहां किले की दीवारों से थोड़ा नीचे पेड़ो और झाड़ियां के बीच एक छोटी सी पत्थरों की दीवार बनी हुई थी जिसके बीच में एक छोटा सा मजबूत लोहे का दरवाजा लगा था। जो अंदर से बंद किया गया था।

अर्जुन ने शकील को देखा और पूछा अब क्या करे।

शकील ने कहा कुछ देर रुकना पड़ेगा बादशाह आजम खान ने अभी कुछ देर पहले मुझे इसी सुरंग से बाहर की स्थिति का जायजा लेने भेजा था। उसने अपने खजाने के सभी स्वर्ण आभूषण हीरे, जवाहरात, कीमती नग, और सोने के सिक्के, अपने सेवको से बोरों में भरवा लिए है। वह यहां से भागने की तैयारी में होगा। तुम सभी लोग इस घनी झाड़ियो में अपने को छुपा लो।

इस तरह छुपा लो जो कि ऊपर किले के बुर्ज से कोई तुम्हें देख ना पायें। बादशाह किले से बाहर निकलने से पहले किले के ऊपर दिख रहे हैं बुर्ज पर आयेगा। और मैं अपनी इस चादर को उतार कर हिलाऊंगा। इसका मतलब है रास्ता साफ है। इसके बाद बादशाह समेत जितनी भी मुगल किले के भीतर है सब इसी सुरंग से बाहर आ जाएंगे।

अर्जुन अब तुम सब जल्दी से पेड़ो और झाड़ियों के पीछे छुप जाओ। फिर शकील पत्थरों की दीवार पर चढ़कर खड़ा हो गया। जिसके नीचे सुरंग का दरवाजा था। कुछ देर इंतजार के बाद बुर्ज पर कुछ लोग दिखाई दिए जो नीचे ही देख रहे थे। शकील ने पहचान लिया उनके बीच में आजम खान खड़ा था जो सुरंग के दरवाजे की ओर ही देख रहा था।

शकील ने ओंढ़ी हुई चादर उतारी और उसे झंडे की तरह लहराया। ऊपर से आजम खान ने हाथ हिलाकर इशारा किया और आजम तेजी से अपनी साथियों के साथ बुर्ज से वापस चले गया।

शकील ने अर्जुन को आवाज दी तैयार हो जाओ। कुछ देर में लोहे के दरवाजे के खुलने की आवाज आई फिर धीरे-धीरे पहले सेवक बाहर आए उनकी पीठ पर बोरं लदे हुये थे। फिर आजम खान बाहर आया और उसके पीछे-पीछे उसके परिवार की महिलाएं बच्चे और शाही मुगल अधिकारी और कर्मचारी और उनके परिवार के सदस्य बाहर आ गए।

चार पांच मौलाना और मौलवी भी साथ में थे।

ठहरो कहां जा रहे हो आजम खान।

एक कड़कदार आवाज सुनाई दी। सब लोग उसी दिशा की ओर देखने लगे। दल के पुरुष सदस्यों ने और स्वयं आजम खान ने अपनी तलवारं बाहर निकाल ली।

न ऐसी गलती मत करना। अपनी तलवारे फेंक दो फिर वही कड़कदार आवाज आई।

कौन हो तुम आजम खान चीखा।

तभी अर्जुन झाड़ियों से बाहर निकलकर उस छोटी सी दीवार के ऊपर आकर खड़ा हो गया जिसके नीचे सुरंग का दरवाजा था।

अपनी अपनी तलवारें फेंक दो अर्जुन ने कहा।

और जोर की आवाज देकर सुखदेव को पुकारा सुखदेव तुम सब बाहर आ जाओ और देखते ही देखते दो सौ के आसपास हथियार बंद क्रांतिकारी वीरों ने उन सब को घेर लिया।

बादशाह आजम और उसके पूरे दल को सांप सूंघ गया। अर्जुन ने फिर कहा अपनी-अपनी तलवार फेंक दो अन्यथा सब यही मारे जाओगें।

बादशाह आजम हाथ जोड़कर अर्जुन के सामने गिड़गिड़ाने लगा। हमे जाने दो अर्जुन हम सब वापस अपने वतन को लौट रहे है हमे जाने दो।

ऐसे कैसे जाने दूं अर्जुन जोर से हंस कर बोला पहले यह सारा खजाना वापस रखो जो तुमने और तुम्हारे पुरखो ने इस राज्य की जनता से लूट कर जमा किया है। इसके बाद अर्जुन ने सुखदेव से कहा अपने साथ कुछ साथियो को लेकर इन सभी से उनकी तलवारो को छीन लो।

अर्जुन का आदेश सुन सहदेव और कुछ क्रांतिकारियो ने आगे बढ़कर उन सभी से उनकी तलवारें ले ली। आजम खान और उसके साथ आए लोग भय से थर-थर कांप रहे थे।

आजम खान का चेहरा भय से काला पड़ चुका था। उसके दल के सभी सदस्यो की भावी आशंका से हृदय धड़कने बढ़ गई थी।

अर्जुन ने फिर कहा सुखदेव तुम पच्चीस से तीस लोग पहले सुरंग मे प्रवेश करो तुम्हारे बाद आजम खान का पूरा दल सुरंग में प्रवेश करेगा उनके पीछे पीछे हम सब आएंगे इन सभी ने यदि कोई हरकत करी या भागने की कोशिश करी तो उसे उसी समय मौत के घाट उतार देना।

समझ गए सब लोग अर्जुन ने कहा।

क्रांतिकारियों ने एक स्वर में कहा हम समझ गये हैं।

फिर सभी वापस सुरंग में प्रवेश करने लगे सुरंग में ऊपर जाने के लिए सीढ़ियां बनी थी जो ज्यादा लंबी नहीं थी कुछ ही क्षणों में वह सभी सीढ़ियां चढ़कर किले में आ चुके थे।

किले के भीतर पहुंच कर आजम खान के दल को एक खुले स्थान पर बैठा दिया गया उन सभी को क्रांतिकारियों ने अपने घेरे में ले लिया। अर्जुन ने खजाने की जगह आजम खान से पूछी और आजम खान को साथ लेकर उन सभी किले के सेवको को जिन्होंने अपने पीठ पर बोरं मे स्वर्ण आभूषण, हीरे जवाहरात, सोने के सिक्के भरे हुए थे को साथ चलने को कहा। महल के भीतर एक गुप्त तहखाने में आजम खान अर्जुन

व सेवको को लेकर गया जहां सेवको ने अपनी पीठ से बोरे उतार कर तहखाने में संभाल कर रख दिए गए और तहखाने का दरवाजा बाहर से बंद कर उसकी चाबी अर्जुन ने अपने पास रख ली। फिर सभी बाहर आ गए।

अब अर्जुन की पहली चिंता आचार्य श्री को लेकर थी उसने आचार्य श्री के बारे में आजम खान से पूछा आजम खान ने बताया उन्हें किले के अंदर ही कैद करके रखा गया है। और उस स्थान को भी इशारा करके दिखाया जहां कैदखाना बना था।

उसके दल में वह व्यक्ति भी था जिसके पास कैदखाने की चाबियां रहती थी और वह कैदखाने का अधिकारी भी था। अर्जुन ने उसे अपने साथ लिया साथ ही अपने साथ चार-पांच क्रांतिकारियों को और लिया और तेजी से कैदखाने की ओर बढ़ गया। कैदखाने की चाबियां उसके दरवाजे के बाहर दीवार में एक खूंटी में टंगी हुई थी। उस मुगल ने चाबियां का गुच्छा खूंटी से निकाला और उसमे से छांटकर एक बड़ी सी चाबी निकाली और कैदखाने का मुख्य द्वार का बड़ा सा ताला खोल दिया। अर्जुन तेजी से अपने साथियों के साथ कैदखाने के अंदर गया जहां बहुत सी छोटी बड़ी कोठरिया बनी थी।

उन पर लोहे की सलाखो के मजबूत दरवाजे बने हुए थे। उन पर लोहे के मजबूत तांले लटक रहे थे उन कोठरियों के अंदर कैदी बंद थे। वह मुगल उन्हें एक कोठरी के पास ले गया उसने कोठरी का दरवाजा खोला अर्जुन शीघ्रता से कोठरी के भीतर गया जहां आचार्य श्री एक कोने पर लेटे हुए थे।

आहट सुनकर आचार्य श्री ने आंखें खोली सामने अर्जुन को देख उनके चेहरे पर प्रसन्नता झलकने लगी। आचार्य की हालत देख अर्जुन की आंखों में आंसू आ गए साथ ही साथ आए क्रांतिकारियों की भी आंखें भर आई। आचार्य श्री के पूरे शरीर पर लाठी डंडों से पीटे जाने के कारण नीले निशान पड़े हुए थे।

चेहरा पूरा सूजा हुआ था। जगह-जगह से रक्त बहकर सूख चुका था उनकी यह हालत देख अर्जुन की आंखो से झर झर कर आंसू बहने लगे किसी तरह अर्जुन और साथ आए क्रांतिकारियो ने अपने को संभाला फिर सब ने मिलकर आचार्य श्री को उठाया और कैद खाने से बाहर आ गए।

बाहर जहां आजम खान और उसका दल बैठा हुआ था उसके सामने ही महल था जहां आचार्य श्री को महल के अंदर एक कक्ष में ले जाकर एक पलंग पर लेटा दिया गया। आचार्य श्री को लेकर आए क्रांति वीर आचार्य श्री की सेवा के लिए आचार्य श्री के पास ही रुक गए। अर्जुन महल से बाहर आ गया उसने आजम खान के दल को खड़ा होने का आदेश दिया।

और उसके बाद आजम खान के पूरे दल को क्रांतिकारियों की सुरक्षा घेरे में लेकर सभी किले के मुख्य द्वार की ओर बढ़ गए भीतर से बंद मुख्य द्वार खोल दिया गया। उन सभी को लेकर क्रांतिकारी बाहर मैदान में आ गए और उन्हें उसी जगह पर ले गए जहां पर बाकी मुगल सिपाही क्रांतिकारियों के धेरे के बीच में बैठाये गये थे।

अर्जुन को यह देखकर सुखद आश्चर्य हुआ कि सभी मुगल सिपाहियो के हाथ उनकी पीठ के पीछे की ओर करके क्रांतिकारियों ने बांध दिए थे। अर्जुन ने कहा दल के सभी पुरुषो के हाथो को भी इसी तरह बांध दो। लेकिन दल की महिलाओ और बच्चों के हाथो को ना बांधा जाये।

इसके बाद अर्जुन ने स्वयं आगे बढ़कर बादशाह आजम के हाथों को पीठ के पीछे ले जाकर मजबूती से बांध दिए फिर अर्जुन ने अपने सभी ग्वालों मित्रो को पास बुलाया।

और सहदेव को भी पास बुलाकर उन सभी से उसने कहा कि दो हजार क्रांतिवीरों को एक दल तुरन्त तैयार करो जो सभी मुगलो को सीमा पर छोड़कर आएगा। देखते ही देखते दो हजार के करीब क्रांतिकारी अपने हथियारो को लेकर जमा हो गए।

अर्जुन ने आजम खान और उसके साथ के सभी मुगलों को खड़ा होने को कहा।

और आजम खान से मुस्कुराकर कहा।

आजम खान अब वापस अपने वतन को लौट जाओ। बादशाह आजम खान सहित पूरे दल के और मुगल सिपाहियों की आंखों में आंसू थे। जैसी मुगलों ने चलना शुरू किया महिलाये फूटकर फूटकर रोने लगी। सबसे आगे चल रहे आज़म ने रूककर किले को एक भरपूर निगाहों से देखा फिर आंखों में आंसू लिए आगे बढ़ गया। वे लोग उसी मार्ग से जा रहे थे जिससे होकर कभी कृष्णा इस राज्य में आया था।

और कभी आजम के पुरखे भी उसी मार्ग से यहां आये थे।

हर हर महादेव कृष्ण अर्जुन की जय के नारो से आसमान गूंज उठा यह हिन्दू संस्कृति की ही देन थी कि मुगल दल में शामिल किसी भी महिला से ना किसी ने कोई बदतमीजी की थी और ना ही उनके पहने जेवर उतारने को कहा था और ना ही उनके हाथ बांधे गये थे।

राज्य में तीन चार गांव मुगलों के बसे थे नगर में कुछ मुगल भी व्यापार करते थे साथ ही कुछ मुगल कर्मचारी नगर में अपने परिवार सहित रहते थे। कुछ परिवार सेना के सिपाहियो के भी थे।

सबको सूचित करने के लिए लोग भेज दिए गए थे कि वे सभी लोग आज ही राज्य छोड़कर चले जाए। और जो पहले हिंदू थे बाद में जिन्होंने इस्लाम कबूल कर लिया था। यदि वे लोग वापस हिंदू धर्म में आना चाहते हैं तो उनका स्वागत है।

दो दिन पूरे राज्य में उत्सव मनाया जाता रहा राज्य के हर घर में दिवाली मनाई जा रही थी

दियों की रोशनी से पूरा राज्य जगमगा उठा था। घर-घर में महिलाए मंगल गीत गा रही थी।

पूरे किले को रात्रि में रोशनी से सजा दिया जाता था। घरों और मंदिरों में पूजा अर्चना का विशेष आयोजन किये जा रहे थे। दिन में घंटे घड़ियालों के बजने का स्वर पूरे राज्य में सुनाई पड़ता था।

मुगलों को सीमा पार कराकर क्रांतिकारी वापस आ गए थे। किले के भीतर एक महा रसोई बनाई गई थी। जहां सभी क्रांतिकारियों के लिए भोजन और पकवान दिन रात बनाये जा रहे थे।

पुरुष वर्ग ढ़ोल नगाड़ो की थाप पर नित्य कर रहे थे लोग आपस में गले मिलकर एक दूसरे को स्वतंत्रता की बधाई दे रहे थे।

कृष्णा और अर्जुन की बुद्धिमत्ता उनके साहस की चर्चा लोगों में आम हो गई थी। वह इन दोनो की प्रशंसा करते थक नहीं रहे थे। इन दोनो की वजह से आज राज्य स्वतंत्र हुआ था इन दोनो के साहस बुद्धिमत्ता और संगठन कर्ता के गुणों ने इन्हें राज्य के हर नागरिक का नायक बना दिया था।

पर सभी को यह बात पता चल चुकी थी कि कृष्णा दूसरे राज्य का निवासी है और शायद कुछ दिन यहां रुकने के बाद वह अपने राज्य को वापस लौट जाएगा। इसलिए इस राज्य का राजा अर्जुन ही बनेगा और इस बात पर वहां के नागरिक अपनी मौन स्वीकृति दे चुके थे।

अर्जुन की रणनीति की चर्चा आम थी। बिना हथियार चलाएं बिना भीषण रक्तपात के केवल पत्थरों को ही हथियार बनाकर मुगलों की सेना को परास्त कर दिया था। इस लड़ाई में थोड़ी बहुत चोटो के साथ ऐसा नहीं हुआ कि दोनों पक्षों से किसी की मृत्यु हुई हो।

दूसरा सभी जानते थे कि उनकी यह स्वतंत्रता उनकी धर्म जाति की भावना से ऊपर उठकर एक साथ कंधे से कंधा मिलाकर एकता के सूत्र में बंधने के कारण मिली है।

राज्य व्यवस्था सुचारू रूप से चलने के लिए आवश्यक था कि जल्दी से जल्दी राजा का चुनाव कर राज्य की सत्ता व अधिकार उसे सौंप दिए जाए।

नगर के वैद्यों के अच्छे उपचार से आचार्य श्री के स्वास्थ्य में बहुत सुधार आ चुका था।

मुगलों के जाने के बाद तीसरे दिन ही अर्जुन के राज्यभिषेक का निर्णय आचार्य श्री द्वारा लिया गया था। राजमहल के पास ही राज दरबार भवन था। राज दरबार भवन को सजा दिया गया था। पंडित कृष्णानंद शास्त्री ने राजतिलक के लिए शुभ मुहूर्त निकाला था।

राज दरबार पूरी तरह से लोगो से भर गया था अपनी नियत स्थान पर आचार्य श्री उनके सभी सन्यासी शिष्य, पंडित रमाकांत, वीर सिंह जी, सुदामा, सहदेव, सूर्य प्रताप सिंह, अर्जुन के पिता नंदलाल, शशिकांत, सेठ पन्नालाल, और कृष्णा और अर्जुन के सभी ग्वाले मित्र, राम भजन और क्रांतिकारी दलो के लोग बैठ गए थे।

जिन्हें दरबार के अंदर जगह नही मिल पायी वह सब दरबार के बाहर ही आसन जमा के बैठ गए थे। पूरा किला ही लोगों की भीड़ से भर गया था। किले के बाद बाहर मैदान में भी लोग खड़े होकर राजा के राजतिलक की घोषणा का इंतजार कर रहे थे। ठीक मुहूर्त के समय अर्जुन और उसकी पत्नी ने राजसी वस्त्र पहनकर दरबार में प्रवेश किया।

उनके पीछे पीछे कृष्णा भी दरबार में आ गया। और वह तीनो राजसिंहासन के पास आकर खड़े हो गए थे। इतने में कृष्णा ने राज दरबार में उपस्थित लोगों को शांत कराया और फिर कृष्णा ने अर्जुन का एक हाथ उठाकर आचार्य श्री का निर्णय सुनाया कि आचार्य श्री ने इस राज्य के नये राजा के रूप में अर्जुन का नाम घोषित किया है।

राजा अर्जुन की जय का उदघोष कर उपस्थित समुदाय ने हर्ष ध्वनि कर अपने नए राजा का स्वागत किया। और समर्थन किया।

उसके बाद पंडित कृष्णानंद शास्त्री द्वारा वैदिक मंत्रोचार द्वारा अर्जुन का राजतिलक किया गया इसके बाद अर्जुन व उसकी पत्नी

राजसिंहासन पर विराजमान हो गए। उन पर पुष्प वर्षा होने लगी सभी ग्वाले बढ़ चढ़कर पुष्पवर्षा करने लगे।

महाराज अर्जुन की जय से पूरा किला गूंज उठा। जब दरबार में कुछ देर बाद लोगो का उत्साह कुछ शांत हुआ तो कृष्णा ने सभी को शांत रहने को कहा दरबार में शान्ति छा गई।

अब कृष्णा ने अर्जुन से प्राण करवाया। अर्जुन ने खड़े होकर ईश्वर को साक्षी मान कर प्रण लिया। कि शिक्षा हर व्यक्ति का ईश्वर प्रदत्त मौलिक अधिकार है मेरे राज्य का अंतिम नागरिक भी शिक्षित हो इसके लिए राज्य में विद्यालय और महाविद्यालय की स्थापना करूंगा।

जहां बिना किसी भेदभाव और उच्च नीच के सभी विद्यार्थियों को शिक्षा प्रदान की जाएगी जहां बालकों के साथ बालिकाओं को भी शिक्षा प्राप्ति का पूर्ण अधिकार होगा।

आज से पूरे राज्य में वर्ण व्यवस्था जाति व्यवस्था व जमींनदारी व्यवस्था पूर्ण रूप से खत्म की जा रही है। राज्य की ओर से सभी नागरिको के अधिकार समान होंगे।

जातिगत ऊंच नीच और भेदभाव करने वाले या उनका पोषण करने वाले अपराध की श्रेणी में आएंगे। योग्यता ही किसी भी व्यक्ति को पररखने का मापदंड होगा।

और श्रीमद् भगवत गीता को अनिवार्य रूप से विद्यालय और महाविद्यालय के पाठ्यक्रम में शामिल किया जाएगा।

इसके बाद अर्जुन ने तात्कालिक व्यवस्था बनाने के लिए वीर सिंह जी को सेना की जिम्मेदारी सौंपी उनसे कहा गया कि जल्दी से जल्द वे राज्य के युवाओ में से योग्य युवाओ का चयन कर एक मजबूत सेना तैयार करे। सहदेव को भी नगर प्रशासन की और ग्रामीण क्षेत्र के प्रशासन की व्यवस्था की जिम्मेदारी सौंप गई। शशिकांत को शिक्षा के प्रचार और प्रसार की जिम्मेदारी दी गई।

सेठ पन्नालाल को व्यापार एवं कर का विभाग सौपा गया। सूर्य प्रताप सिंह को राज्य की कृषि और सिंचाई व्यवस्था का भार सौपा गया।

सुदामा को राज्य का आंतरिक सुरक्षा का और अपराध नियंत्रण का भार दिया गया। राम भजन को किले सहित नगर की साफ सफाई की व्यवस्था का भार सौपा गया।

और गुप्तचर शकील को जिसने अब अपने पुरखो का धर्म हिंदू धर्म स्वीकार कर लिया था।

उसे गुप्तचर विभाग का भार सौपा गया तात्कालिक व्यवस्था को सुचारू रूप से शुरू करने के लिए इन सभी लोगो से आशा की गई कि आज से ही अपने दायित्व को ग्रहण कर ले। राजा के विशेष सलाहकार के रूप में आचार्य श्री से प्रार्थना की गई कि वह अपनी अमूल्य सलाह को समय समय पर देकर राज्य व्यवस्था को सुधड़ करने में अर्जुन का सहयोग करे। विदाई का क्षण आ चुका था सभी बलिदानी क्रांतिवीरो ने राजा अर्जुन का अभिवादन किया और अपने अपने गांव वासियो के साथ अपने-अपने गांव को लौट गए। अर्जुन के ग्वाले म़ित्रों ने अर्जुन के गले लगकर विदा ली।

अर्जुन के पिता ने अपने गांव में ही रहने का निर्णय लिया इसलिए वे भी पंडित रमाकांत के साथ वापस अपने गांव को लौट गये आचार्य श्री भी अपने युवा सन्यासियों के साथ आश्रम को लौट गए।

अर्जुन को राजपाट संभाले हुऐ एक सप्ताह हो चुका था। राज्य की व्यवस्था बनाने के लिए उसे दिन रात व्यस्त रहना पड़ता था। इसलिए प्रातः काल में ही कृष्णा से मिल पाता था। जब वे दोनों ध्यान करने के लिए किले के भीतर बने उद्यान में ध्यान की साधना के लिए बैठते थे।

ऐसे में एक दिन प्रातः ध्यान करने के बाद कृष्णा ने बहुत स्नेह के साथ अर्जुन से कहा मित्र अब तुम से विदा लेने का समय आ गया

है मैं आज ही अपने राज्य को वापस लौट जाऊंगा। यह सुनकर अर्जुन पर वज्रपात हुआ।

जिस बात ने उसे कई दिन से परेशान कर रखा था वह सामने आ ही गयी थी। कृष्णा उसका परम् मित्र उसे छोड़कर अपने राज्य वापस जाने वाला था।

मुझे अकेला छोड़कर चले जाओगे।

अर्जुन की आंखों से आसुओं की बरसात होने लगी।

हां जाना ही पड़ेगा वहां वृंदावन में नित्य हजारों लोग मुझे मंदिर में मिलने आते थे पर इन छःमाह से मैं मंदिर से बाहर हूं उनकी पुकार मेरे कानों में यहां भी सुनाई देती है।

अर्जुन अचंभित होकर कृष्णा को देखने लगा। फिर बोला कृष्णा सुबह-सुबह यह कैसा परिहास कर रहे हो।

ये परिहास नही है मित्र।

मैं सच कह रहा हूं प्रात हो गई है वृंदावन मे मंदिर के कपाट खुल गए होंगे लोग मुझसे मिलने आने लगे होंगे सुनो वह मुझे कृष्णा, कृष्णा कह कर पुकार रहे है। मुझे सब यहां सुनाई पड़ रहा है। अर्जुन निशब्द हो गया उसकी समझ में कृष्णा की बात नहीं आ रही थी।

अर्जुन कृष्णा ने कहा मेरे लिए अभी इसी समय एक अच्छे घोड़े का प्रबंध करो। अब मैं वापस वृंदावन लौटूंगा। कृष्णा ने जिस स्वर में अर्जुन को कहा था उसे सुनकर अर्जुन को कृष्णा की बात मानने के अलावा कोई रास्ता नहीं था। अच्छा में घोड़े का इंतजाम करता हूं यह कहकर अर्जुन वहां से चला गया कुछ ही क्षणों में सुदामा कृष्णा के पास आया। और रूधें हुऐ कंठ से बोला कृष्णा घोड़ा तैयार है। सुदामा की आंखों से आंसुओ की झड़ी लगी हुई थी। आज उनका मित्र वापस जा रहा था।

यह बात पूरे किले में आग की तरह फैल गई थी देखते ही देखते किले के भीतर रह रहे हैं लोग कृष्णा के आसपास जमा हो गए थे वीर सिंह जी सूर्य प्रताप सिंह जी, शशिकांत सेठ पन्नालाल राम भजन आजकल किले में बने आवास में ही रहते थे।

सभी के नेत्रों से आंसू झर झर कर बह रहे थे नम आंखों से सभी ने कृष्णा को विदाई दी। वहां पर दो घोड़े तैयार खड़े हुए थे एक पर कृष्णा सवार हो गया तुरंत ही दूसरे घोड़े पर अर्जुन सवार हो गया। बोला मैं भी राज्य की सीमा तक साथ चलूंगा उसे ऐसा करते देख बाकी सभी लोग बोले हम भी तुम्हें राज्य की सीमा तक छोड़ने चलेंगे पर कृष्णा ने सभी को मना कर दिया था।

वहीं पर अर्जुन के दोनों बालक भी खड़े थे कृष्णा ने उन्हें पास बुलाया और दोनों के सिर पर कृष्णा ने हाथ फेरा फिर कृष्णा और अर्जुन दोनो घोड़े पर सवार होकर किले से बाहर आ गए और मुख्य मार्ग से मधेपुरा गांव की ओर बढ़ गए।

उन्होंने अपने घोड़े दौड़ा दिए। पूरे मार्ग में अर्जुन को एक प्रश्न परेशान कर रहा था। यह कृष्णा कौन है यह कोई देव है या कोई सिद्ध पुरूष है। यह है कौन आज इससे पूछ कर ही रहूंगा। दिखता तो ये हम सामन्य इन्सानो की तरह है। जब से ये मुझे मिला है मेरे साथ जितना भी घटनाक्रम घटा है वो कोई सामान्य घटनाक्रम नही है। और ये उन सभी घटनाओं में मेरे साथ परछायी की तरह रहा है। ऐसा लगता है कि ये सब घटनायें संयोग न होकर प्रस्तुत की गयी है।

पूरा का पूरा घटनाक्रम अर्जुन की आंखों के सामने तैर रहा था आज से तीन माह पूर्व तक वह एक साधारण सा लोहार था। पर आज वह इस राज्य का राजा है उसे आश्चर्य हो रहा था। अपने पर वह विश्वास नहीं कर पा रहा था कि साधारण लोहार से वह इस राज्य का राजा है।

सारा घटनाक्रम उसकी आंखों के सामने आ रहा था। पहली बार अर्जुन का कृष्णा से मिलना फिर नित्य ही कृष्णा से मिलने गोचर

जाना, मंदिर वाला प्रकरण, सिपाहियों को धराशाई करना, कोतवाल वाला, प्रकरण, विशालकाय अजगर को टुकड़ों में काट देना, शशिकांत के विद्यालय में उसके दोनों बालकों को प्रवेश मिलना, आचार्य श्री से उनके आश्रम में मिलना, वापसी पर उन्मत्त हाथी के सामने अकेला चले जाना, इतने चौड़े नाले को कूदकर पार करना, बादशाह आजम के द्वारा आचार्य श्री को कैद करना, गुप्तचर वाला प्रकरण, फिर मुगल सत्ता के विरुद्ध जन मानस का एकत्र होना, सिर्फ पाषाण युद्ध कर मुगल सेना पर जीत हासिल करना उसके बाद उसका राजा चुना जाना, इसमें कृष्णा हर बार उसके साथ था।

क्या यह संयोग है।

न ये संयोग नही हो सकता है। अर्जुन सोचने लगा और फिर यह कृष्णा कैसी बहकी बहकी बात करता है। पर वह सत्य भी तो हुई है। हाथी वाले प्रकरण के बाद वह जब कृष्णा से नाराज हुआ था कि हाथी के सामने तुमने मुझे अकेला क्यों भेजा तुम भी तो जा सकते थे।

सुदामा और सहदेव भी तो थे। इस पर इसने मेरे कान में कहा था राजा भी तो तूने ही बनना है और यह बात सत्य भी हुई है। और आज कह रहा है नित्य हजारों लोग द्वारकाधीश मंदिर में मुझसे मिलने आते हैं। और मुझे पुकारते हैं। उनकी पुकार मुझे यहां भी सुनाई पड़ती रही है। शायद यह भी सत्य हो।

आज तो जानकर ही रहूंगा। कि ये कृष्णा है कौन, कोई देव है। यक्ष है या कोई सिद्ध पुरूष है।

इसी उधेड़बुन में अर्जुन उलझा हुआ था। कुछ समय बाद ही दोनो मधेपुरा गांव में पंडित रमाकांत के घर सामने पहुंच गए थे। चार दिवारी का मुख्य द्वार खोलकर कृष्णा और अर्जुन दोनो भीतर चले गए कृष्णा और अर्जुन को सामने पाकर परिवार के सभी सदस्यों का खुशी का ठिकाना ना रहा।

पर जब उन्हें पता चला कि कृष्णा वापस अपने राज्य को लौट रहा है तो सारी खुशी गायब हो गई आनन फानन में पूरे गांव में खबर फैल गई पूरा गांव पंडित रमाकांत के घर पर इकट्ठा हो गया था।

दो युवक तुरंत ही गोचर की ओर ग्वालों को सूचना देने भेज दिए गए।

बहुत प्रेम से कृष्णा गांव वालों से मिल रहा था कुछ देर बाद ही बाद ही भागते हुए सभी ग्वाले भी वहां पहुंच गए थे। कृष्णा बहुत स्नेह और प्रेम साथ ग्वालो के गले मिलने लगा। सबसे से मिलने के बाद कृष्णा ने सभी से विदा मांगी, पूरा जनसमुदाय सिसकने लगा पंडित रमाकांत की पत्नी का रो-रो कर बुरा हाल था वह कृष्णा के हाथों को कभी कृष्णा के मुंह को हाथों से मलमल कर रोए जा रही थी। इतने ही दिनों में वह कृष्णा से पुत्रवत स्नेह करने लगी थी। कृष्णा की पलके भी भींग गई थी।

गांव के सभी स्त्री पुरुषों बच्चों और ग्वालों की आंखें भीगी हुई थी। आज उनका कृष्णा उनको छोड़कर जा रहा था। कृष्णा और अर्जुन घोड़े पर सवार होकर आगे अर्जुन के गांव की ओर बढ़ गए वहां उन दोनों ने अर्जुन के घर के आगे अपने घोड़े खड़े किए।

अर्जुन और कृष्णा को देखकर नंदलाल और उनकी पत्नी का खुशी का ठिकाना ना रहा।

नंदलाल ने आगे बढ़कर दोनों को गले से लगा लिया पर जब नंदलाल और उनकी पत्नी को पता चला कि कृष्णा वापस अपने राज्य को रहा है तो दोनों के दुख का कोई ठिकाना ना रहा दोनों के मुंह में बिछड़ने की पीड़ा झलकने लगी घर के बाहर सारे गांव वाले कृष्णा अर्जुन से मिलने को आ गए थे।

कृष्णा सभी से गले लग कर मिला यह सुनकर कृष्णा वापस जा रहा है सभी की आंखें नम हो गयी सभी गांव वालो ने कृष्णा से कुछ दिन और रूक जाने की प्रार्थना करी। पर कृष्णा ने दृढ़ता सब को मना कर

दिया। और कहा अब उसे जाना ही है कृष्णा ने सभी गांव वालो से विदा ली ओर अर्जुन से कहा अर्जुन मैं यहां से पैदल ही जाऊंगा इसलिए मुझे अब घोड़े की जरूरत ही नहीं है।

अब तुम भी यहां से लौट जाओ और अपने राजकाज को संभालो। यह सुन कर अर्जुन निराश हो गया। उसने जिद्द पकड़ ली कि वह राज्य की सीमा तक कृष्णा को छोड़ कर आयेगा।

उसे ऐसा करते देख सभी गांव वाले भी कहने लगे हम भी राज्य की सीमा तक कृष्णा को छोड़ने चलेंगे। इस पर कृष्णा ने सभी को मना कर दिया और अर्जुन से कहा वह भी यहां से लौट जाए।

और कृष्णा सभी को वही छोड़कर आगे उस कच्चे मार्ग पर चल दिया जिस मार्ग से वह तीन माह पूर्व यहा आया था और यहां आकर नंदलाल के घर में आश्रय लिया था।

कृष्णा उसी स्थान पर पहुंचा ही था जहां पर उसने इस राज्य में आने पर पहली बार नंदलाल के घर में आश्रय लिया था। और प्रातः यहां से कुछ कदम आगे झरने के पानी से स्नान कर वापस इसी स्थान पर आया था।

कि उसे यह स्थान इतना मनोहारी लगा था कि वह एक वृक्ष के नीचे छोटी सी सपाट शिला पर ध्यान करने बैठ गया था।

आज वापस लौटते समय वह उसी स्थान पर पहुंचा ही था तो पीछे से उसे किसी के आने की कदमो की आहट सुनाई पड़ी। कृष्णा ने पीछे मुड़कर देखा तो उसे अर्जुन आता हुआ दिखाई दिया।

कृष्णा रुक गया अर्जुन पास आया तो कृष्णा ने देखा अर्जुन की आंखों से अभी भी आंसू बह रहे थे। कृष्णा ने स्नेह से उसके कंधे पर हाथ रखा और कहा अब तुम राजा हो और बच्चो की तरह रोना तुम्हें शोभा नहीं देता है।

फिर कृष्णा वृक्ष के नीचे उसी सपाट छोटी सी शिला के ऊपर चढ़ गया और कहने लगा।

सुनो अर्जुन कृष्णा ने अर्जुन से कहा।

यह सुन अर्जुन भी इस शिला के पास चला आया जिस पर कृष्णा खड़ा था।

सुनो अर्जुन जब मैं पहली बार यहां आया था तब मुझे यह स्थान इतना मनोरम लगा था।

चारों ओर हरे भरे वृक्ष नीचे मुलायम छोटी-छोटी हरी घास और उसे पर खिले छोटे छोटे फूल बगल में कल कल स्वर में बहता झरने का पानी और यहां की प्रशांत शांति। इस रमणीक स्थान पर आकर मैं स्वंय को भूल गया था।

तो इसी शिला पर मैं ध्यान करने बैठ गया था। कृष्णा ने कहा।

मेरे पिता ने इस सम्बन्ध में मुझे बताया था। उन्होंने भी जब तुम्हें इस स्थान पर ध्यान करते देखा था। तब वे तुम्हें मानने लगे थे कि तुम कोई तपस्वी हो। अर्जुन ने कहा।

फिर कृष्णा ने कहा अर्जुन ये बहुत ही रमणीक मनोहारी और नैसर्गिक सुन्दरता से भरा मन को शान्ति देने वाला स्थान है। तुम इसी स्थान पर एक ध्यान केंद्र की स्थापना करना जिससे आसपास के सभी लोग यहां आकर ध्यान की साधना करें और अपने अंतस की गहराई में जाकर स्वयं को और अपने रचयिता को जान सके।

इस पर अर्जुन ने कहा मैं शीघ्र ही इस स्थान पर ध्यान क्रेन्द्र का निर्माण करवाउंगा। पर मेरे मन में एक संशय है यदि तुम अन्यथा ना लो तो मैं पूंछू।

अवश्य कृष्णा ने कहा।

इस पर अर्जुन ने कहा मैंने बहुत विचार किया है इन तीन माह में मेरे साथ जितनी भी घटनाए हुई है वे संयोग मात्र नही थी। हर घटना में तुम मेरे साथ परछांई की तरह थे। यह जो घटनाएं घटित हुई थी वह संयोग नही थी वरन् उन्हें योजना बद्ध तरीके से प्रस्तुत किया गया था।

तीन माह पूर्व मैं एक साधारण सा लोहार था पर आज राजा हूं। यह संयोग नही है मुझे रंक से राजा बनाने वाले तुम कौन हो, मुझे सत्य सत्य बताओ तुम कौन हो।

इसे सुन कृष्णा मुस्कुराया तभी वातावरण में अद्भुत अलौकिक प्रकाश फैल गया मंद मंद पवन बहने लगी जिसके साथ-साथ पूरा वातावरण अद्भुत अलौकिक सुगंध से भर गया।

अर्जुन ने देखा कृष्णा के चारों ओर एक अलौकिक तेज पुंज का घेरा बना हुआ है जिससे स्वर्णिम आभा निकल रही है। इस घेरे में मध्य में कृष्णा ने पीत वस्त्र धारण कर रखे है सिर पर मुकुट धारण किया है जिस पर एक ओर मोर पंख सुशोभित हो रहा है। गले में वैजयंती माला सुशोभित है। और एक हाथ में कृष्णा बांसुरी पकड़े हुए हैं, कृष्णा के सिर पर लंबे काले घुंघराले बाल लहरा रहे हैं और अपनी चंचल चितवन से अर्जुन को देखते हुए कृष्ण मुस्कुरा रहा है। कृष्णा के इस अलौकिक रूप को देखकर अर्जुन बेसुध सा हो गया उसकी आंखों से झर झर कर आंसू बहने लगे।

उसके दोनों हाथ प्रणाम की मुद्रा में जुड़ गए। कृष्णा का मन को मोह लेने वाला रूप देखकर बड़ी मुश्किल से अर्जुन बोल पाया।

भगवन तुम।

हां मैं। वातावरण में हृदय को प्रशांत शांति से भर देने वाली मधुर वाणी गूंजी अर्जुन तेरा संशय बिल्कुल उचित है।

मैं वही हूं।

तेरे मेरे बहुत से जन्म हो चुके है उन सबको मैं जानता हूं पर तू नहीं।

तू मेरा परम सखा है इस धरती पर मैं जब भी जन्म लेकर अवतरित होता हूं जब भी लीला रचता हूं, तो उस लीला के सहचर तुम ही होते हो। आज से कुछ हजार साल पहले कुरुक्षेत्र के रण मैं तेरा सारथी बना था।

जब-जब धर्म की हानि होती है, और जब-जब अधर्म बढ़ता है, सज्जनों की रक्षा के लिए और दुष्टों के विनाश के लिए, धर्म की स्थापना के लिए मैं युग युग में जन्म लेता हूं।

अर्जुन श्रद्धा और आश्चर्य से अभिभूत हो गया था वह धीरे-धीरे घुटनों के बल बैठ गया और हृदय में गहरी प्रेम की अनुभूति से उसकी आंखें बंद हो गई।

कुछ क्षणों के बाद अर्जुन की चेतना जागी तो उसने देखा कृष्णा उसके कंधे को पकड़कर हिला रहा है अपने को संभालो, अर्जुन उठो में जा रहा हूं।

अर्जुन को चेतना जागृत हो गई थी पर वह खड़े होने के लिए वह अपने को अशक्त पा रहा था। इसलिए वह अपने स्थान पर बैठा रहा। उसने उठना चाहा पर वह उठ नही पाया उसने अश्रुपूरित नेत्रों से कृष्णा को देखा, कृष्णा धीरे-धीरे पहाड़ी पगडंडी की चढ़ाई चढ़ते हुए एक मोड़ पर पंहुचा और उसकी आंखों से ओझल हो गया। अर्जुन विलाप करने लगा तुम्हारे बिना मैं कैसे रहूंगा। हाय कृष्णा तुम मेरे इतने पास रहें पर मैं अभागा तुम्हैं पहचान न पाया।

फिर कब आओगे कृष्णा।

फिर कब आओगे कृष्णा। अर्जुन जोरों से विलाप करने लगा।